原SIN罪

憤怒

II

怒・施暴者

（※本故事內容純屬虛構，如有雷同，純屬巧合。）

楔子

轟隆！巨大的雷聲彷彿震動大地，森白的閃電一道又一道的劈開黑夜，照亮了整個夜空！伴隨著電閃雷鳴，滂沱大雨隨即降下，驚人的雨勢讓路上行人紛紛走避，連機車騎士也不敢在雨中騎乘，而汽車的雨刷開到最大，也看不清眼前的路。

「哎唷哎唷……」

黑暗中，兩個步履蹣跚的身影，半拖半逃的朝就近的建築物裡躲去。

沒幾步路，兩人均已渾身濕透，他們甩著身上的水，心疼的打量著跟著他們拖進來的破敗行李箱跟推車，也全濕透了！

「怎麼說下就下！」黃衣的男人抱怨著，「我的東西全濕了！」

「別說了，能找到地方躲雨就好了……」紅衣男人皺著眉看著自個兒的全部家當，他們現在只能藉由五公尺外的路燈照明，光線微弱。

兩個人躲在一棟建築物的門前，這屋子門口離地一公尺，還得先踩上三階石階，才能擠到這門口，上方僅有小小的屋簷，無奈風強雨驟，大雨斜打而入，繼續噴得他們一身濕。

「這樣下去還得了！」黃衣男打算找把傘了，「我打個傘先去找地方躲，再過來接你？」

「傘我也有啊！」紅衣男指指護在身前的推車，「問題是這種雨勢打傘也沒用啊！」

唉，是啊！這麼大的雨，十把傘也不頂用。

黃衣男回頭看了一眼兩人身後鏽蝕嚴重的鐵門，老實說這隨便一踹就能把門給拆下來，進去避雨是小事一樁，只不過……

「你想進去嗎？」紅衣男看出他的意圖，「這裡不乾淨啊！」

黃衣男趨前，「你遇過嗎？」

「哪有可能！我平常就不會到這裡，今天是剛好……要不然我連到這裡避雨都不可能！」

是啊，誰遇過？

這間黑色廢屋傳聞甚多，連街友圈都說不管白天黑夜都盡量別接近這兒，這棟屋子當年發生可怕的火災，一家上下被燒死六口人，怨氣極重，許多人夜半都能聽過咆哮聲。

「很多事都是傳聞，不然要在門口待一晚嗎？這雨看起來停不了啊！」黃衣男開始勸說了，「我們一起進去，作個伴也比較不怕，好好跟人家說聲就好。」

紅衣男很遲疑，但他們周遭最近的建築也要走上個十分鐘，這樣下去只會全身濕透，好不容易收集齊的家當會全泡在水裡，而且若是全身濕透，又該怎麼度過已經逼近冬季的夜晚。

最終，他妥協了。

兩人禮貌的對著那扇鏽蝕的門說話，就打擾一晚，實在是因爲雨太大了，他們眞的需要一個避雨的地方。

鐵門只是有點卡住，使勁一推就開了，門軸只剩下方那個，根本搖搖欲墜，一開門，一股炭燒味道便傳了出來！想不到過了這麼久，味道竟未消散？內部一片漆黑，兩個人拿出手機照亮，滿室都是煙燻過的黑牆，灰塵厚厚一層，但無論如何，總是有個棲身之所。

黑暗總是使人恐懼，但結伴就好些，他們沒敢走上那屋中間的樓梯，就近在門口用紙板鋪出了一塊地，換了身乾的衣服後，便坐下來休息；他們個別拿出帶著的食物，準備好好吃頓晚餐。

「手機等等會不會沒電？」紅衣男問著，這間屋子不可能沒電能撐一整晚啊。

「我有行動電源……不過……啊！」黃衣男像是想起什麼似的，立即在他的行李推車裡翻找物品。

紅衣男此時開了瓶啤酒，開瓶的聲音太過誘人，惹得黃衣男回頭看了眼。

「等等一起喝！」紅衣男大方的說。

黃衣男咧開了滿嘴黑牙，說了聲謝，手在雜物中摸索，總算給他翻到了一袋寶貝：蠟燭。

「你連這個都有……」

「我之前睡地下道，有時停電時裡面啥都看不見，我就想著不如用傳統的方法，就去買了包蠟燭。」

關上手機手電筒，黃色的火燄照亮了一樓大廳，蠟燭的光源範圍更加寬廣，他們這才更清楚的看著這間廢屋裡的模樣。

破敗的家具依然存在，長滿霉的沙發靜靜的在牆角，幾隻小強因突然被打擾而急速離去，牆壁天花板都明顯的被燻黑，但並不是全黑，有些地方只是泛黃罷了。他們兩個的影子在燭火映照下，被拉得好長好長，幾乎是從天花板到地板的變形長。

哎唷！光看著這屋裡的樣子，就知道當年的火災多慘烈，黃衣男不安的拿起啤酒喝了口，想壯壯膽。

「還有椅子……」紅衣男回頭，在樓梯另一邊瞧見了橫倒在地上的塑膠椅，「拿過來晾乾衣服。」

「嗄？那還能用嗎？都幾年了……」黃衣男才在說著，紅衣男已經起身朝著另一頭走去。

要經過右手邊的樓梯時，他拼命的告訴自己，不要看不要看，絕對不要好奇的轉頭看過去！

就這麼說服著自己，他通過了樓梯下方，彎身拾起地上那把紅色椅，椅子看得出來被燻黑過，但沒有脆化倒是驚人，紅衣男正高興著，一抬頭，卻赫見牆上一個人影！

「哇！」

咚匡一聲，塑膠椅滑落他手裡，落上了地，在屋裡還發出令人膽寒的回音！

「靠！幹什麼！」黃衣男緊張的都準備跳起來了。

紅衣男兩眼發直，瞪著在昏黃燭光下的黑影，就在他面前那燻得焦黃的白牆上。

「馬的！嚇死我了！」紅衣男嚇出一身冷汗著指著牆壁，「牆上有道影子……一個人影！」

黃衣男皺著眉起身，朝紅衣男那兒走去，這會兒的他並不在意中間那道昏暗的階梯，因爲他才靠近階梯下方，一眼就瞧見了牆上的黑影。

那面牆只有下方約二十公分被燻得較黑而已，上方是偏白褐色的，而且靠近天花板的地方還有許多留白，可以看出當年這兒並不是最嚴重的起火處；但是在那偏米白色的牆上，卻突兀地出現一個人形的黑影！

那眞的過度醒目，人形模樣的黑影，膝蓋以下隱沒在燻黑的地方，而膝蓋以上就是個雙手自然垂下的男人身影。

「……這是要怎麼燻，才會燻出這樣一個影子？」黃衣男喃喃說著，這不合常理啊！

難道是……當年有個人站在這裡被活活燒死嗎？被大火燒還得站著不動？難道有人會站椿直到被燒焦嗎？

即便如此，旁邊的牆也不可能都是白的吧？

「馬的！我全身都發毛了！」紅衣男打了個寒顫，「我看這八成是有人進來惡作劇畫的！」

「是啊，太不合理！」黃衣男上看下看，「瞧瞧旁邊的牆有多白！」

不管哪種模式，都不可能……除非……黃衣男腦子裡浮現了一種想法。

他聽人說的，當年核子彈爆炸時，因爲瞬間的高溫，許多人是眨眼間被高溫直接燒到汽化，因爲事情發生在瞬間，站在某些牆面前的人吸收了幅射且擋住牆面，所以爆炸後牆就形成了人的輪廓影子。

兩個男人站在原地，氣氛瞬間變得異常沉悶，跟著外頭的爆閃電光，緊接著又一記轟然雷鳴，嚇得兩人跳了起來！

「幹！」黃衣男最先低咒，轉身就急著回到剛鋪設的區塊，「雨只要一小，我就想走！」

「好！」紅衣男應和，此時此刻，他連拾起剛剛那張椅子的興趣都沒有了。

兩人匆匆折返，卻在空中聞到了一絲焦味。

「是不是燒到什麼了？」黃衣男緊張的衝回他的紙板區，趕緊檢查蠟燭有沒有燒到紙板！

蠟燭依舊定在地上，除了落下的蠟油外，周遭並沒有任何東西，趕回的紅衣男亦努力嗅聞著空中的氣味，這味道不是這間屋子殘留的，這是新鮮飄過來的……劈啪，耳邊傳來星火燃燒東西的細微劈啪聲。

在他的後方。

儘管覺得一萬個不可能，儘管內心有股聲音喊著不要回頭，但他還是轉過了身。

他看見剛剛牆上那殘留的黑色人影邊緣居然開始泛出了點點橘色火光，彷彿那面牆是張紙，而那個黑色人影的背後被人用菸點燃邊緣似的。

『誰准你們在我家點火的！』

一陣暴吼聲驀地傳來，讓正在把紙板挪開的黃衣男愣住了，「什麼？」他還抬頭看向了紅衣男，他就站在樓梯下方，正回頭驚恐的看著某處。

下一秒，一道燃著火的黑影冷不防地從他的視線死角衝至，二話不說撲倒了紅衣男！

「哇啊啊！」

黃衣男嚇得跌坐在地，看著紅衣男被狠狠的撞倒在地，而他身上居然有個人？這屋子裡還有別人？

最可怕的是，那個人……那個人全身都著火啊！

紅衣男被嚇得說不出話，他驚恐的雙眸裡，倒映著一個渾身燃著火的……焦屍！

那是個被燒乾的焦屍啊！

『我說過多少次！』著火的人厲聲大吼，『不、許、玩、火！』

一瞬間，黑影身上火光衝天，點燃了這一間屋裡所有東西。

包括被壓在地上的紅衣男。

「哇啊——啊——」

燦爛的橘色火燄後便是漆黑與滾燙的地獄，黃衣男最後聽見的是自己的慘叫聲、火燒皮膚的痛楚、一室的黑暗，以及……

在紙板下、隱約出現的發光線條。

轟！傾盆大雨與巨大雷聲，終究是掩蓋了那荒蕪之地中的獨棟廢屋——

「咆哮屋」

第一章

咆哮屋

才走出火車，迎面吹來一陣冷風，莘莘學子們紛紛縮起頸子，朝著車站裡衝去！老師們甚至來不及組織秩序，學生們像逃命似的進入站內。

「哇！冷死了！」婁承穎邊嚷嚷著，一邊把運動外套的拉鍊拉到最高，以護住頸子。

接著，他看著走過身邊的女孩，頸子上居然繫著圍巾，從容不迫的拿起手機拍照記錄。

「李百欣，妳還戴圍巾啊！會不會太誇張？」

「快入冬了，這裡靠近山區，本來就會更冷啊！」李百欣一臉理所當然，「我這叫準備周全。」

「就是！總比你在那邊縮縮縮好！」張國恩跟著步出，婁承穎立即看出他跟李百欣戴著一模一樣的圍巾。

有夠沒避嫌的耶！婁承穎忍不住笑了起來，「情侶圍巾喔！這麼甜？」

「張媽媽送的！我們住隔壁你知道吧？」李百欣嘖了聲，一副早料到會被調侃的模樣，不過她並不在意。

說是這樣說，但是她卻還是加快腳步往前走去，把張國恩甩在後方，而身材健壯的體育健將張國恩反而笑得一臉曖昧，連耳朵都透了紅，朝著婁承穎猛豎姆指，說得好！就是情侶圍巾！

婁承穎忍不住輕笑，大家都知道李百欣跟張國恩是青梅竹馬，從小一起長大的，也住在S區。他們唸的是S區的第一志願S中，頭腦簡單的張國恩若非體育保送生，是不可能考進來的，而李百欣就不同了，她在班上都是前五的存在。

不過唸同一所高中應該也不是偶然，因爲張國恩的體育成績其實能保送到更好的學校去，不需要屈就在邊陲的S區，聽說首都那邊許多體校也都對他拋出橄欖枝，但張國恩還是選擇留在家鄉。

其實他表現得很明顯，應該是喜歡李百欣的啦！

「哇，這裡至少低了五度以上吧！」

又幾個學生魚貫走出車廂，蓄有一頭長髮的男孩揪緊了外套，略蹙著眉看向月台外的景色，風颳得強勁，也吹亂他的長髮；而跟在他身後走出車廂的，是個身高超過一百七十五、骨架粗大、短髮帥氣、穿著短袖體育服的聶泓珈。

「嗯……」她感受了幾秒，「是有點涼。」

「有點？」長髮男孩懶得多說什麼，只是把外套揪得更緊。

這是另一對青梅竹馬。

骨架纖細、滿富書卷氣、只有一百六十五公分的杜書綸，還有人高馬大、長相骨架都像男人的聶泓珈。

「你穿兩件外套？」婁承穎注意到了杜書綸身上至少套著兩件外套，外面那件明顯寬鬆許多。

「珈珈說她不冷。」杜書綸聳了聳肩，閒步的朝站內走去。

婁承穎瞄向聶泓珈，她擠出一個淺淺的笑容，一對上他那帥氣發亮的雙眼，她都會有點不知所措，像看著黃金獵犬似的！

「我眞不冷。」聲如蚊蚋，她低垂著頭快步的跟上杜書綸。

嗯……婁承穎其實是有點不高興的，因爲自從杜書綸轉學到他們班上後，他能跟聶泓珈相處的機會是越來越少了。

「六班集合！」六班導師張老師遠遠吆喝，叫大家朝自己班導師那兒去。

今天是校外教學活動，他們不管哪個年級，每一班都會固定選個義工項目，有的班是淨灘、有的班淨山，而他們班選擇到S區範圍的偏僻山區照顧弱勢，無論是幫助獨居老人採買、修理房子、或是幫助育幼院的孩子，這都包括在內。只是山區範圍極大，所以這地帶一共由三個班共同負責，一年一班、六班與九班。

「今天三項工作，就讓我們三個導師抽籤了。」一班的導師朗聲說道，許多女孩雙眼都呈現愛心眼了。

誰讓一班的導師又高又好看，不是說他多帥，而是清爽又極具穩重氣質，說話好聽又溫柔，雖然是中年男子，但那種成熟男人的魅力，反而讓少女們更加欣賞。

「讓張老師先抽吧！」九班的導師是個五十出頭的女人，平時威嚴感較重，「之前這麼辛苦，讓妳先抽！」

「嗄？」張老師聽聞有點哭笑不得，辛苦？

是啊，苦斃了！她班上之前有位全校第一的女孩，成績優異、出類拔萃，而且還曾是某知名補習班的看板人物，以榜首之姿進入S中；結果某天晚上在頸子上套根繩子，從自家頂樓一躍而下，繩子還精算長度，讓自己能剛好懸吊在父母房間的窗邊，以「報復性自殺」結束了自己的一生。

這件事折騰多少人，因爲她死法太過決絕又死因不明、有人懷疑校園霸凌，有人認爲她這位導師失職，還有記者窮追不捨，接著班上的網紅又被網暴，她完全來不及處理之際，網紅女孩居然成了殺人犯？

那陣子她眞的疲於奔命，明明才剛開學一個月，她卻度日如年。

現在案件尙未結案，不過風波已平，依然不堪回首。

「那我先謝謝兩位了。」張老師也不推辭，抽出了一張紙條。

六班每個學生都引頸企盼，學生們暗自祈禱，拜託不要抽到那種淨山或是苦差事，越輕鬆越好，越輕鬆——

「我可不想去咆哮屋附近。」周凱婷喃喃自語著，雙手還合十祈禱。

「咆哮屋？」李百欣好奇的問著，「什麼咆哮屋？」

在前頭的幾個同學轉了過來，「這裡很有名的咆哮屋啊！就在後站那邊，有個黑色的廢屋，很好認的！……」

站在最後方的婁承穎瞇著眼看著前方同學的交談，越聽越有趣，但突然臉色一變，不由皺起眉。

「你表情真豐富。」在他身邊的杜書綸正在進行觀察。

「啊？喔，我在看她們說話！」婁承穎指了指前方的同學們。

她們？杜書綸踮起腳尖望了去，因爲聶泓珈不喜歡人群，總喜歡離大家越遠越好，所以他們站在最後一排，距離正在交頭接耳的同學至少有五公尺，說真的，聽不見的。

「他會讀唇語。」聶泓珈小聲的接話，她知道杜書綸會好奇。

「哦……」難怪他用了「看」這個字！不過這技能挺厲害的，杜書綸才想問他看見了什麼，前方老師們便開始宣布了。

「一班跟九班去幫助獨居老人打掃，六班負責整理大環境！」

「噢不！」周凱婷忍不住哀號，「那不就在咆哮屋那帶嗎？」

她的聲音尖而細，其他學生跟著竊竊私語起來，看來咆哮屋是個大部分人都知道的地點啊。

杜書綸插在外套口袋裡的手正握著手機，這是他的第二支手機，因爲早上只要進教室，手機都得上交到一個稱爲「養機場」的箱子裡，放學才能取回；他真想拿出來查查咆哮屋的傳說，但聶泓珈立刻掐住他的手臂，像是一種警告：不要查！

「她們剛說那個屋子……不太乾淨，傳說中半夜都會聽見有人在裡面咆哮大叫，所以叫咆哮屋。」婁承穎不安的皺眉，「白天、白天應該不會有什麼事吧？」

前不久，他才在一片芒草原裡見到了厲鬼與惡魔，眞的不想再經歷一次了！那種命懸一線的恐懼感太可怕了！

尤其，當厲鬼還是同學時……

聶泓珈別過了頭，問她做什麼？她又不是驅魔人，她就是一個普通學生，一個希望自己能當邊緣人到畢業就好的人。

她眞的不想交朋友、也不想被人注意，頂著這個身高跟體格就很引人注目了，她卻希望低調再低調，偏偏……一開學就遇上了同學自殺，還把她扯入，害她備受矚目就算了，然後——

她忍不住瞪了杜書綸一眼，忿忿的往前去——這個明明可以在家自學的天才，偏偏轉學到她班上了！還指定！

「咦？這是怎麼了？」杜書綸莫名奇妙被狠瞪，一臉無辜，「你看見了吧？她瞪我耶！」

婁承穎點點頭，他看見了！聶泓珈突然生氣了。

「可能是不爽你太大聲……」婁承穎試著說明，但杜書綸已經逕自往前追去。

「妳爲什麼生氣啊？珈珈？我哪裡惹妳了？」這一吆喝，別說全班都看見聶泓珈了，連其他班都忍不住投來注目的眼光。

他故意的。

唉，婁承穎無奈的搖了搖頭，這就是杜書綸會被瞪的原因吧！開學的自我介紹開始，聶泓珈就表現得非常社恐跟自閉，甚至開門見山的表示不想被人注目，也不想跟任何人打交道的……可是杜書綸轉來這一星期，聶泓珈根本變成全校焦點。

因爲，這位跟她一起長大的青梅竹馬，是S區的天才少年啊！

杜書綸過去一直非常低調，眾人只聞其名不見其人，而且畢竟大家都未成年，網路上也沒有他的照片，他一直都是在家自學，早就可以跳級的他對於提早唸大學卻興趣缺缺，在他的想法裡，要唸書哪兒都能唸，學歷不是那麼重要。

結果他卻突然入學、還轉入他們班，而且根本住在聶泓珈家隔壁。

他們是完全相反的兩個人，從身高、個性到外貌，全部相反！有時他都很困惑，杜書綸這麼聰明活躍的傢伙，怎麼能跟社恐內向的聶泓珈相處呢？

而且，總是在明知道聶泓珈不願被注視的前提下，動不動就這樣讓她社死啊！

但是聶泓珈總說社恐，可是婁承穎卻永遠忘不了那晚在芒草原上，她奮不顧身救大家，狂揍變態的身影……那眞的會是社恐者的表現嗎？

各班依序往自己的目標前去，離車站其實都不遠，正如同學所說的就在車站後方而已；這裡就是個很寬廣、居住很散的聚落，有個地方兩三戶在一起、但再隔壁可能需要一分鐘、甚至更遠的路程。

聽說翻過這座山也都算同一個聚落範圍，不過他們的義工只要負責這片山區就可以了。

這一區地勢幾乎是平的，要往上走約十分鐘後，才會開始有略斜的坡路跟階梯。

六班負責清理這一帶的大環境，包括清除路上的石塊、垃圾及廢棄物，把兩旁長得太長而擋路的樹枝鋸掉，還要清除多處土地上的垃圾跟雜草，方便一些老人家能夠種種植物，拔草除石對他們來說太辛苦了。

「就那間！」一群人圍在一起，指著不遠處一棟黑色的屋子吱吱喳喳。

聶泓珈因爲身強體壯，所以負責一堆垃圾跟石頭往推車上裝，看見班上同學指著那間黑色屋子時，也多看了兩眼。

屋子非常顯眼，一看就知道曾發生火災，因爲外牆多有被燻黑的痕跡，屋子距馬路有五公尺遠，中間這段雜草叢生、垃圾處處。屋子距離車站並不遠，四周都沒有多少住戶，不是變成停車場就是圍起來的空地。

「聽說當年燒死了一家六口人，此後附近的居民都會聽見半夜裡頭傳來咆哮聲跟慘叫聲，搞得周邊都沒人住了！」周凱婷繪聲繪影的說著，「甚至有時候，還能看見裡面火光沖天呢！」

「真的假的？聽起來也太嚇人了！」

「火災是眞的！現在去查都還查得到！而且是人爲縱火！」

聶泓珈推著獨輪車往垃圾集中處去，垃圾集中處是固定的，方便清潔人員收集裝載；而垃圾集中處的正對面……嚴格來說，是正對面二十公尺的地方，就是那棟黑色的屋子。

廢屋附近方圓數十公尺眞的都沒有住戶，不是拆掉了就是圍起來。

別想太多，她傾倒完垃圾後，推獨輪車再折返時，同學在那邊說著八卦，她一邊聽、一邊迅速的拔草，不想去思考那間屋子的黑僅限於外牆，還是被黑氣籠罩的黑。

抽空起身喝了口水，她下意識尋找杜書綸的身影，這傢伙不知道又溜到哪邊去了！雖然他很討厭，刻意轉到她的班上，還公開他們是鄰居的事，害得她不透明度越來越高，但她還是習慣看顧他，眞是從小養成的壞習慣！

杜書綸正跟另一群同學協力鋸樹枝，婁承穎那組則是負責把路上的石頭清掉，這裡許多路都有破損，且很多泥土路面，能清就清，以免騎車的人絆倒。

「走啊！快點！」

突然有一票學生嘻鬧的走來，應該是一班的人，他們成群結隊，訕笑的語氣引起婁承穎的注意，他多看了一眼，發現一行七個人，像是刻意包圍著中間那個胖胖的男孩走著。

而且只有中間那個男生沒在笑。

「欸，靠右喔，不要踩到我們堆的石頭。」婁承穎出聲提醒，但有個理平頭的男孩回頭瞪了他一眼。

其他人也紛紛回頭，眼神裡都帶著警告與怒意，彷彿他剛說了什麼要不得的話。

不過他們最終還是靠了右，繞過了他們集中起來的石塊，接著越走越靠向左側……看起來像是朝著那棟「咆哮屋」去。

「那是一班的王志東！」張國恩沒好氣的走過來，「背景很硬的傢伙。」

「看起來在欺負人啊。」婁承穎看著中間那個低垂著頭的同學，那氛圍太明顯，「啊他們都不必做事喔！」

「一班這麼多人，老師也不可能每個都管到吧！而且那個姓王的是家長會長的孩子！」張國恩口吻裡皆是嘲諷，「沒有老師敢惹的啦！」

婁承穎聽著，突然邁開步伐追了上去。

「喂！」張國恩傻眼了，他在幹嘛？

他不是真的追上去，而是拉近距離，他只是想看看那群人想做什麼而已！婁承穎出生聾啞家庭，自己耳上也有個助聽器，所以他對手語跟唇語非常熟悉，尤其是唇語可精湛了！

王志東一行人果然邊推邊嘻鬧的往「咆哮屋」去，婁承穎站在不遠處看著那些人吱吱喳喳的，下意識的握緊了拳。

「說什麼？」

「哇咧！」婁承穎嚇得回頭，他都不知道杜書綸何時在他身邊了，「你、你你什麼時……」

「說什麼啦？」

「他們要去咆哮屋裡探險，說只要肥伯進去待十分鐘，就可以證明自己的勇氣，以後就不會再鬧他。」肥伯，應該就是中間那個被推來推去的人。

「霸凌果然是學校特產之一。」杜書綸嘴角帶著淺笑，這就是學生生活啊！

「咆哮屋」附近全是雜草跟垃圾，但沒有芒草原上的芒草高，所以大家都能看見那一行人眞的走到那間黑色的三層樓屋子前，一邊粗暴的挪開庭院裡的障礙物，一邊不客氣的推著那個略胖的同學往裡頭去。

這間屋子的門口很怪，架得比平地高了幾十公分，所以還得先踩上幾階階梯後，才算正式抵達房子門口；屋子大門也是一扇黑色鐵門，看上去鏽蝕嚴重，只是距離太遠，無法確定是原本的顏色或是被火燒過的色澤。

「他們眞的要進去耶……這樣行嗎？」婁承穎緊張的轉過了身，「你看著他們，我去找鄧老師！」

看著婁承穎的背影，杜書綸有幾分詫異，那傢伙眞的是個挺正直的人耶！他帶著笑意，自然的朝右後方回頭，果然在對面看見握著獨輪推車的高大女孩。

「去嗎？」

「不要。」聶泓珈說著時，雙眼卻沒離開過那間「咆哮屋」，「那個地方……怪怪的。」

杜書綸聞言，立即察覺到珈珈口中的「怪怪的」，可能有另一層意思。

「妳看見什麼嗎？」

聶泓珈別過了頭，「不舒服，我只能說……傳說可能是有原因的。」

磅！說時遲那時快，遠處傳來了撞門聲，引得他們兩個人往「咆哮屋」看去，只見那票人眞的把鐵門推了開，然後——

他們把那個叫肥伯的男孩推進去了。

「哇哈哈哈！」狂笑聲旋即發出，那群人甚至用手緊抓大門門把，防止被推進去的男孩跑出來。

「好好待著啊！十分鐘！」

「證實自己不要那麼娘啊！」

學生們的笑聲此起彼落，他們就擠在那小小的門口等著看好戲，門前位子有限，其他人還是站在窄小的階梯上，兩個女生正在錄影記錄，裙子非常的短，露出眾所矚目的潔白長腿。

屋子裡一開始隱約還有男孩的哭喊聲，但僅僅只有幾秒，距離太遠了，杜書綸聽不清……欸！

聶泓珈突然經過他眼前，疾步的朝咆哮屋走去，緊繃的身體線條都象徵著：

不爽。

「去找老師！」杜書綸回頭隨便交代最近的人，「說有人跑進咆哮屋探險了！」

語畢，他是帶著笑容追上朝咆哮屋走去的女孩。

聶泓珈雙拳下意識的緊緊握著，那群學生的笑聲傳來，看著他們還用手機拍攝做怪，惹得她一股無名火竄燒，那取樂的神情，讓她想起了當年！

「知道妳腳長，走慢點。」追上的杜書綸，二話不說直接狠拽了她的衣服，迫使她回神。

聶泓珈立時緩下腳步，突然間遲疑了。

此時此刻的他們已經接近咆哮屋，門外以王志東為首的學生已注意到他們，紛紛不悅的看來，甚至舉起手來叫他們滾。

「走開喔！不關你們的事！」

「幹什麼啊！」女孩們手機轉向了他們。

「欸！是六班那個不男不女的。」

聶泓珈停下了，她幹嘛呢？她想阻止他們嗎？這不就等於出風頭了，等等這裡的人都會注意到她，視線又會集中在她身上！

她不認識那個男孩，沒必要幫他出頭……對，樹大招風，別忘了，她矢志整個高中都要當邊緣人的！

同時，屋子裡安靜的太過分了，有人朝裡頭喊了幾句，但沒有回。

「肥伯！哈囉！」

「該不會嚇暈了吧？」

「哈哈哈！真的假的？還錄著嗎，打光打光！許語芯，妳要錄好喔！」王志東興奮的拿出手機，人持一機的打開手電筒，興奮的推開門走了進去。

一個胸前相當偉大的女孩立即握緊手機，而身後跟著的女孩身上「多彩多姿」，髮帶耳環項鍊全都是彩色的，鞋帶還繫著鈴鐺，一移動不停的有清脆的聲響。

而望著咆哮屋的聶泓珈只看得火光滿天，然後——

『**啊啊啊**——』猛地一陣怒吼，伴隨著炸開的火球從門口爆出，聶泓珈嚇得直覺緊閉雙眼！

杜書綸趕緊抓住她的手臂，給予支撐，「珈珈！」

聶泓珈緊張的睜眼，杜書綸直接扳過了她的臉，讓她可以直視著他，她緊蹙著眉再朝咆哮屋看去時，一切如舊，哪有什麼火光？只有那票惡質的同學正魚貫進入。

「快點把那個被欺負的帶出來吧！那裡面……可能有、人沒走。」她謹慎的說著，畢竟她也只是看到大火。

杜書綸點了點頭，轉身朝咆哮屋走去，此時門口已經不見任何人了！剛剛那群學生全走了進去，奇怪的是，就算開了好幾隻手電筒，但能見範圍卻異常的小，總是照不到遠方。

「喂，肥伯在這裡啦！我還以為你暈倒了。」楊家佑一走進屋，就看見了站在一樓最裡頭的同學，大家順著照過去，才發現這屋子中間靠右，還有個上樓的階梯。

圓圓的男孩沒說話，只是筆直、背對著他們站在黑暗中，王志東不爽的直接朝他走過去，粗暴的扳過他的肩頭。

「裝什麼酷啊！你是嚇傻了嗎？」

曹觀柏被扳過身子時，兩眼空洞無神，正呆呆的望向王志東，一點反應也沒有。

「靠夭！是真的傻了嗎？」一堆手電筒朝著他照去，有人還不客氣的拍拍他的臉頰，「喂，肥伯？」

「還真的嚇傻？怎麼這麼沒用啊！」另一個男孩仰頭照了一圈，「這裡就是廢棄已久的——哇啊！」

他一聲大叫，嚇得所有人都跟著跳起來！每個人都只是虛張聲勢，一有風吹草動，卻個個都爭先恐後的想擠向門口。

「幹什麼！」王志東低吼一聲，阻止了大家的混亂。

剛剛第一個發出大叫的同學指向了前方，燈光往前照去，才發現原來剛剛曹觀柏面對的前方是堵牆，那面牆上……有著三個黑影，而且是人形黑影！

「影子嗎？好像不是……是畫嗎？」

「這也太奇怪，爲什麼在這裡畫三個人？」其他人指著牆上的人影，「左邊那個還有點駝背，中間那個好瘦。」

王志東往旁邊望去，這裡處處都是被燻黑的痕跡，但這面牆卻沒有多少焦黑痕跡，相反地還挺白的，正因如此，上面的人形黑影才會格外醒目。

楊家佑鼓起勇氣，再靠近了牆一點，發現一點都不立體。

「眞的是畫。」他回頭沒好氣的說著，順手伸出食指，在牆上的人影抹了一下，「看！平面！」

他把食指遞給大家看，這牆灰塵有夠重，隨便一抹指腹都黑去。

「靠！這家人是多變態啊！無緣無故畫三個人影在牆上幹嘛！」

「嚇人啊！這什麼人家？」

「難怪會失火！呿！」

曹觀柏猛然一顫身子，抬高了頭，「他生氣了。」

王志東不爽的瞪向他，「在說什麼？」

「他、生、氣、了。」曹觀柏無神的眼看向王志東，看起來像個行屍走肉。

『誰准你們隨便進別人家！』

牆裡瞬間傳來怒吼咆哮聲，嚇得大寶猛然一回頭，看見了那三個人形黑影的邊緣，開始泛出了點點橘光，然後，２Ｄ的影子在眨眼間變成了３Ｄ！

「哇啊啊啊──」

幾個同學嚇得魂飛魄！全部一窩蜂朝門口奔去，但是這屋子沒有想像的大，每個人爭著跑，結果就是Ａ拽著Ｂ，Ｃ推開Ｄ，一群人踉踉蹌蹌的擠成一團，直到門口發出了亮光。

聶泓珈正推開了那僅剩一個門軸的鐵門，門比想像的重得太多，而且因爲生鏽所以很卡！一推開門，就有股焦味撲鼻而來，杜書綸直覺不對勁，發生這麼久之前的火災，爲什麼還有如此濃重的焦味？

但他們來不及深思，卻看見剛剛那群狂妄的學生，此刻卻驚恐的朝他們撲過來！

「哇！」杜書綸趕緊閃到一旁，聶泓珈也嚇得要跳開。

但她一鬆手，那扇鐵門居然活像上面有自動閥似的，竟又關上了！

「不行！不行！別關！」裡頭的同學及時衝到門口，使勁一扯，將門再度拽開。

「滾開！」王志東粗暴的把前方的同學都往後扯離，好讓自己能先逃，來到門邊時，更是乾脆直接往外逃，絲毫沒有停下腳步。

站在宅小門前的聶泓珈目瞪口呆，而其他學生索性把那扇鐵門硬扯開，僅存的門軸也宣告壽終正寢！

磅！鐵門重重的摔落地，學生們狼狽的爭搶而出，好幾個人還直接從大門前那三階階梯摔下去，但他們都像不會疼一樣，見鬼似的瘋狂逃離。

咆哮屋前方已經圍滿了學生，偏偏就老師們還沒出現。

聶泓珈打了個寒顫，她跟著探頭往裡看，全身竄起了雞皮疙瘩。

「少一個。」杜書綸一眼就發現他們想幫的人沒出來，回身往裡頭一看，卻已經沒有人影，「喂，同學？」

學學學……屋子裡迴盪著他喚人的聲音，聶泓珈突然在裡頭看見了一隻躺在地上的手！他們的視角被中間的樓梯擋住，但是真的看到有隻手在那兒，她急欲往前，卻被杜書綸扯住衣服，他就是怕聶泓珈一個不小心就進屋了。

『出來！你給我出來——』

屋裡突然傳出一聲咆哮怒吼，聶泓珈跟杜書綸紛紛詫異的朝裡瞧，但緊接著一股龐大的風壓自裡頭衝出來，聶泓珈下意識的轉身抱住杜書綸，旋了半圈貼上大門邊的牆！

一股力量從門口衝了出來，就算沒看見，但他們都感覺到了！

「咦？」遠遠的學生間，也有人發出驚呼聲。

看見了嗎？好像有什麼黑影剛剛從屋子裡跑出了？

聶泓珈穩穩的一腳踩著平台，另一隻腳踩在第一階上，右手圈著杜書綸，左手扶著牆，一切都是那麼的帥氣穩當，人群中的女孩們忍不住讚嘆，遺憾這麼帥氣的人爲什麼是女生啊！

「先別說。」杜書綸穩穩的踩上階梯，先聲奪人。

「怎麼回事——」老師的聲音總算傳來，聶泓珈看向不遠處，一班導師正慌張的朝他們跑來，只是跑到一半緩下腳步，不可思議的看著眼前的屋子，「這是——裡面還有人嗎？」

「怎麼了怎麼了？」張老師亦在後方碎步奔來，「聶泓珈！杜書綸！」

「那個男生暈倒了！」杜書綸回頭喊著，「有個叫肥伯的男生暈倒在裡面了！」

「我去抱他！」聶泓珈跨步上去，立刻就要進屋，杜書綸卻突地扣住門緣，擋住她的去向，「杜書綸！」

「不能進去！」他邊說，一邊回頭看向張老師，「老師，報警！叫救護車跟警察！」

咦？張老師驚愕的看著上方的學生，爲、爲什麼又要報警？

聶泓珈突地雙手掩嘴，驚恐的向後退了兩步，發出了細微的悶叫聲。

知道了吧！杜書綸把她拉離了門前，別看就好了。

因爲那扇被拆掉的鐵門下方，有一隻手。

一隻被燒成焦黑、還被鐵門砸斷的手，以及未被壓碎的……右腿。

第二章
三個人影

歷時二十餘年後，「咆哮屋」再度被拉上了封鎖線，當年曾參與案件的警察連頭髮都沒了，看著那數十年如一日的廢屋，百感交集。

「我還眞沒想到還能到這裡、再上一次封鎖線。」老江站在門口，看著正在蒐證的鑑識人員。

屋內已經架設了數個照明設備，將客廳照亮如白晝，這裡面的陳設與他記憶裡的相去無幾，那沙發、桌子、餐桌跟架子，完全沒有人動過。

「這是阿忠跟董哥！」站在裡頭的年輕壯碩警察，正感嘆的看著被標爲證物的手推車跟行李箱，一眼就知道，「那是我負責轄區的街友。」

「啊，阿武認識的啊，那省事多了，不過……」老江看著屍體，「這是怎麼燒的？」

屋內有兩具焦屍，一具在門後，另一具在入門後的右邊角落、沙發前，學生居然都沒有踩到，鐵門被卸下時也避開了全被砸碎的風險。

不過，這屍體燒得眞的太徹底了！

兩個人保持全屍，頸子、身體、四肢都因大火焚燒時產生扭曲現象，雙拳緊攢，但臉部表情卻定格在張大嘴、緊閉雙眼、彷彿在大叫的模樣。

兩個人燒得脆化，連鑑識小組都在研究該怎麼把他們抬上擔架？是那個被鐵門砸到的屍骨就能看見滿地的粉末，他們是眞的被烤得嘎崩脆了。

但是，這得是多大的火？又是多高的溫度？

「所以只燒掉兩個人，他們的隨身物品、包括這棟屋子都完全沒被燒到一角嗎？」杜書綸就站在咆哮屋外的空地上，看著警察把完好的推車跟行李箱搬走。那些警察瞥了他們一眼，沒有多說話，這些目擊者學生不需要知道太多。

在上方的老江聽見，朝樓梯下的學生望去，「是你們發現屍體的嗎？」

聶泓珈低垂著頭，她向來是安靜的那個，她眞的沒有興趣一再的發現屍體！距離上一次發現屍體才幾天而已！

「是他們。」杜書綸毫不猶豫的伸手指向站在靠近馬路但仍是院子範圍的一整票學生，「他們把同學推進這間屋子裡。」

這一指，指向了一班的那六個人。

「六班那個爲什麼指我們？」阿盛緊張的喊著，「他跟警察說什麼？」

「我們、我們也沒怎樣啊！」許語芯皺著眉，強忍著不安，「我們只是跟肥伯玩玩而已，不是嗎？」

鄭芷瑜嘖了一聲，輕撥頭髮，耳環發出鈴鐺聲，「本來就是，肥伯最好是不要亂講話。」

距離太遠，他們是眞的聽不見屋旁的話語，只看見警察忙進忙出，在跟六班的人談話，還什麼傳聞中的天才少年！

「少說兩句吧你們！現在逞什麼威風！」楊家佑帶著威嚴的出聲，「剛剛誰不是嚇得屁滾尿流，慫得要死！」

眾人不悅的扯扯嘴角，楊家佑剛剛也一樣啊，剛剛那情況誰不跑？牆上那個影子居然冒出來了！

王志東喉頭緊窒，在那間屋裡看見的景象他腦中揮之不去，扯得令人難以相信，他不信六個人都會看錯……不過，看著那些條子走來走去，看起來裡面沒有什麼異狀啊！

「有我在還怕什麼！」王志東做好心理建設，驕傲的抬起頭。

是啊，東哥的爸爸是家長會長，舅舅是S區的議員，這背景硬到連校長都得禮讓他三分，有什麼好怕的！思及此，這一票學生的背都挺直了。

一班的導師匆匆折返，因爲裡頭剛剛暈倒的學生才送到救護車上，但他不能放下全班不管，只能聯繫家長後再趕回。

「張老師！」鄧淳宇走近了六班導師，「我們班學生能麻煩妳嗎？」

張老師一臉悲苦狀的望著他，再看向前方的黑色廢屋，根本欲哭無淚。

「我們班也有兩個在那裡啊……」唉，後面一聲長嘆，爲什麼他們班這麼多事呢？

「我來我來！」九班導師連忙接口，「不如這樣，張老師跟我帶著三個班回去，鄧老師你就順便幫忙看顧六班那兩個？」

警方說涉事學生暫時不能走，一班佔了六個，六班也才兩個，這樣的確合理。況且……鄧淳宇看向了杜書綸他們，這麼聰明的孩子，應該也不需要太擔心對吧？

「好……好吧！那麻煩兩位了！」他也是無奈至極，回過頭看了一眼這票孩子，果然又是王志東他們。

他能說什麼？現在的老師難爲，學生最大、家長次之，老師成了服務業，一般家長動輒就能欺壓老師、蒐證舉發、要求老師二十四小時待命了，更別說這些有背景的孩子了。

當老師啊，已經變成當一天和尚敲一天鐘，反正孩子的造化是家長掌控的，老師們只要把份內工作做完就好，吸收與否、啓發與否、成長與否……他們開心就好。

三個班的學生們帶著害怕與好奇，跟著老師往車站走去，只剩下相關人等還待在原地等待警方；走出屋子的武警官看見聶泓珈，倒是一點都不陌生，他們班上那個優等生的自殺案子都還沒結案咧，現在又見面了。

「聶同學，又見面了！」武警官苦笑一抹，接著看向杜書綸，「咦？你……你們同班？」

杜書綸他自然也見過，就住在聶泓珈隔壁，是個自學的天才少年，怎麼突然換上了S高的制服？還跟聶泓珈同班？

「因爲我突然很嚮往高中生活。」杜書綸說得誠懇，一雙眼睛閃閃發光的，與身邊正在翻白眼的聶泓珈形成強烈對比。

「呃……」武警官忍不住指了指旁邊的咆哮屋，「希望你不是指這、種、生、活。」

不是發現屍體就是遇到命案，這可不該是一般高中生該過的日子。

「我們都沒進去，只是在門口而已，就看到地上有、有……有那個。」聶泓珈害怕的交代著，「其他的都不知道，得去問一班的。」

她就不想惹事上身，主要是一班的人鬧事，她只是……只是……聶泓珈看向了焦黑的咆哮屋，她爲什麼要靠近啊？一班的同學她又不認識，要不是她覺得這間屋子令人感覺不適，也不會想過來警告他們了。

唉，聶泓珈低下了頭，冷不防用掌根敲了敲自己的頭，她那死個性爲什麼還是改不掉？因爲這糟糕的個性曾讓自己身陷何等的痛苦，她不能忘！

「對，一班那票，把同學推進屋子裡面，後來他們也進去了……然後——跟見鬼似的，屁滾尿流的跑出來。」杜書綸回眸瞥了眼王志東他們，臉上明顯帶著嘲笑。

就連那個八面威風的家長會長之子，爬出來時也是叫得很淒慘啊。

武警官頷首後，跟著另一位女警走向了幾公尺外的學生們，鄧淳宇一看見警察過來連忙上前，先自我介紹，再表明學生只是愛玩，別太嚴厲的對待他們。

兩個屍袋抬出了「咆哮屋」，聶泓珈皺著眉看著，又多看了一眼「咆哮屋」裡，自己都沒注意到，她的雙拳始終握得很緊。

「看來這間屋子可能不那麼可怕了。」杜書綸伸手，突地握住了她的拳頭。

「咦？什麼？」她回神看向他，有點緊綳，「這間屋子嗎？它……它……」

現在的確沒有剛剛那種令人不安的磁場，讓人發毛的氛圍也消失了，雖然還是不能說很乾淨，但至少她不怕了。

「我們站這麼近，妳卻只在意自己的透明度，而非在意我們的安危，就表示這間屋子已經沒什麼可懼怕的東西了。」杜書綸衝著她挑了眉，「門開時，有什麼被放出來了對吧？」

聶泓珈瞪圓了雙眼，「書綸！你也感受到了……」

「沒有，我啥都沒感覺到，我是看妳的反應做判斷的！」身爲從小一起長大的青梅竹馬，他對聶泓珈任何反應都是瞭若指掌啊！「這要有危險，妳早拉著我閃得越遠越好。」

聶泓珈沒好氣的扯了嘴角，逕自邁開步伐，那間「咆哮屋」雖不到完全乾淨，但已經沒有剛剛那種光靠近就汗毛直豎的龐大壓力感了！當然，也有可能是因爲波麗士大人在的關係吧。

「那個六班的同學，請在旁邊稍等一下！」鄧淳宇連忙喊住他們，「等等我們一起行動。」

「好的。」杜書綸爽朗的回應著，站在王志東那群學生旁邊不遠處，挑了個隔開又剛剛好能聽見他們說什麼的距離。

那群人臉色都很難看，問起裡面發生什麼事，還有人在發抖，七嘴八舌的說有東西從牆上跑出來！

「沒騙人！大家都看見了！牆上有三個、三三個人影，很像畫上去的或或燻黑的，反正就是人形！」

「然後他們突然動了，從牆裡浮起來，變成一個實體的人的感覺！」

「東哥也看見了對吧？直接撲過來的！」楊家佑趕緊吆喝，要好兄弟給個回應。

王志東眉頭緊鎖，陷入了一種自我矛盾，他覺得說裡面有鬼很扯，覺得剛剛慘叫著逃出來的自己很慫，一方面想強裝自己勇敢，但六班那兩個不男不女的偏偏就看見他雞叫般的逃出來！要解釋自己懦弱，就得承認看見了不科學的好兄弟！

「我也不知道……裡面這麼黑，我只知道許語芯一尖叫，你們回頭跑，我就嚇得跟著跑了。」他選擇了模稜兩可的答案。

許語芯斜眼一瞪，明顯的撇了嘴角，「就我尖叫？你們每個人叫得比我還娘好嗎？」

「好好好，你們進去做什麼？」武警官嚴肅的說，「不管這屋子有無廢棄，都是私有財產，你們爲什麼會擅闖？」

幾個學生沉默了，他們紛紛避開警察的眼睛，導師站在一旁略微憂慮的蹙眉，他隱約的知道是怎麼回事，王志東欺負曹觀柏也不是一兩天的事了。

「學生們……」

「請讓他們自己說。」武警官很乾脆的打斷了導師，他現在問的是學生。

「就大家對那間屋子很好奇，曹觀柏也說想去看看，所以我們就一起去了。」鄭芷瑜胡謅得自然，「反正那個門也沒鎖，而且門軸是壞的。」

聶泓珈聞言，緩緩朝左側看向他們，眞是睜著眼睛說瞎話。

「對啊，我有看到喔！」杜書綸突然朝著一班學生走去，「他們眞的是一群人說說笑笑過去的，只是到了門口，就只把那個……肥伯？用力推進去而已。」

這混帳！王志東立即惡狠狠的瞪向杜書綸，跟著一整排學生都轉向右方，每個人都拎著凶惡的眼神，要不是杜書綸離得遠，說不定已經被揍了！

六班的書呆子是想找碴嗎？

「喂喂喂！」武警官彈彈指，「幹什麼？凶神惡煞的，想打人嗎？」

「你亂說什麼，是……是曹觀柏說他要一個人進去試膽的！」阿盛結結巴巴的，編出一個輕易就能被戳破的謊言。

「對對對！我們在比誰膽子大。」這似乎給了他們發揮之處，梁宗達趕緊接口，「所以他先進去，看誰在裡面待最久，所以我們把門拉住，不讓他逃出來。」

武警官聽著，一臉我聽你們在蓋的神情，這些話等問了在醫院的小子後，就能眞相大白。

「嗯啊，就是這樣，曹觀柏膽子最大啊！」王志東還繼續編下去，「你們沒看到……他是最後一個出來的！」

噗……學生們噗哧的笑了出來，對啊！那個叫肥伯的男孩沒有跑出來，因爲他直接暈倒在裡面了！

「膽子大的人會暈倒嗎？」杜書綸禮貌的問向武警官。

武警官多看了杜書綸一眼，這小子說話都很故意，嘴很欠啊！

「別鬧！」武警官對著王志東一行人語重心長，「能同班是難得的緣分，你們不要隨便欺負同學啊！」

「沒有！誰欺負他了！就一起玩而已！」楊家佑不爽的嘖了一聲，「不然你可以去問他啊，幹嘛講成這樣！」

「老師，這警察不會想誣陷我們霸凌吧？」王志東這句話，才是滿滿的警告。

「不……」鄧淳宇想開口，武警官卻示意他噤聲。

「有沒有霸凌你們心知肚明，我自然也會去問那位同學，霸凌很難判罪，加上你們仗著自己未成年，有法律保護傘可以胡作非爲，這我都知道——現在的警察跟老師，比你們更懂得保護自己。」

武警官嘴上掛著毫無笑意的微笑，他轉向了導師：少說少錯。

鄧淳宇只能憋著笑，禮貌的向武警官道謝，大家都深知教育現場的難處啊！

像這幾個學生背後的家長才是最棘手的部分，尤其是王志東。

警方又再問了一些問題後，終於打算放人，但爾後如果有需要配合的地方，還是得要學生配合。

於是鄧淳宇便準備帶他們一起返校。

依照剛剛站著的位子加上車站方向，大家轉身後變成聶泓珈與杜書綸走在前方，可此時王志東突然加快了腳步，刻意走到杜書綸旁邊。

「你話很多耶，唸書唸到腦子進水嗎？」他壓低聲音警告，「什麼該說什麼不該說，課本沒教是吧？」

哇，杜書綸詫異的抬頭看著逼近一百八十的高大身軀，王志東體格的確很壯，以高一來說這模樣的確夠嚇人，一班導師就在他們後面，就迫不及待威脅起他們來了，眞是目中無人。

左邊一股力道將杜書綸拉開，聶泓珈輕鬆與他易位，站到了王志東旁邊，儘管她身高只有一百七十五，但身材壯碩程度可不比王志東差。

聶泓珈就是那種不明講，誰都會看成是男性的女孩，可不是什麼「男相」，她從樣貌、身高、骨架，都完全遺傳了她的父親，擁有高大寬肩的身材，同齡的許多男生，都還沒她挺拔。

加上她可是有在健身的，肌肉量不可小覷。

「還有妳，不男不女的傢伙！」王志東對於上前的聶泓珈自然無所畏懼，

「妳是那書呆子的保鑣還是舔狗是吧？」

聶泓珈沒吭聲，只是隔開了他跟杜書綸，繼續拉著他往前走。

「你知道世界上有一百多種性別嗎？只會講不男不女，只是展現了你的無知跟歧視。」杜書綸還在嘴賤，聶泓珈默默給了一記白眼，少說兩句吧！

他們跟一班的又不認識，現在莫名其妙又扯進案子已經很煩了，沒事不要再樹敵了！

「什麼一百多種？變態嗎？」王志東根本不可能聽懂杜書綸在說什麼，「我這就警告你們，少說話。」

雖然聶泓珈希望當個透明人，但不代表會接受威脅，她瞥了王志東一眼，帶著滿滿的不屑。

「既然害怕，一開始就不要欺負人不就好了！」她聲音很輕，「反正我們看到什麼，就會老實跟老師說。」

「誰怕了！剛剛……那是因爲大家突然都往外跑我才會……」王志東還在嘴硬，想強辯卻辭語匱乏。

聶泓珈根本不想理他，朝杜書綸使個眼色便加快腳步往前走，她腿長腳長的，步伐都比其他人大很多，杜書綸根本不怕王志東，剛好珈珈往前，他才能跟王志東對上雙眼。

「給你個忠告，你該怕的。」他用格外誠懇的口氣說著。

「怕三小！」楊家佑適時跟上，接了個挺威風的話語。

「是嗎？」杜書綸揚起一抹笑，嘲諷之情溢於言表，「說得你們自己都不信對吧？」

明明只是牆上的人影，但卻眞的突然變得立體，在搖晃的燈光下，宛如眞的有個人朝他們撲過來的。

而且，屋裡其實還有著沒聽過的沙啞聲音，在那間屋子裡低吼著。

他們都知道的，剛剛一切歷歷在目，那是難以解釋的現象，他們就算想說服自己眼花也難以達成的地步。

「不去……不再進那間屋子不就好了！」許語芯接著開口，「是我們冒犯他……」

「是肥伯冒犯的。」鄭芷瑜接口，「別忘了是他先他進去，找到別人了！」

如果裡面的好兄弟被冒犯到，第一個會去找肥伯對吧？

「嗯，說得有理，所以那位同學現在住院了嘛！」杜書綸又是一副假贊同的姿態，「那我假設、假設他已經被攻擊過了，你們猜，誰是下一個？」

誰，是下一個？

這句話讓一票學生同時打了個哆嗦，這是什麼鬼問題？哪會有什麼下一個？

「屁啦！肥伯冒犯了！這件事就到此爲止了！」梁宗達不爽的嚷嚷，「你少在那邊嚇唬我們！」

杜書綸又笑了，他笑得既輕蔑又刻意，深怕這群人看不見似的。

「幹！你現在是在笑什麼！我看見你的笑就想撕爛你的嘴！」王志東惱羞的低吼出聲，鄧淳宇立即往前看過來！

「做什麼？王志東？」

走在前方的聶泓珈也不由得停下腳步，回首盯著那群學生，杜書綸是怎樣？人家一拳就能把他打倒了好嗎？

「你們猜，那東西跑出來了沒？」

學生們臉色煞時刷白……跑出來了……？

杜書綸挑了眉，嘖嘖兩聲，用那種「我好為你們擔心喔」的臉色，伴隨著「其實也不關我的事」的輕快步伐，朝著聶泓珈小步奔去。

她不高興的盯著他，都什麼時候了，他眞是一臉輕快。

「你別惹事好不好？你這樣只是會惹禍上身！那群人一看就不好惹！」聶泓珈不悅的嘟囔著，「你別仗著我會保護你唷！」

「欸欸欸，我什麼時候需要妳保護了？」杜書綸立即搖搖手指頭，「妳對我這麼沒信心？惹到我的話，倒楣的絕對會是他們吧！」

對對對，杜書綸腦子很好，很聰明，可以整得對方死去活來，但再如何的手段，也比不上人家一頓揍啊！白痴！聶泓珈實在懶得跟他抬槓，交通卡一刷，直接先進站，準備過天橋到對面月台等車了！

「怎麼了？妳眉頭皺得這麼緊！」杜書綸趕忙追上，「就算那東西跑出來，應該也不關我們的事吧？」

他們只是剛好站在門口而已。

聶泓珈心情不好的瞥了他一眼，「希望如此了。」

「別想了，不會這麼衰的，除非——」杜書綸突然狐疑的打量了她，「妳該不會之前又看到什麼不該看的？等等那個肥伯又回頭找妳算帳？」

她班上之前那位報復性自殺的優等生便是如此，只因爲聶泓珈很久很久以前「偶遇」過她，發現了她的不堪事跡，結果就被懷恨在心，優等生自殺後，就把自己的不幸，歸咎於珈珈身上。

聶泓珈沒好氣的嘖了聲，「我拜託你，那個肥伯還活著好嗎！」

杜書綸溫柔的瞅著她，「要不要去確認看看？」

她瞪圓雙眼，喉頭緊窒的嚥了口口水，「爲……爲什麼要？我們又不認識他！」

正說著，鄧淳宇已經跟那票學生抵達月台，杜書綸輕輕推著她往前走，知道她不喜歡跟其他人在一起，便拉開了距離。

「我有點想確認，要不陪我去？」

聶泓珈緊皺著眉，低著頭望向自己的足尖，心裡抱怨著很煩，書綸眞的很煩，他爲什麼老是提這些莫名其妙的要求，而且明知道她想當個邊緣人，還確認什麼啊？

緊抿著唇，她還是點了點頭。

其實書綸最討厭的地方是，明知道她放不下咆哮屋裡令人不適的黑氣，還有那個倒地的學生。

她一直是不喜歡到醫院來的，生死交界之處，連一般人都會感到不適的地方，於她而言更加難受；走廊上在人群的黑影，穿牆進出病房的患者，很多時候都不一定是人。

悲傷的情緒更是令人壓得喘不過氣，尤其每次自醫院回來，她都會想起媽媽離開前的那段日子，小小的她總是徘徊在這白色長廊裡，嗅聞著始終會習慣的藥水味，聽著醫護大人的緊張步伐，還有一波又一波崩潰的哭喊聲。

直到爸爸的哭聲響起，直到她茫然的走進了媽媽的病房，看著再也不會對她笑的媽媽。

右手傳來溫暖，杜書綸正緊緊握著她的手，那年他也是這樣，握住她的手，站在她身邊。

只是他們從小手變大手，他也永遠知道她不愛醫院這種地方。

在門口電腦查一下就能查到肥伯的名字，杜書綸聽見警察跟一班導師的對話，知道他叫曹觀柏；八樓病房，杜書綸瞥了一眼院內樓層表，八樓是身心科，他又還在住院，看起來不太妙。

「那個聶、聶什麼、聶泓珈？」

前往電梯的路上，突然有人喚住了他們，聶泓珈緊張的回首，沒料到醫院也有人會叫她！女人沒有一貫的專業套裝，她穿著帽T運動服，素顏戴著口罩，隨便夾著一頭亂髮出現在醫院裡。

「周……記者小姐？」聶泓珈眞的差點沒認出來，那是記者周呈凡！

她是最近非常夯的記者，因爲報導了她們班同學的報復性自殺案件，不僅揪著學校跟家長不放，甚至認爲同學自殺的背後原因很可疑，而且還透過一系列操作讓自己的聲勢水漲船高。

最厲害的是，她最後不但坐上主播台，把同學生前寫的日記弄到手做了獨家播報，還同時爆出自己經歷職場性騷擾的事，一時之間簡直是成了媒體焦點！

不過，眞的只有「一時之間」。

因爲近來他們幾乎都沒看見她在任何一個地方播報新聞了。

「妳生病了嗎？所以好一陣子沒看見妳？」杜書綸指了指她手上的藥袋。

「噢，這個啊……我睡不著，來開點安眠藥。」周呈凡倒是泰然，大方的讓他們看藥袋上寫的身心科，「我現在也不是記者了，專心在家廢。」

「不是記者？」聶泓珈有點錯愕，想起之前她對採訪新聞如此無所不用其極，甚至還偷藏竊聽器，不就是爲了能出線嗎？「可是我以爲妳已經是主播了？」

最短紀錄從新人到主播的人，怎麼會說退就退？

只見周呈凡自嘲般的笑著，搖了搖頭，「妳以爲妳同學爲什麼被性侵這麼久都不敢說？妳以爲爲什麼這麼多人被性騷卻都默不作聲？因爲出聲了就是這樣——」

她雙手一攤，極其無奈。

「妳被封殺了！」杜書綸飛快的思索到結果，「弄個名目讓妳留職停薪，不給妳任何工作，其他新聞台也不會錄用妳，然後被妳公諸於世的主管還可能告妳。」

「你反應眞的很快耶！猜中百分之九十九了，唯獨最後一個——現在是新聞台告我，損害商譽，在未經告知的同意下播放不在列表內的新聞。」周呈凡再度搖搖藥袋，「這就是爲什麼我得來拿藥了！」

這就是她告發主管性騷的下場。

在新聞台裡被主管性騷擾，暗示要透過性交易她才能繼續跟進大新聞，忍受噁心的撫摸與碰觸，最後她勇敢站出來、說出來後卻失去了工作。

「這太……不公平了！」聶泓珈忍不住暗暗握拳。

「這就是世界的運作，她還是有錄到主管摸她的影片喔，多少人站出來講的都是幾年前、甚至十幾年前的事，那種CASE但凡上法院都是證據不足的結果！」杜書綸早知道這種現象，只是他以爲手握主動權的周呈凡會比較不同。

仔細想想，她能握有多少主動權？對比整個業界，她也只是一個小小的螺釘罷了。

「放心，我已經接受了，雖然我曾經心存僥倖，想著或許總經理能幫我，結果事態發展到他也罩不了我！」周呈凡嘖了一聲，帶有自責的碎碎唸，「早知道我應該直接找更上面的人才對。」

咦？聶泓珈愕然的抬頭，不可思議的看向周呈凡，她這言下之意是……

周呈凡一下就留意到她的注視，冷笑嗤了聲，「別天眞了，不然妳以爲我怎麼可能坐上主播台？」

不會吧？聶泓珈腦子一團亂，簡直不敢相信周呈凡所言。

「橫豎都會被性騷擾，不如找個更有權勢的概念嗎？」杜書綸一副理解的模樣。

「是啊，如果凡事都要有代價，那我也得找個對等的吧！」她一邊說著，一邊嘆氣，「只可惜，我沒算到被全面封殺這條路。」

「那接下來妳要怎麼辦？目前是不可能回去當記者了吧？」

「別想了，現在這陣子得低調些，過了我應該會離開這裡，到別區去找平面媒體的工作吧！」周呈凡笑得瞇起雙眼，卻不知道是眞心還是假意，「別擔心我了！辦法總比困難多！話說～你們兩個小朋友爲什麼這麼晚了出現在醫院？」

她邊說，視線下移，停在了他們緊緊互牽的手上，無聲的「哦～」飄散在空中。

「她不喜歡醫院，不論是誰，只要一進醫院都得牽著她。」杜書綸即刻說明，「都不是記者了，還改不掉探人八卦的習慣！」

「記者不是探人八卦，這是公開眞相。」周呈凡義正詞嚴的說著，口吻裡帶著不悅。

「妳聽聽妳說的話，妳信嗎？」杜書綸居然直接嘲諷起來，聶泓珈搖了搖他的手。

「你幹嘛這樣啊！她又沒怎樣？」

「我這是說一般人的心聲啊，而且她之前報導自殺案時，對我們可沒客氣過。」杜書綸一臉理所當然，連他們這些不相關的學生都快被她逼瘋了，現在跟她客氣什麼！

聶泓珈拽了杜書綸往後，朝周呈凡頷了首。

「我們有同學不舒服，過來看看他……那個，祝妳順利。」聶泓珈也只能給她這樣的祝福。

是啊，身爲記者時，周呈凡眞的對於採訪逼近趕盡殺絕，雖然現在她面對的困境很不公平，但也無法抹掉她給眾人帶來的傷害。

周呈凡頷首後擺擺手，轉身離開了醫院。

聶泓珈看著周呈凡那依然昂首的挺拔姿態，實在很難消化她剛剛那番言論——所以，她接受了更高階的 Me Too，然後得到權力去舉發了主管的 Me Too？

但是爆料出來後，誰都沒護著她，她還失業了！

「很正常吧！這是現實操作啊！事實上吳茹茵的事情，在每個人都活著的前提下，妳覺得提告有幾分勝算？」杜書綸拉拉她的手，「我看過很多資料，都是證據不足！無罪！」

「這未免太過分了吧！你意思是說，就算吳茹茵真的被性侵多年，只是因爲事情隔了太久，就無法對加害者懲罰？」

「法律是講證據的，如果是誣告怎麼辦？不是誣告，妳就得提出證據啊！」杜書綸也相當無奈，「一人有罪無罪，不是讓大家自由心證的，如果大家都這樣，那還能叫法嗎？那叫獵巫。」

聶泓珈緊緊皺眉，道理她懂，但心理上過不去。

「別想過去式了，大家都有自己的選擇，吳茹茵的事也已經告一段落，好好過我們的生活不就好了。」杜書綸口吻裡帶著輕鬆愉快，高中生活真的比他以爲的有趣太多了。

他原本以爲只是到學校，唸那些他早就會的東西，可是——才轉學過來沒兩星期，就又有別開生面的事情發生了！多有趣！

聶泓珈斜眼睨著他，「我爲什麼覺得你好像很雀躍？」

「嗯？有嗎？」戲精一秒變得成熟穩重，「妳是不是誤會什麼了？」

「杜書綸，你眞的覺得這很有趣嗎？我討厭遇到這種事！」聶泓珈忍不住抱怨，「你有看到屋子裡的那個、那個……」

咆哮屋裡，在客廳右側地板上那具扭曲的身體的屍骨嗎？

燒得焦黑得宛如模型，儘管沒有噁心的腐肉，但那具骷髏看起來就像是在慘叫，嘴巴張得非常的大，大到下頷骨都已鬆脫，那景象在腦海裡揮之不去！

他當然看到了，就是因爲看見了才覺得眞的有趣。

試問爲什麼能把人燒乾的大火，卻保留了他們兩位街友的家當？那手推車跟行李箱裡，可是分毫都沒有被火舌燒灼的痕跡！甚至連屍體下方那塊紙板都安然無恙。

這不管從物理學或化學來說，全部都無法解釋，唯一能解釋的……眞的就是那謎樣的世界了！

他不是敏感類型的人，打小不是沒遇過奇怪的事，多半都是因爲被珈珈感染到的，當然他對聶泓珈深信不疑，況且跟著珈珈也眞的見過某些黑影及難解釋的事，但要說最最明顯的，便是上次他們班那位資優生的自殺事件。

他們不僅撞了鬼，還一次解鎖更高成就：親眼看到惡魔了。

他不想用太過分的詞來形容這件事給他的感覺，「別開生面」不知道算不算含蓄了？

還沒到病房前，他們就知道曹觀柏在哪一間了，因爲才一左轉，就看見走廊上的鄧淳宇、警察以及不認識的大人們，應該就是曹觀柏的家長了。

欸！聶泓珈立即回身，她突然發現到這裡來是個錯誤啊！

「珈珈！」杜書綸還扣著她的手咧，使勁一拉，「說好陪我來的！」

「那你自己去，我我我我找個地方……我在樓下等你！」聶泓珈意圖抽回手，但杜書綸立刻做出可憐樣，「你要放我一個人去嗎？鄧老師要是問我來這裡做什麼，我怎麼說？」

「天底下找不到幾個人說得過你啦！」聶泓珈緊張的用氣音說著，「你也知道我們跑來看曹觀柏毫無理由啊！完全不認識，跑來探病太奇怪了！」

只見杜書綸勾起不懷好意的笑容，驀地湊近聶泓珈，「這麼奇怪妳還不是陪我來了。」

哼哼，明明是她想來，他只是替她建幾個台階罷了。

低首看著一臉賴皮樣的杜書綸，聶泓珈就不懂爲什麼她體格這麼健壯，卻永遠輸這個瘦小的矮子鬼！

「咦……」身後傳來了最不該出現的聲音，「我剛還以爲我看錯了，眞的是你們！」

鄧淳宇正在跟家長說話，他的角度剛好面對他們，瞥見時有點意外，他還眞不知道曹觀柏跟六班的同學認識？

「老師好。」杜書綸機靈的打招呼，迫使聶泓珈也囁嚅的說了聲老師好。

「好好……我不知道你們認識曹觀柏啊？」鄧淳宇相當詫異，「我知道你叫杜書綸，這位同學妳是？」

「聶泓珈。」她說話囫圇著，不清不楚。

鄧淳宇沒有在意，看得出來這位高大的學生只是身形高大，但個性應該挺社恐的，從頭到尾都避開與人對視，說話也含糊，總是一直想閃避的模樣。

「聶同學是吧？」他其實沒聽清她到底叫什麼，但姓氏是確定了，「曹觀柏應該等等就出院了，你們要先過來嗎？」

聶泓珈明顯的抗拒，收回了自己的手，杜書綸倒是不急不徐的朝鄧淳宇走去。

「我們不認識他，但畢竟是我們發現的，想知道他狀況如何？」杜書綸眞的就沒管聶泓珈，與鄧淳宇往病房走去。

鄧淳宇幾度回頭，杜書綸表示讓她在那邊等就好，這才放聶泓珈一個人在電梯前的大廳裡。

反正呢，珈珈等等一定會過來的，因爲最想看的人是她！總是得確定一下，從咆哮屋跑出來的東西，是不是附在了曹觀柏身上吧？

第三章

被霸凌者

走廊上除了有教務主任與曹觀柏的父母及妹妹外，還有用不可思議的眼神看著杜書綸的警察，武警官眼珠子瞪得都要掉下來了，只差沒喊出：又是你！

他甚至下意識朝杜書綸後方看，那個聶泓珈呢？

「她在電梯那邊等我。」都不必問，杜書綸主動解疑。

「這位是？」一個看上去有些嚴肅的中年男子疑惑的看向杜書綸，「觀柏的同學嗎？」

「呃，他是六班的杜書綸，是他跟另一位同學報警的。因爲當時觀柏已經昏迷，他們擔心他所以過來看看。」

「喔！原來是你們！」曹媽媽即刻上前，親切的握住杜書綸的雙手，「眞是謝謝你們，幸好你們及早發現！」

曹媽媽相當溫柔美麗，曹觀柏的父母就是那種氣質出眾，看得出來是家庭水準不低，連一旁微笑的妹妹，也是一副乖巧聰慧的模樣。

「謝謝你們先發現，不然眞的怕我哥出事。」妹妹也頷首表示感激，說著相當成熟的話語，「我哥平時比較內向，也不太說話，在校的事我們也都不是很清楚。」

杜書綸帶著微笑應對，試圖抽回自己的手，曹媽媽像是把感謝都寄託在手上的力量了，可以了、喂！可以了……唉，他好容易才抽出了手，眼神瞟向家長背後的病房。

「他還好嗎？爲什麼會暈倒？」杜書綸趕緊問。

鄧淳宇才要開口，結果曹父搶了白，「就是膽子小又愛玩，想去探險卻被嚇成那樣，實在是有點不好意思！」

「不會啦！也不只他一個人這樣，一起去的孩子也都嚇得雞飛狗跳！」教務主任跟著安撫，大家都在打哈哈。

杜書綸看著大人間的「客套」，不由得轉頭看向了鄧淳宇。

鄧淳宇一言不發，眼鏡下的雙眸看著地面，文雅安靜，已經把話語權交了出去似的。

「你們不——」

武警官突然搭上了杜書綸的肩頭，阻斷了他即將出口的話語，「你不是想看曹觀柏嗎？我帶你進去！」

杜書綸即刻收聲，由武警官拉著往病房裡走去，哎唷，有些事看來是說不得啊！

進入病房，只看見男孩半坐在病床上滑手機，瞥見進門的人顯得相當狐疑。

「我六班的，我們班有人發現你被帶去咆哮屋，所以我們才跟上的。」杜書綸簡單的交代，「你好些了嗎？」

曹觀柏凝視著杜書綸好一會兒，像是在觀察似的，最後點點頭，也沒說話。

「你記得在裡面發生什麼事嗎？我不知道老師或警察有沒有跟你說，那間屋子裡發現了……嗯。」屍體，杜書綸沒說明，就是帶過。

「他不記得，他只記得裡面很黑，燒東西的味道很重，想要趕快出去而已。」武警官低語著，這些他們都問過了。

「但你在屋子一樓最裡面暈倒的，不是在門口耶！」杜書綸記得清清楚楚，「屋子是不深，前面一個區塊，中間偏右有一道樓梯，再裡面還有一區，我在門口的視角看見你倒在裡頭，雖然只有看到頭跟手——」

但你沒有在門口，這麼害怕，你還敢走到裡面去？

後面的話杜書綸沒問，但病房裡的大家似乎都聽見了。

警方也這樣問過了！武警官無奈的望著他，現在搬出那些怪力亂神的事情，是很難說清楚的。

杜書綸懶得拖，「你看見牆上有幾個人影？」

曹觀柏明顯的緊繃了身子，握緊手上的手機。

武警官倒也沒阻止，因爲曹觀柏的確非常不配合，從頭到尾都說他暈過去、他忘記了、什麼都不知道、什麼都沒看見。

門板被輕敲兩下，杜書綸回首，看見門邊的聶泓珈，她終究還是過來了。

「我們一起發現你的。」杜書綸指指門口的高大少女，她看著曹觀柏，眉頭是蹙緊的。

他身上沒有被什麼不好的東西纏上，聶泓珈也沒看見咆哮屋那股渾濁的邪氣，就跟一般同學沒兩樣。

這讓她很矛盾，因爲如果在這裡找不到，那跑出去的東西去了哪裡？那個東西很令人不舒服啊！

「都還ＯＫ嗎？」門又被敲兩聲，鄧淳宇探頭而入，「曹觀柏，我先跟你爸媽去辦出院手續，等等就能出院了……武警官？」

「我們這邊沒事了。」

「今天就出院？」曹觀柏突然有點小激動，看起來很失落。

鄧淳宇望著他，帶著點憐惜般的走到病床邊，「醫生說你沒有什麼大礙，也沒受傷，的確能回去了……我知道你受委屈，如果你打算——」

曹觀柏用力的搖首，結束了鄧淳宇的後話。

「我能讓你多住一晚，交換你看到的東西——我說不尋常的那種！」杜書綸突然趨前，雙手抓著床尾護欄，將音量壓到最低。

曹觀柏雙眼閃過一絲光芒，他是帶著希望的。

「有個聲音很粗又很低的男人在罵人，聽起來像卡了很多痰，他非常非常的生氣！」他前傾身子，雙眼對著杜書綸，「他說，我一定要找到那畜牲，然後殺了他！」

鄧淳宇倒抽了一口氣，瞪圓雙眼看著曹觀柏，武警官也繃緊身子，這些事其他學生可沒提過啊！

「你很不舒服，不停看到幻覺對吧？」杜書綸直接繞到床側，隻手就把曹觀柏往床上壓，「下午被關在黑暗中太可怕了，不記得事情，身體卻記得那份恐懼！」

咦？曹觀柏被迫躺了下來，一雙眼還在轉著，與杜書綸面對面的鄧淳宇仍在錯愕，杜書綸卻將被子整個拉起，蒙住了曹觀柏整個人。

「你得抖。」聶泓珈也來到床尾，小聲的交代著。

接著，她轉頭看向了武警官。

病房裡兩個大人腦子飛快的運轉著，都還沒轉出個什麼，門外曹媽媽探頭而入，他們現在應該要去辦出院手續的啊，怎麼了嗎？

「叫人！他不對勁！」杜書綸的視線剛好可以看到門口，突地大喊，同時按下了呼叫鈕。

「咦？」曹媽媽愣住了。

「需要請醫生過來看看！他還是很不舒服！一直發抖而且一直哭！」聶泓珈對武警官說著，「得看是不是再留院觀察一下？」

是這樣嗎？武警官恍然大悟的同時，護理師急急忙忙的奔入，杜書綸焦急的說著同學渾身抖個不停，剛剛還哭了出聲，下午的事其實給他很大的精神壓力，他需要協助！

緊接著醫護都奔進了病房，鄧淳宇只能順著話說，被子裡的曹觀柏開始胡言亂語，又抖又哭的，隨著情緒越來越激動，醫生當即請不相關的人全都離開病房！

當導師跟武警官回神時，才發現六班那兩個學生早就不見了。

「爲什麼會這樣？他不是剛剛還好好的？」

病房外，比所有人都冷靜的，就屬曹觀柏的家人們了！妹妹正提出疑問，晶亮的眼轉呀轉的。

「剛剛那兩個學生是不是說了什麼？」曹父眉頭微蹙，看向了走出來的警察，「警察先生，剛剛裡面……」

「的確是交談了一些事發經過，平輩之間或許比較有話說吧……畢竟，我們都知道曹觀柏不是自願進屋的。」武警官平靜但帶著嚴厲的說明，「被關進這麼有名的鬼屋，孩子怎麼受得住？」

他的家人明顯的交換眼神，此時此刻鄧淳宇卻沒有見到以爲的慌張與擔憂，取而代之的是極端冷靜。

「但是那個王志東不是家長會長的孩子嗎，我們也知道他是議員的外甥，我只是不希望觀柏再受到傷害。」曹父沉著聲開口，「安安靜靜的，不要招惹人就好。」

「有時候不主動招惹，也不一定不會有事。」鄧淳宇嘆了一口氣，「曹爸爸，您也是老師……」

「我正因爲是老師，更知道校內的運作，學校也不希望鬧大，孩子跟有背景的人槓上，吃虧的就是他，我也只是一個高中老師，沒有那種權力。」曹父望著導師搖了搖頭，「這件事就到此爲止，我們沒有要追究，我也會讓觀柏以後低調再低調。」

鄧淳宇皺了眉，「他已經……低調到不能再低調了。」

甚至可以說，曹觀柏就是一班的透明人。

曹父不再說話，家人轉身低語討論今晚誰留下來，女孩率先說要回家，她隔天可要上課啊！曹母最後勉爲其難的留下，但也要回去準備準備。

鄧淳宇與武警官旁觀著這一切，總覺得這家人的氛圍有點奇怪。

十分鐘後，曹觀柏被注射了微量鎮定劑安靜下來，由於該問的都問了，導師與武警官也先離開，他們兩人一路無言，人人都知道這件事是霸凌，曹觀柏是被推進屋子裡的，發現屍體全是意外，但區區校園霸凌，受害者不說，學校也很難處理。

「他在班上一直都這樣嗎？被欺負？」出電梯時，武警官忍不住問了。

「更慘！他是邊緣人，被全班無視，處於冷暴力。」鄧淳宇搖了搖頭，「全班直接當他不存在，所以今天會發生這種事，是我失職。」

「當他不存在是什麼意思？」

鄧淳宇神情複雜的看著武警官，就是字面上的意思，無視他的存在，彷彿班上沒有這個人。

對於身爲導師的他而言，要說出學生這樣的遭遇是很痛苦的！很多事情他看在眼裡，但卻幫不了忙，他能循循善誘班上同學不要如此對待同學，卻不能強迫學生與曹觀柏做朋友，逼迫誰跟他交談、或是命令誰一起用餐，這就是他最使不上力的地方。

這一切自然是王志東帶頭的，他也找王志東談過，但結果非常的糟糕，因爲他隔天就被校長約談了。

兩人正要走出醫院外，卻在大廳門邊見到了六班那兩位學生！

「咦？你們兩個！」武警官指向了杜書綸，「機靈得很啊！」

杜書綸聳聳肩，同學想待在醫院，就讓他待一晚唄。

鄧淳宇看著六班的學生，心裡多少有點欣慰，「眞謝謝你們了！不管是下午發現這件事，或是特地過來關心。」

「舉手之勞而已。」杜書綸雙眼閃閃發光的，「看來老師都知道啊，但我看你們誰都沒提到霸凌的事。」

「家長表示不追究，說也沒用，曹觀柏在班上的處境已經不是很好了，加上王志東的家長有點麻煩……呵。」鄧淳宇自嘲起來，「說來也好笑，我是導師，卻幫不上他。」

「那個王志東的舅舅是議員，他爸又是家長會長吧。」聶泓珈緩緩出聲，

「我們十月辦活動時，我們班先登記的禮堂，後來被迫讓給了一班，就是因爲這個。」

鄧淳宇一個深呼吸，向學生們行了禮，「對不起！當時我也跟張老師說了，這不是我能處理的……」

「這麼有來頭啊！」杜書綸喃喃說著，腦子已經在想，回去要叫姐查查，那個家長會長或議員總是會有什麼黑料的！

「不只家家有本難唸的經，每個職場都有吧！老師你就盡力幫那個孩子就好。」武警官眼神始終盯著他們兩個，「至於你們兩個，我有事情想問！」

「啊，我也是！」鄧淳宇突然略微激動的正首，「剛剛曹觀柏說聽見的是什麼？所以撞鬼的事是眞的？」

「你每個學生都這麼說，我都不知道該不該寫在報告裡。」武警官正爲此事苦惱。

鄧淳宇沉默了幾秒，只能嘆氣，「我以爲是黑暗使人恐懼，加上那又是傳說的鬼屋，所以他們才看錯或是……」

「或許吧！」武警官語帶保留，對他而言，那裡現在是命案現場。

鄧淳宇再跟他們說幾句後便先離去，明天還得上課，不忘交代聶泓珈他們早點回家；不過他也知道，學生在這裡不是等他的，應該是等武警官！其實高大的那個孩子他有印象，六班之前的優等生自殺告別式那天，他就是被記者圍堵的學生之一，自然跟警察多少認識了。

果然鄧淳宇前腳剛走，武警官立即就問向兩個學生，「你們是不是知道什麼？可別隱瞞啊！」

「就是這樣才留下來的啊！」杜書綸非常認眞，「有東西從咆哮屋跑出來了，就剛剛曹同學說的，那個痰卡住的主人要去找人算帳了吧！」

又來！武警官有點頭暈，爲什麼又是這種鬼神之說！

「原本在裡面的鬼嗎？」

「應該是，那棟屋子的傳聞不假，本來就不乾淨，怨氣很重很重……下午門壞掉時，有個黑影衝出去了。」聶泓珈肯定的點點頭，「不過曹同學沒事，那、個沒有附在他身上。」

武警官重重忍不住扶額，「天哪！爲什麼老是有這種事……就不能只是簡單的霸凌案嗎……不對！現在都已經是命案了！」

「可以把人燒到那麼徹底的大火，卻燒不掉他們的手推車，這個一開始就很難解釋了喔！」杜書綸禮貌提醒，「我們只能猜那間屋子可能本身有個什麼封印，總之裡面有個很凶的亡者，結果今天他們把門拆了……」

「應該是當年的火災死者吧？我們查了新聞，燒死一家六口，只有一個倖存者，」聶泓珈看著手機裡的頁面，有點沉重，「是那戶人家的孩子。」

武警官知道。他略微點了頭，下午他也聽前輩老江提起過咆哮屋的案件，當年那場大火一發不可收拾，連消防隊員都難以進入搶救。

「所以，那個滿懷怨恨的亡靈，應該就是親人之一，而他恨的對象，怕就是——」杜書綸保守的猜測，「縱火者還活著嗎？」

他明白這兩個學生的用意了，「我會去找！如果……我是說假設如果眞的是好兄弟，那生前死後的個性都一樣嗎？」

杜書綸立即看向聶泓珈，她有些遲疑，「差、差不多吧？但是像死者是被燒死的，或許被燒死的痛會加深他的恨……」

「因爲當年那家的男主人，就是個非常暴躁的傢伙！脾氣非常非常差，對應著咆哮屋的傳說，我現在覺得可眞合理。」這都是前輩提到的，那個屋主眞的是惡名昭彰！

「家暴者？躁鬱症？」杜書綸把能猜的都猜一遍，「所以縱火的會不會是被傷害的人，或是屋主在外結仇的報復者？」

「你講的全都有，家暴、暴力打人，當年還沒有完善的家暴防治法，所以他們全家都長期活在他的暴力之下。」武警官沉重的闔上雙眼，再睜開，「縱火的人，是他的親生孩子。」

也就是那個怨魂口中說的：「畜牲！」

女人再三的跟醫生道謝後，親自送醫護人員離開，然後轉身回到了病房，丈夫跟女兒都還在裡面，她輕輕的將房門關上。

「都走了嗎？」曹父蹙眉問著，拉過椅子坐下。

「嗯。」曹母這麼說著，笑容自臉上消失，也抓了另一張椅子坐下，顯得相當疲憊。

女孩直接坐在病床床尾，轉過頭後，忍不住推了病床上的哥哥一把，「很煩欸你！為什麼要多住一晚？」

「只會製造麻煩的傢伙！」曹母心情最差，因為她得在這裡陪護，「你什麼樣的膽子？敢跟人家去探險？」

「他才沒那個膽，他是被欺負的好嗎！」妹妹爬上床，掀開被緣，看著因鎮定劑而陷入睡眠的曹覲柏，「看他這種模樣，哪可能去冒險？」

曹母不悅的看向丈夫，「話說回來，他們班同學也太超過了吧？把他一人推進屋子裡，先不講裡面有屍體，如果裡面有惡人呢？」

「為什麼人家不欺負別人？專門欺負他？」曹父冷漠的接口，「也才開學多久？新學校新班級，就專找他麻煩？這還不是因為他做人失敗、不會交際、不會說話，連交朋友都不會！」

「有夠丟臉的！每天都那副全世界欠我的模樣，我說眞的，我一點都不想跟朋友介紹這種人是我哥。」妹妹滿是嫌惡的將被子隨意甩上，「他眞的一點都不像我們家的人！」

她亮麗聰穎，在任何地方都是領袖人物，結果卻有個晦暗懦弱又胖的哥哥，成績又差，做什麼事都是成事不足敗事有餘！

「這是眞的，妳到底怎麼教的？」曹父嫌惡的瞪向妻子。

「咦？奇怪？怪我做什麼？那不是你兒子嗎？憑什麼教育孩子是我的責任？」曹母也不甘示弱，「別忘了，我可不比你差！我是因爲嫁給你才犧牲了我的事業好嗎！我要是認眞發展，絕對比你這個高中老師要強！」

「說這麼多想像有用嗎？世界上沒有那麼多假如！妳是家庭主婦，他是妳帶大的，性格這麼怯懦，難道不是妳的強勢造成的？」

「笑話，你就溫柔？你要不要聽聽你每天跟他說什麼？把兒子說得一無是處的可是你！」曹母冷哼一聲，開始對丈夫的評語如數家珍，「我怎麼會有你這種兒子？你眞是我們家的恥辱！你連我的百分之一都不像，這麼簡單都會錯，簡直蠢得跟豬一樣……」

曹父低吼了聲閉嘴，看著被子裡的兒子，忍不住握了握拳，「他眞的很差！」

他跟妻子以前在校都是前十名的等級，家庭水準也不差，曹觀柏是他們的老大，原本希望是個優秀的孩子……小女兒倒是遺傳了他們夫妻倆優秀的部分，成績優異，還有各項才能，總是讓他們驕傲；偏偏老大從小就膽怯內向，沒有任何一個顯著的才能，而且腦子還笨，不管補多少習都沒有用！

他能進S中還是因爲學區，否則根本不可能考上！

眞不知道他們夫妻這麼優秀，爲什麼會生出這種孩子？

「好不容易擠上S中，才開學多久就搞出這種事！」曹母顯得很不耐煩，「我到底要爲他的事跑學校幾趟啊？」

曹觀柏的被欺負是從小開始的，因爲以前他就個性沉悶、不擅言詞與交際，很容易變成攻擊目標；被霸凌從來不會是因爲你做錯了什麼，或因外貌、或因體型、或是單純的看不順眼，這源自於人的天性，恃強凌弱。

身爲老師的曹父當然懂，他厭煩的是：爲什麼就是他兒子？

被欺負的人，自己也該負責好嗎？爲什麼他沒被欺負過？爲什麼妹妹也沒被人欺負？偏偏這個兒子一天到晚被欺負、或是不合群，妻子可沒少去學校過。

「哥也算有長進了啦，都住院了，笑死！」妹妹嘲弄的嗤之以鼻，「人家讓他去廢屋就眞的去，我眞是……笑死！」

「眞是不讓人省心！」曹父也忍不住皺眉，「光會折騰我們！」

偏偏再討厭、再無奈，都是自己的孩子，又不能扔著不管！曹母深吸了一口氣，站了起身。

「好了，回家吧，我收收東西過來陪他，不然等等又會被人說話。」

「妳辛苦點吧！」曹父也嘆氣起身，「等他回家，我再好好說他！」

女孩跳下病床，拎起書包就往門口走去，一家父女三人，離開病房前都沒有再回頭探視床上的男孩一眼。

門關上，被窩裡的男孩同時睜開了眼。

鎮定劑並沒有下得很重，他仍舊清醒，只是手腳有點無力而已……他多希望就這麼睡去，就不會聽見剛剛那些對話了！

但是，他也早就習慣了不是嗎？

『那你家人啊？』

正低頭看著被子，暗自垂淚的曹觀柏顫了一下身子，因爲這聲音就在他房裡——但他住的是單人房啊！

他的左側，竟隱隱的出現橘色光芒，在被子上、在牆上跳動著。

曹觀柏顫抖著身子抬起頭，戰戰兢兢的往左邊望去。

他的左邊是扇大型方窗，因著室內黑暗，所以窗戶玻璃映著他坐在病床上的孤單身影，因著他駝背的身軀，使得他看起來益加悲涼。

但是，在窗戶的倒映裡，他的病床邊多了一個人！

「哇啊！」反應過來的曹觀柏，嚇得一顫身子！

『你脾氣眞好，這樣都能忍？』倒映裡的清瘦男子悠哉的坐在他床邊的椅子上，『還是你眞的對這些羞辱霸凌都無所謂？』

他對著玻璃窗與清瘦男子對視，嘴角略爲抽搐，似笑非笑。

他、怎、麼、可、能、不、生、氣！

「快了，他們會知道的。」他盯著被子，此刻突然眼皮有點沉下，「他們會親身體會，怒火也是能吞噬人的。」

第四章

路怒焚燒

中午下課鐘一響，學生們紛紛準備拿便當，大家訂的便當都已經送來，少部分叫外送的人也急著要去轉達室拿午餐。

曹觀柏默默在隊伍中等待，快輪到他時，發放的同學照慣例的無視，讓他自己一個人在一堆便當裡尋找自己的。這已經是日常了，全班都當他不存在，如果不是導師每天問他要吃什麼、幫他一起訂便當，班上不會有人幫他填寫的，因爲他就是個透明人。

才在翻找，鄧淳宇卻已經上前，「曹觀柏，這你的。」

「謝謝老師。」曹觀柏禮貌的接過，誠懇的答謝，也只有老師會知道他是在的。但老師也只能做到這樣。

「你們是怎麼回事？爲什麼跳過曹觀柏？」鄧淳宇厲聲的指正。

「誰？我沒看到誰啊？」今天發飯的剛好是梁宗達，他不在意的聳聳肩，「老師，你是看到魔神仔喔？」

哈哈哈哈，台下有人爆出大笑，有人無視這一切不想捲入其中，班上有許多人其實並不喜歡王志東他們這樣欺負同學，但如果出了聲，人人都怕自己是下一個，所以只能委屈現在的箭靶了。

「他叫曹觀柏，大家都是同學，你們爲什麼要這樣？那天刻意把他推進廢屋裡的事，我還沒有跟你們好好說呢。」鄧淳宇扳過曹觀柏的肩頭，嚴肅的對著全班勸說。

「誰推他進去了？」王志東忽然大聲回應，「是他自己進去的好嗎！是他說想探險的！」

「是啊，你自己說！」楊家佑走上前，一副中二流氓的姿態，「我們有誰推你嗎？不要亂說話啊！」

曹觀柏低著頭，挪動了肩膀，想掙脫鄧淳宇的雙手，他排拒的意思非常明顯，他不需要導師幫他出頭，他爸媽都已經沒有要追究這件事，對外定調也是他自願冒險了，不要節外生枝了。

「你們幾個……別忘了這次有目擊者，六班同學看到你們推他進去的！」鄧淳宇雖然生氣，但語調依舊保持平穩，「同學間如果有誤會就坐下來談開，學校不是讓你們霸凌的地方——」

鄧淳宇話沒說完，王志東居然啪的一拍桌子站起，還使勁往前推動自己的桌子，導致桌子推撞到前座的女孩，但該同學是連回頭都不敢！

「你這傢伙很囉唆耶！上次主任不是警告過你了嗎？你知不知道這裡誰最大？」王志東高分貝嗆聲著，他最討厭這些吱吱歪歪的人了！

他想做什麼就做什麼，連老師都休想管！老師的薪水可是他們付的！

以王志東為首的幾個學生都站了起來，楊家佑手上甚至把玩著蝴蝶刀，流暢的在指間晃動，這是明晃晃的威脅。

「你怎麼帶那種刀來學校？交出來！」鄧淳宇極度詫異。

「六班哪個？書呆子跟那個不男不女的傢伙嗎？」楊家佑完全沒把導師放在眼裡，繼續甩動刀子，「我等等去問他們，看他們是不是看見了！」

不可以！曹觀柏有點緊張，他不希望事情越鬧越大的！

「看見了啊！是我看見的喔！」後門冷不防出現了陌生的聲音，婁承穎正好奇的張望著劍拔弩張的一班，「我會讀唇語，你們是威脅那個人進屋的，我可以全部重複一次的！」

坐在最後一排的王志東忿忿回頭，他簡直不敢相信有白目的會過來找死！

「馬的！這是一班！你們六班的管我們班什麼事啊！」阿盛就坐在王志東身邊，雖然瘦得像竹竿，但氣勢也沒輸人。

「是你們說要找我們的啊！」婁承穎身邊出現的是杜書綸，「不是要來問我們？我可是左眼右眼都看見了喔，他只是看見你們要欺負他，我也看見你們推他進屋，還拉著門不讓他出來。」

「閉嘴啦！六班的滾行嗎？」許語芯氣勢萬千的直接朝後門走來，雖然是女孩，但是依然一副凶神惡煞的臉。

她一到後門刻意挺胸走向婁承穎與杜書綸，他們機靈的往後退，畢竟許語芯的態度很明顯，拿長輩說話，萬一不小心碰到，等等反告他們性騷擾就麻煩了！所以兩個男孩很有默契的跳開，讓她推了個空。

「這是惱羞嗎？」杜書綸看著這幾個明明同齡、卻自以為大尾的同學們，

「冷靜點，怎麼大家情緒管理都這麼差？動不動就生氣！」

楊家佑沒說話，卻冷不防地離開座位，直接衝到後門去！鄧淳宇驚見他手裡握著刀，緊張的即刻奔上前！

「楊家佑！站住！」他急忙喊著，「誰准你帶刀子到學校來的！」

哐哐～一直沒出聲的鄭芷瑜突然站起來，直接推動老師路徑上的桌子，阻止了老師前往後門的路！

「啊！」鄧淳宇被桌子撞到側腰，疼得朝旁倒下。

鄭芷瑜一臉挑釁，挑高了眉，一副：你敢動我你就死定的臉。

而此時，雄壯的楊家佑已經出了後門，握著刀子就要給杜書綸一個教訓——一個人從旁竄出，輕輕一撞，就將楊家佑朝旁撞得踉蹌，甚至還因爲重心不穩，直接一屁股摔在地上。

聶泓珈再度站在杜書綸面前，看著跌落倒地的楊家佑，一班裡幾個學生忍不住竊笑著，站在講台發飯的梁宗達看得清清楚楚，低吼：「不准笑！」

「可惡！」楊家佑這下才眞的惱了，他氣急的要抓起剛飛出去的刀子，但刀子卻被鄧淳宇先行一步拿走了。

「帶這種東西到學校來，你在想什麼？」鄧淳宇難得動怒，但還是足夠冷靜，「等等跟我到學務處去！」

一班的導師是出了名的好好先生，他向來很少生氣，總是努力的用溫柔與笑容包容學生，或許是天性，也或許是不得已爲之，畢竟現在的老師，並沒有好好管住學生的資格。

就像現在，前後門都站了以王志東爲首的那票學生，他們絕對是「講義氣」的互挺，連梁宗達舉著湯勺都衝出來，不客氣的瞪著他，就要看看導師「敢」做什麼！

楊家佑滿腔怒火的站起，瞪著導師，再看向他身後的聶泓珈，甚至舉起手來，用指頭直指對方。

「妳給我記著！」他果然撂下了狠話。

「做什麼？還放狠話？你在威脅他們嗎？」鄧淳宇緊緊握著刀子，「帶這種東西來是違反校規的你知道嗎？」

楊家佑輕蔑的掃了鄧淳宇一眼，根本沒把他放在眼底似的，雙手往褲兜一插，歪了頭，「現在是要怎樣？」

「跟我到學務處去。」鄧淳宇轉身就要帶著楊家佑離開，同時低聲叫王志東他們快回教室去。

走廊上一堆人都在圍觀，但沒人敢上前，畢竟王志東的聲名遠播，人人都有自保的本能，事不關己，高高掛起，沒本事就別惹這票人。

王志東站在後門，冷漠的看著這一切，突然高聲喊了楊家佑。

「放心！朋友在！」

楊家佑回頭，得意的朝著王志東豎起了大姆指，緊接著，每個朋友都豎起大姆指，情義相挺，情比金堅！

聶泓珈不安的一個個看著那些學生，越看心越慌，他們都沒有被阿飄纏身，可是散發出來的戾氣，老實說可一點都不比亡者弱啊！

「好了！快吃飯！」二班老師聞聲而至，擊了兩下掌，讓一班學生都快點回教室去。

楊家佑經過杜書綸身邊時看了幾眼，這六班的爲什麼跑到一班來鬧啊？

「眞的很囂張耶。」婁承穎由衷的說著。

王志東還是沒走，許語芯雙手交叉胸前的瞪著聶泓珈，杜書綸並不在意這些，他繞過聶泓珈身邊，跑到一班走廊上往內望。

「那個……曹觀柏！」他大方的朝著曹觀柏招招手，「你來一下。」

曹觀柏顫了一下身子，他不可思議的看向走廊上的杜書綸，現在氣氛都這樣了，這個六班的高材生還叫他做什麼？王志東他們就在旁邊啊，那個高材生都不怕的嗎？

而且，順著全班的視線，他緊張得不知道該不該回應。

「一起吃飯吧！」婁承穎突然也跟著高喊，「帶著餐盤出來。」

一起吃飯？曹觀柏都傻了，他呆望著素不相識的六班同學，他們昨天先是發現他被欺負、接著替他報警、晚上還去醫院看他，今天甚至不怕王志東那些人，特意來找他吃飯？

阿盛此時轉過了身，瞥了一眼曹觀柏，再望向窗邊的杜書綸。

「我們班哪有曹觀柏這個人，聽都沒聽過對吧？」他得意的對全班說著，一班的學生採取不理睬，他們不想針對任何人，但也不想被針對。

聶泓珈直接進入一班，來到了曹觀柏的身邊，直接拉起了他，「走吧。」

現場氛圍頓時變得詭異，阿盛不爽的想上前，遺憾他現在還不到一百七十公分，氣勢上輸人不說，二班導師也已經走進來了。

「你們在幹嘛？」二班導師狐疑的打量著所有人。

聶泓珈跟在曹觀柏身後，她並沒有刻意去注視任何人，但是如果有人想打翻曹觀柏的餐盤，她還是能預防的。

「躲在女人背後啊，你，天才。」後門邊，王志東悻悻然的嘲笑起杜書綸。

「是啊，我從小就都躲在她背後的，很習慣呢！」杜書綸獻上誠懇的笑容，主動上前迎接曹觀柏，「快點！我跟你說，我媽做了很好吃的東西要給你！」

「咦……我……」曹觀柏都還沒來得及發問，就被杜書綸拽著往前，婁承穎則在後面推，而末尾斷後的，就是聶泓珈。

她走了兩步回頭，忍不住瞧了王志東那幾個人一眼。

「你們最近小心點吧！咆哮屋裡有東西，被你們放出來了。」

她說話向來很輕，而且都含在嘴裡不清楚，語畢便轉身而去。

但奇怪的是，再小聲，現在每一個字他們卻聽得再清楚不過了！許語芯狐疑的皺眉，回看王志東。

「聽見了嗎？東哥？那個女的剛剛說……」

「神經病！看她那種不男不女的樣子就知道腦子有病。」王志東從口袋裡拿出手機，「我先找我爸！」

學生到校後，的確都要上繳手機到班級的「養機場」，但一如所有規定般，規矩只適用於守法的人罷了！有辦法的人就會帶兩支手機，上繳一支而已，總是有漏洞可鑽。

他們才不怕老師跟學校，王志東悠哉的回到座位，現在這時代，是老師該怕學生了。

夕陽斜照入窗口，座位上的鄧淳宇形單影隻，浸浴在夕陽下方，今日顯得格外的落寞。

女人拿著一瓶熱騰騰的奶茶，小心的接近，將奶茶遞上了桌。

「啊，張老師……」鄧淳宇看見奶茶，心頓時暖了起來，「謝謝！」

「喝點甜的，心情會好一點！」張老師溫聲說著，「低落與難受我都懂，我只能說加油！」

「唉……」鄧淳宇忍不住一聲長嘆。

是的，今天楊家佑帶刀到校並作勢威脅的事，結局竟是他被譴責了。

楊家佑的父親氣勢洶洶的到學校，並不是指責孩子帶刀、也沒有責怪孩子揮刀威脅，而是指著他鼻子罵：只是帶把刀至於這麼誇張嗎？孩子拿在手上玩玩有什麼？有人傷到了嗎？

如果都沒有，小題大作是爲什麼？前幾天他們的孩子受到驚嚇，是他這個導師失職，讓他們進入危險的廢墟，還撞見命案；今天又找他兒子麻煩，他要慎重考慮這位導師的適任性。

教學組長也沒站在他那邊，因爲家長會長在群組裡也提出了相同的異議，把「咆哮屋」事件都歸咎於他這位導師，沒有盡心照顧學生。

「我懂的！沒半個月前的事而已，彼時我還是那個忽視校園霸凌、間接逼死優等生的爛導師，記得嗎？」

鄧淳宇忍不住笑了起來，雖然很苦澀，但他知道六班導師之前眞的飽受鋪天蓋地的壓力，比起來，他這個小兒科了點。

「我只是覺得遺憾，那些孩子沒有能修正的機會。」

「那是他們父母的選擇，即使身爲老師，我們的能力還是有限的。」張老師眼眸低垂，「家庭教育遠比學校教育重要，現在才高一上學期，我們也才剛認識

慢要死！」

楊家佑的父親跟著按下喇叭，長按不放——叭——

「走快一點啦！斑馬線你家的喔！」楊父還降下車窗，往外吼了，「不要以爲行人條款就了不起啦！」

「煩耶！都要紅燈了啦！等他們走完都不必過了！」楊家佑不爽的搥了前方，開始問候對方祖宗十八代。

「你才知道！走這麼慢不會騎車喔，在這邊……幹！紅燈了！」楊父跟著怒拍了喇叭一下，這下子又別走了！

看著路口長達九十九秒的紅燈，楊家佑心浮氣躁，都是剛剛那個老頭子害的，走路走這麼慢就不要出門好嗎！在那邊擋路，害他們多卡一個十字路口！

『在哪裡？』

貨車像是被人拍動了一樣，楊家佑聽見了聲音，滑著手機回應，「什麼在哪裡？」

「蛤？」楊父不耐煩的回問著。

「你不是在問什……」餘音未落，車子右方突然發出了擦撞聲！「靠！」

楊家佑立刻拉下車窗往外探，就見一個騎著摩托車的男人，倒在了他們車上，明顯剛剛就是擦撞刮上他們的車子了！機車還繼續歪歪斜斜的繞過他們車頭往前，楊父氣急敗壞的使勁用力再按下了喇叭——叭！

楊家佑下車查看，貨車上有條新刮痕，雖然這台車上刮痕已經很多了，但這條綠色就是全新的，跟車主的綠色機車一模一樣！

「會不會騎車啊你！」楊家佑立刻怒氣沖沖的指向前方已經下車的男人，男人也有年紀了，相當慌張。

「對不起，我一時不穩……」他連忙道歉，「我騎得好好的，但就不知道爲什麼好像被推了一把……」

「講什麼藉口啦！不會騎就不會騎！刮車賠錢！」楊家佑倒也乾脆，此時燈號已轉成綠燈，但被他們堵在後頭的車子們，也只能無奈的一同等待。

但還是有不知情的人忿怒的拼命按喇叭，跳下車的楊父手裡拿著鐵撬，惡狠狠的直接先朝後面走去，一開口就是破口大罵三字經，吼著他們車被刮了，要處理啦！

「路這麼寬你也能刮上？」楊父走回來時，搖晃著手裡的鐵撬，看得摩托車車主一陣膽寒，「刮多長？」

「很長，幾乎一整條！看要賠多少，花錢消災啊，阿伯！」

楊父梭巡一圈回來，倒是乾淨俐落，一開口就要五萬。

車主以爲自己聽錯了，再問了一次，楊父開始揮起他的鐵撬，再重申一遍：五萬。

「報、報警吧！」車主拿起手機，做了最正確的選擇，不管刮大刮小，一切採正常流程，至少不必被獅子大開口吧！

只是當他拿起手機開始按按扭時，楊家佑竟一抬手，直接掀翻了他的手機！

「你居然想報警！你刮到我們車子還有理了是吧！」他怒不可遏的大吼，同時楊父上前把車主掉落的手機踢得更遠！

對向一台車駛過，直接碾爆了無辜的手機。

「你們……」車主慌了，看著自己的手機眨眼間成了垃圾。

「喂，你這人怎麼這樣？就讓警察處理嘛！」路人看不下去了，騎過來講。

「閉嘴喔！關你屁事！」楊父抬手就作勢要打下去，路人騎士嚇得趕緊往前騎走！

「五萬出不起就不要刮人的車！」楊家佑動起手來了，不客氣的推了車主，

「這麼點小事想叫警察，你是看不起我是吧！」

「五萬你們就是搶劫啊！最好是刮到一點要五萬，而且你們車子本身就很舊，上面也都是刮痕了！」車主也惱了，大聲起來。

之前要勸架未果的騎士已經停在前方不遠處報警，楊家佑不傻，早就發現了！他惡趣味的看著摩托車車主，突然朝自己老爸低語數句。

於是這對盛怒的父子突然二話不說，衝回自己車上，車主尚在錯愕之際，一回神才發現自己的機車鑰匙不見了！

嘿嘿！跳上車的楊家佑手裡晃著他的鑰匙，得意的咧嘴而笑。

車主連忙衝了過來，使勁的拍著車窗，「鑰匙還給我！你們到底想怎樣？怎麼可以這麼惡霸！」

「老爸，把他車撞爛！」楊家佑得意的隔著扇玻璃，對著車主比出了中指，「我讓你撞別人車！還敢報警！」

車主原本正焦急著，但是卻突然一怔，緊接著面露驚恐之色的後退數步，然後……他竟轉身直接逃向了人行道！

「知道怕了厚！現在知道怕了！」楊家佑在車裡大吼著，「不會騎就不要上路啦，幹！」

正志得意滿的正首，眼尾餘光卻發現他的左側，有個不尋常的身影，卡在他與駕駛座之間！

「哇——」他嚇得向窗邊退去，頭還撞到了上方扶手！

因為有個陌生男人居然在他們車上！對方就在後座，伸了半身到他們中間來。

「你是誰啊？爸——」楊家佑急忙喚著老爸，老爸怎麼沒回應？

楊父真的僵在座位上，雙眼發直的看著前方，動也不動。

『在哪裡？』那個不速之客開口了，楊家佑正在驚覺到，這是剛剛他聽見的聲音——這個男人，是什麼時候在他們車上的？

「什麼、什麼在哪裡？你是誰啊？你怎麼在我們車上的！」楊家佑抓起手邊的東西就往男人身上扔，右手飛快的打開車門……打開、咦？

他死命的扳動著，但是車門開不了！眼神落向駕駛座旁的中控鎖，老爸鎖上了嗎？不速之客的頭突然又挪近了些，雙眼惡狠狠的盯著他。

『那個畜牲人、在、哪、裡？』男人大吼著，突然間，楊家佑聞到了嗆鼻的焦味。

不只是那種烤肉時的木炭焦味，還與燒塑膠的戴奧辛氣味揉合在一起，刺鼻得很！楊家佑下意識的掩鼻，他這才定睛看著陌生男人，男人看上去跟老爸差不多歲數，頭髮凌亂，皺紋更多，比較可怕的是他有一雙瘋狂的眼睛，看著他的眼神裡居然充滿殺氣！

「我不知道你在說、說什麼！滾出我們車子！」他鼓起勇氣大吼，突然想到剛剛那個車主的驚恐神色，是因爲看見這個人嗎？

『不要逼我問三次！林北從來不說三次的！』對方整個人爆氣，衝著楊家佑瘋狂的吼叫！

然後，他就在楊家佑面前崩解了！

男人在楊家佑面前急速的從正常人化成了焦炭，下一秒崩落成滿車的炭灰！

哇啊啊啊！哇——楊家佑這下知道怕了，他嚇得拼命要開門，拍著車窗，但門就是打不開！老爸！

那黑色的炭灰散得整車都是，他嗆得不敢呼吸、不敢大叫，瞇著眼伸手就往駕駛座邊去，他要打開中控鎖，他要離開這裡！

突然間，那灰在轉眼消失，而他的父親卻出手握住了他即將碰到中控鎖的手。

楊家佑戰戰兢兢的抬眼，就見楊父僵硬的轉過頭來，但是他知道……他知道這不是他父親！眼神跟剛剛那個東西一模一樣！

電光石火間，楊父陡然抓住了楊家佑的頭髮，拿著他的腦袋就直接往座位前方狠狠的砸去！

「把他給我交出來！你們敢藏他！」楊父瘋狂的一下又一下的敲著。

彷彿他手上不是他兒子的頭顱，而是一顆普通的西瓜！楊家佑第一下被砸得措手不及，立即頭暈目眩，失去了反抗能力！他只覺得好痛，住手！住手！

鮮血濺出，楊父看著濺出的血，忍不住緩下動作，嘴角咧開了一絲笑顏。

他揪著楊家佑的頭往座位上甩，啪的鬆手。

「呼呼……」楊家佑頭部鮮血直流，甚至流進了他的眼裡，他驚恐的向後縮去，這不是他爸，絕對不可能！

『你是他朋友對吧！畜牲的朋友，一定也是畜牲。』楊父看向排擋桿上的鐵撬。

楊家佑也注意到了，他立刻轉身拍打著車門，「救我——救我出去！」

圍觀的路人察覺到不妙了，他們從外頭試著要拉開車門也未果，還好警笛聲由遠而近，警車來了！

楊家佑第一次這麼感謝警察的到來，只是他還沒來得及鬆口氣，後腦杓就被狠敲了一記！

「哇啊！」他痛得整個人滑下座位，雙手抱住後腦杓，已經感受到一片濕潤。

『你也是一夥的對吧！你也有參與是不是？』楊父緊緊握著鐵撬，朝著滑到底下的楊家佑捅去，『老子就來清除你們這些垃圾！啊啊——啊啊啊——』

伴隨著怒吼聲，楊父瘋狂的猛朝路人看不見的地方不停的戳刺著，路人看得驚恐大叫，有人拿東西試圖砸破擋風玻璃，然而……一股莫名的黑煙，卻突然自車裡瀰漫開來，轉眼遮去了大家的視線！

「警察！快點！那孩子要被打死了！」路人驚恐的對著趕到的警察喊著。

「先生！大家先離開！」警察對著在擋風玻璃旁的民眾唸著，這車子是怎麼回事？爲什麼全車都在冒黑煙？「叫支援！車子著火了嗎？」

著火了嗎？所有人都愣住了——車子連發動都沒有，怎麼會著火？

「是火！是火——」人行道上有個人驚恐喊著，「裡面有一個，全身都燃著火的人！」

咦？警方狐疑的順著聲音回頭看，但就在這一瞬間——轟！

火光迸得衝破了被砸裂的擋風玻璃，熱氣也將靠近的警察震飛，熊熊大火倏地包裹住整台貨車，路人在驚恐中紛紛走避，甚至還是他們合力趕緊將警察給拖走。

對向車道的腳踏車道上，遠遠的就可以看見一團火光在馬路中央，學生們緊張的紛紛停下，拿出手機開始拍照。

「車禍嗎？」
「火燒車耶！好大的火喔！」
「是不是要報警啊？好可怕！會不會爆炸？」
聶泓珈也在車陣中停下，她看著燃著大火的車子，以及上頭冉冉上升的黑煙，忍不住打了個寒顫。
「怎麼了？」停下的杜書綸輕輕拍著她的背，「妳在發抖？」
聶泓珈嚴肅的看著燃燒的黑煙，說不上來的弔詭。
「火燒車的黑煙，感覺跟咆哮屋的黑氣……好像有點相像。」

十公里外，被封鎖線圍住的黑色廢棄屋內。
相關屍體早已被抬走，包括街友的推車及當日鋪設的紙板、甚至是那根完全沒有燒盡的蠟燭，還原了原本的斑駁客廳地面，以及一地塵土；只是因爲搜證緣故，腳印凌亂，厚實的塵土跟著被掃開。
地板上漸漸泛出點點橘光，隨著十公里外火燒車的火勢越大，橘色的光芒變得更明顯，從點到線，迅速的產生了連結。
一個閃爍的艷麗橘光的圓形魔法陣，兀自在那深黑的「咆哮屋」中亮了起來。

第五章

萬金鄰

楊家佑燒死了。

王志東完全無法接受，他們不是才剛說再見，他們還約好晚上出來吃宵夜，結果他與他爸的貨車就這樣在馬路上燒起來了。

「東哥，」許語芯哽咽著小跑出醫院，「不能進去，警察叫我們回去。」醫院外頭，王志東這票學生都到了，人人難掩悲淒之色，不敢相信事情會這麼突然。

「不讓看嗎？」王志東不太爽的問。

「現在是家屬跟警察在處理，我們只是同學……」許語芯憂傷的搖搖頭，「導師也叫我們先回去，情況很亂！」

王志東深吸一口氣，回頭望著混亂的醫院，「至少要跟楊媽媽說一聲。」

「我剛已經說了。」鄭芷瑜趕緊接口，她剛一到就去代表致哀了。

許語芯悄悄瞥了她一眼，眞是個無論何時何地都要出風頭的女人！大家都在外面等，東哥沒出聲，她倒是先去show了一把。

「幹！這太扯……」王志東依然很難面對現實，「就才在學校講話而已，怎麼會這樣！」

「現場人很多，大家都說車子是突然燒起來的，而且……」梁宗達一向是他們之中最冷靜聰明的，「一開始擦撞到他們的人說，他看見車子裡有……不乾淨的東西。」

什麼!?王志東倏地瞪向梁宗達，「說三小？」

「他在現場一直喊，網路上都有影片的。」梁宗達拿出手機，隨便一滑都可以看見在馬路旁，一堆人圍著小貨車，而人行道上的男人慌張的大喊著：

「那裡面有東西！全身都是火的好兄弟啦！快走！你們快走開！」

男人抱頭亂跳，完全可以看得出恐慌的神情，嚇得連連後退，人都退到人行道的最裡面去了。

火燒車的影片在網路上早就瘋傳了，還多角度發送，眞的有人事前就錄到，的的確確是莫名其妙起火的，而且火勢之大，毫無前兆。

「別說那些亂七八糟的……」阿盛顯得有點緊張，「又不是晚上，怎麼有這種事？而且路上人又這麼多！」

王志東盯著手機螢幕，腦海裡想的卻是今天在走廊上，六班那不男不女的傢伙說：咆哮屋有東西被你們放出來了。

能有什麼東西？那屋裡也就兩個被燒乾的屍體，還有……那天在牆上出現的人影。

「東哥，該不會是……那天屋子裡的？」許語芯果然謹慎的開口了。

她看見了啊！她是眞的瞧見牆上有三個人影，光是呈現在牆上就很詭異了，褐黃的牆上有三個人形便足以令人毛骨悚然，當那「影子」浮出牆面，形成立體的時候，她就已經尖叫的往外衝了。

其他人有沒有瞧見她不知道，但她的尖叫的確讓大家亂成一團。

「肥伯不是還好好的嗎？冒犯到對方的是他吧？」王志東嘴上很冷靜，但抓著手機的手卻已在發抖，「不然，大家去廟裡拜一下怎樣？」

幾個學生臉色刷白的圍成一圈，事情怎麼會延伸到那種方向去？不過就是一間破敗廢屋啊！

「那個……爲什麼是家佑？再怎樣也應該是肥伯吧！」阿盛戰戰兢兢的開口。

幾個人緊張的面面相覷，鄭芷瑜查看班上的群組，想看看有沒有關於曹觀柏的消息，他是否也出事了？

此時鄧淳宇難掩疲憊的走出，雖是校外死亡，但事故嚴重，身爲導師他一定會接到通知。他看見了聚在醫院外的學生，居然還抽菸！

才要用力吸口菸的王志東，菸冷不防地被抽走，他瞬間怒火上湧，怒目瞪向了哪個大膽找死的傢伙！才抬頭，就看見了令人不快的傢伙，他往身邊一望，梁宗達他們都退了開。

「老師好。」他用絕對有氣無力的聲音敷衍著。

「抽什麼菸！王志東！你甚至還穿著制服！」鄧淳宇將菸捻熄，「不是讓你們回家了？」

「楊家佑出事，當然立刻過來！」梁宗達倒是禮貌得多，「老師，究竟怎麼回事？」

「說眞的，不知道！本來是擦撞糾紛，突然間就火燒車了！目擊者都說火是從車子內部燒出來的！」鄧淳宇神色凝重，「我知道你們很講義氣，都是好朋友，但現在並不適合你們過來，警方和家屬都很忙。」

「那……後面如果有什麼事，老師要跟我們說喔！」許語芯還是想知道究竟發生了什麼事。

「嗯，好，你們回去都小心一點。」鄧淳宇轉向王志東，「你不要跟人起衝突，也不要在路上惹是生非，還有……」

「都是別人來惹我的！」王志東不屑的冷哼一聲，「誰讓他們要讓我看不順眼！」

鄧淳宇耐著性子，「所以你看曹觀柏哪裡不順眼？才開學兩個月，你連認識都沒有跟他好好談過話……」

「他長得就讓我不順眼，又肥又蠢，我看到他就不爽啦！」王志東倒也乾脆，「你們老是要我解釋這種理所當然的事，那你要不要解釋爲什麼許語芯討厭蟑螂？」

「哎唷！」聞言的許語芯皺起眉，她是眞的怕，「幹嘛提蟑螂啦！」

「笑死！這是在講曹觀柏跟蟑螂同等級嗎？」鄭芷瑜跟著訕笑起來，「反正我也不喜歡他。」

「不要對同學這樣！毫無理由的霸凌，你能得到什麼？」鄧淳宇忍無可忍的質問著。

「開心，爽。」王志東衝口而出，「我眞討厭看他那張臉，眞希望他能眞的變成透明人，不存在就好了。」

「我還想說他會不會學六班那個資優生一樣，也來場報復性自殺咧！」阿盛說著自覺無傷大雅的話，鄧淳宇多想一巴掌抽過去。

不行，不能體罰，他只能引導，愛的教育啊！

「你聽聽你說什麼話？你希望同學自殺？你們就是朝著這個目標欺負他的嗎？」鄧淳宇再生氣也只能忍下來，「你們還有沒有人性？」

「要那個幹嘛？老師，你們都很囉嗦耶，教你的課就好了，管這麼多幹嘛！而且你們也管不了什麼。」王志東彎身驅前，挑釁的瞪著鄧淳宇，「今天下午的事你還沒覺悟嗎？」

即使學生帶了刀到學校，老師也只能提出建議，不能記過、不能記警告！導師下午被楊爸爸一通痛罵時，還不是只能低著頭承受？

鄧淳宇看著眼前盛氣凌人的學生，滿腔怒火突然都熄了，他只覺得很可悲。可悲的是他們、更是自己，身爲一個老師，他卻對如何把這些學生引回正途而感到無能爲力！

自以爲是的學生，背後都有著極盡保護的父母，下午楊家佑的父親來學校就是一通痛罵，在「還沒人發生事情」的前期下，他這位導師就想怪罪他孩子，是在欺負、折損孩子的自尊心……他反駁不能，只要想開口，都會迎來「投訴」、「告」、「我把你嘴臉放上網路公審」的威脅。

「是，我看見了楊家佑跟他父親驕傲的離開了，他們贏了。」鄧淳宇一字一字緩緩的說，然後幽幽的朝醫院深處轉過去，「然後……」

他們已經是兩具屍體了。

這瞬間幾個學生都打了個寒顫，那是沒來由的寒氣，激得他們一激靈，鄭芷瑜搓著雙臂顫抖的就說想走了，老師那眼神跟語氣真的太令人不爽了。

「然後什麼？你現在是爽了嗎？幸災樂禍是吧？」王志東卻毫不消停的逼近鄧淳宇，握了拳頭一副要揍人的姿態，「你覺得他們下午對你那樣，現在你樂在心裡對不對？」

「他們兩個被燒成焦屍，但是車子裡連椅子都沒被燒到。」鄧淳宇只是淡淡拋出了這麼一句。

小貨車內所有東西都僅僅只是被燻黑，唯一被大火燒個精光的，只有那對父子，如同那天在「咆哮屋」中，他們沒瞧見的那兩具焦屍一樣。

「什……麼!?」王志東愣住了，喉間逸出了下意識的疑問。

由於鄧淳宇的音量很小，只有王志東聽見而已，其他人只有狐疑的回首，並不知道他們說了什麼。

鄧淳宇低垂的眼眸緩緩抬起，嚴肅的望進王志東的眼裡，他沒有再說話，只是輕嘆。

或許楊家佑父子有那麼一時的得意，或許他們認爲可以把制度與老師壓在腳下，或許他們把這一切視爲笑話，但是、但是，現在的他們，只是躺在太平間裡兩具扭曲的焦屍而已。

「幹！」王志東怒吼一聲，瞬間甩手而去。

梁宗達覺得情況有異，回頭瞥了老師一眼後，便趕緊追著王志東而去；鄧淳宇再嘆了口氣，邁開沉重的步伐朝內而去。其實他是不該把楊家佑的離奇死狀告知同學的，只是剛剛王志東實在太囂張，一時忍不住……但是究竟該如何對學生說，還是得跟警方討論。

警察們凝重的步出，那神情一看就知道不對勁。

「這太誇張了！這還需要解剖嗎？」

「不合理啊，所有人都看見他們是在攻擊另一台機車，拔走對方鑰匙跳上車，極有可能是要撞倒機車的……而且未亡人說，父子關係很好啊！」

「看得出很好啊，連路怒的反應都這麼一致。」

「那怎麼可能會把兒子活活打死？」

看著警察們走來，鄧淳宇趕緊起身，他稍早來交代了今天在校的事件，以及楊家佑離校的時間後，就在這裡等著了。

「啊，這是學生的班級導師。」見過他的警察幫忙介紹，「鄧老師，今晚眞麻煩你了！其他學生可能得安撫。」

「這我知道，請您放心。」鄧淳宇客氣的回應著，「那麼……學生真的是被燒死的嗎？」

數個警察突然梗住了，他們交換著眼神，神情都相當複雜。

最後，紛紛回頭看走在最後面、不停的翻閱手上資料的高大警察。

「小武，這是學生的導師，他問我們死者是不是被燒死的。」警察同仁苦笑，「我們竟然答不出來。」

高大魁梧的武警官終於將視線自文件上移開，他飛快的蓋上可能是相驗報告的東西，皺起眉心，似乎在想該說些什麼。

「我聽見了，貨車沒燒著，但他們被火燒死了。」鄧淳宇略表歉意，「我不是故意偷聽的，但就……」

武警官略微望天，他是真想哭！

「大人是被燒死的，但孩子可能不是，孩子的肋骨全部斷裂，然後頭骨被打碎，這兒……都凹掉了。」武警官說著，指著自己的右腦殼，「連腿骨都斷，配合目擊者的說法，是大人在車內狂打孩子。」

鄧淳宇瞪圓了雙眼，一副你在說什麼的臉！

「車內到處都是血跡，這是已被證實的！至於這些無法解釋的異象，就交給鑑識人員吧！」武警官語重心長的領著鄧淳宇往外走，「就對學生避重就輕的說是意外吧，家屬也同意了，因爲情況太詭異了，家屬問是不是被什麼煞到了，現在也怕得要死，等等就要請人來誦經了。」

鄧淳宇半晌沒說話，他回頭看向幽暗的走廊深處，又看向警察們，幾度欲言又止。

「老師，辛苦了，您回去吧！」武警官拍了拍他的肩，「希望大家都平安。」

「謝謝，各位也辛苦了。」他只能這麼說著。

希望大家都平安。

女孩買了一瓶酒，歪歪扭扭的走回家，只是都還沒到家的巷子口，就聽見了熟悉的對罵聲。

「給我滾出來！有本事給我站出來！」披頭散髮的女人抓著炒菜的鐵鏟，拼命的敲著某戶人家的大門，「敢告狀，卻沒本事直接找我是不是！」

女人一邊吼一邊瘋狂的搥著不鏽鋼大門，女孩沒好氣的站在巷子口，又來？這事沒完沒了了是吧！

「不是啊，那本來就是他們家的地啊，許太太妳這樣不講理吧！」對門的林先生忍不住走出，實在太誇張了。

他對面兩戶人家，許家跟黃家，黃先生他們一家不但擁有樓下的地權，事實上從許家門前一半的馬路到巷尾，都是屬於黃先生家的地；黃家讓大家出入已經是給方便了，但許家門口不但停車，還把自家東西全堆黃先生家門口！

理由是他家東西太多，沒地方放。

女人一聽見有人幫腔，即刻抓起腳邊雜物堆裡的東西，向左後方往開口的鄰居追去！

「關你屁事啊！礙到你了嗎？還是你家門口要給我放東西？」許太太握著鍋鏟就衝過來了。

對門林先生就是個普通上班族，沒比許太太高多少，但身形可就差很大了，最重要的是許家都是那種歇斯底里的類型，正常人眞的沒辦法跟這種瘋子鬥！所以林先生飛快的閃進自己家裡，砰的關上門。

許太太追到林家門口，開始又用鍋鏟瘋狂的往死裡敲——咚咚咚咚！

整條巷子的人都聽得見那令人崩潰的敲打聲與叫罵聲，但每個人均敢怒不敢言，因爲許家眞的就是這麼霸道無理，而且他們只要夠不要臉，都沒人能拿他們有辦法！映證了知恥近乎勇，但不知恥近乎神勇啊！

隔壁黃先生一家苦不堪言，之前找過警察協調處理，結果許太太直接往他們家裡潑糞，刮他們的車，刺破他車的輪胎，甚至連家人出入都會進行人身威脅……最慘的是，他們眞的無能爲力！

報警？又不能將他們關起來，沒幾個小時她就回來了，放回來後行徑只會變本加厲；找調解委員會，連調解委員都被潑餿水，眞的是霸王大過天！

許語芯一口氣把酒喝完，走到了媽媽身邊。

「靠夭喔！嚇死我！今天這麼晚回來？」女兒的現身，讓許太太停下了敲門的動作，「妳在喝什麼？誰准妳喝酒的？」

許語芯根本懶得理她媽，抓著酒瓶，直接拋進了林家院子裡！

鏘！玻璃碎裂聲頓時傳來，還能聽見裡面的尖叫聲。

「哈哈哈！愛管閒事是吧？下次這些碎玻璃就不一定是砸在院子裡了喔！」許語芯放聲的大喊，「就你多嘴！」

許太太雙眼都發了亮，眞不愧是她的好女兒！

許語芯瞥了母親一眼，示意進門，她心情很差，一點都不想聽媽在外面敲人家鐵門的聲音，聽了更煩！

「不是啊，妳知道隔壁姓黃的又去找里長，里長說要再找人來處理我們耶！」母親氣急敗壞的追上，「他們居然還敢耶！」

「幹！沒關係啦！我同學是議員的親戚，妳別擔心！」許語芯扳過母親的肩頭往家裡推，「我今天心情很差，妳別吵！」

「啊，對吼！那個王志東！」許太太立刻得意起來，「還是我女兒厲害，交的好朋友！」臨進門前，她又朝隔壁黃家大喊，「你們給我注意，敢移我的東西我就要你們好看！」

許太太使勁的甩上門，感覺再用力點，那鐵門都會被拆了。

這時，巷口緩緩的冒出了兩台腳踏車，一前一後。

「那是一班的吧！在後門衝過來的那個女生。」杜書綸不由得佩服，眞是一山還有一山高，原來其母也不是省油的燈。

「好誇張！你剛聽到她敲別人家門的那個聲音嗎？聽了就令人不舒服。」那聲響眞的急促到給人龐大的壓力感。

聶泓珈確定了巷內恢復平靜，這才跟杜書綸雙雙轉了車頭，騎入了這條巷子內。這眞的是巧合，他們出來買宵夜，這條巷子是他們的捷徑之一，都穿過幾百次了，只是以前不認識一班的同學。

經過許語芯家門口時，杜書綸還刻意多看了幾眼，門口停著一輛車，隔壁人家的門前堆放了一堆垃圾、雜物跟機車，再轉向右邊，對門的倒是沒受什麼影響，純粹是幫鄰居出氣吧。

「聽起來是他們的錯啊，路是別人的，佔路還能這麼大聲？」杜書綸停在許家門口低語，「不過這種事眞的很難辦，也不是什麼重罪……」

「就是這樣才會有這麼無理的人，唉，而且她氣到好像是她們家權益受損似的。」聶泓珈難以理解，光在巷口聽著，眞的會以爲許家才是受害者咧！

一班那個女生也很凶，明明自家無理、媽媽發狂，還助長氣燄，把瓶子扔到人家家裡去，這根本是活生生的威脅。

「他們那票眞的是都很像耶，果然要個性相像才能當好朋友！還這麼厲害，都在同一班。」杜書綸說著不知道是正常還是挖苦的話。

聶泓珈聽了只覺得一班導師很辛苦，「有時倒不一定相像，有的人會對強者依附，或是……只是不想被欺負吧！」

「才剛開學，就可以有欺負不欺負的事，也是一絕。」杜書綸才準備繼續騎乘，眼尾卻突然注意到對門的鄰居家有個東西飛出來了！「珈珈！」

聶泓珈才正首，根本反應不及，只見到有個東西從林家的庭院裡「飛」了出來，她嚇得握緊龍頭全身僵硬，兩個人清楚的看見那飛出來的東西，居然是一瓶玻璃瓶！

是……是一班那個女生剛剛扔進去的嗎？可是，瓶子看起來是完整的啊！

磯——頭頂的路燈，突然閃了一下，接著變得極爲昏黃。

這場景有點似曾相識啊！杜書綸雙手也緊握龍頭不敢動彈，因爲那瓶子是懸浮在半空中，就在距離他們面前一公尺處，近到他們不知道該往回跑，還是往前騎的尷尬。

聶泓珈略微低首，眼尾瞟向左邊的杜書綸，他們誰都沒敢刻意往前看，假裝什麼都不知道，他們只是普通路過的人而已。

整條巷子的路燈一盞接一盞的轉回昏黃色，亮度眞的非常的低，而且每盞都隱約的閃爍著。隨著路燈變暗，聶泓珈全身汗毛直豎，他們都知道這裡有那、個來了。

一隻肥短的手倏地握住了懸在空中的酒瓶，男人腳上踩著藍白拖憑空出現，正眼都沒瞧他們兩個，而是握著瓶子直接朝著許家走了進去。

『我會親手撕了你，畜牲。』他嘴裡還唸叨著，每個字都是咬牙切齒。

男人眞的走進了許家，如入無人之地般的穿了過去。

杜書綸揚睫迅速的看了那男人一眼，把模樣記下！

可以走嗎？他用眼神與聶泓珈傳遞訊息，可是往右轉時，卻見聶泓珈用驚恐的神色，越過他看向了許語芯的家裡。

那個！她慌張的暗指了許家，那整棟屋子現在正被重重黑氣包圍，跟那天看見的「咆哮屋」一模一樣！

「我就說我今天煩啊！」

屋子裡驀地爆出女孩的吼叫聲，是一班那個女生的聲音。

許語芯心浮氣躁的進入家裡後，書包直接扔在玄關裡，抱著手機就跳到沙發上去了。

「幹嘛幹嘛？什麼死人臉？不知道的還以爲妳家死人咧！妳娘我可是還在這兒。」許太太勾起她的書包，擱回客廳角落，「誰欺負妳了？跟媽說。」

許語芯不耐煩的瞥了媽一眼，「哪有人欺負我的份！妳女兒會被人欺負嗎？

是我同學死了啦！」

「蛤？」許太太還以爲聽錯了，「誰死了？」

「妳看新聞了沒，下午有個火燒車，那我們班的！」許語芯不安的滑著手機，其實這一路上，她都在看各種影片，確看越不對勁。

因爲楊爸在打楊家佑，而且楊家佑極度恐慌的在拍打窗戶，車門明顯的打不開，伴隨著那個機車車主不停的旁邊喊著有東西，就讓她更怕了。

六班那個女生是不是說過，「咆哮屋」裡有不乾淨的東西，被他們放出來了？

「那個妳同學喔？怎麼這樣慘？」許太太打開冰箱，準備弄點晚餐，突然一秒怒吼，「啊我豆瓣醬呢？我不是叫妳買豆瓣醬嗎？」

「妳什麼時候叫我買豆瓣醬了？就今天不要用就好了，凶屁喔！」許語芯跳了起來。

許太太怒眉一揚，再度抓起剛剛的鏟子就往許語芯這邊來，「妳說什麼？妳怎麼跟我說話的！」

「一點點小事就生氣，全世界都欠妳的一樣！妳自己看看妳的樣子，剛剛敲人家的門，就一副要把門敲破一樣！」許語芯倒也不甘示弱，「我現在終於知道，爸爲什麼會去找小三了！」

「哇哩幹——」髒話伴隨著鍋鏟一起朝許語芯飛去，許媽媽沒在手下留情的，她眞的怒不可遏就朝女兒衝過去，伸手就要揪住她的頭髮！

但畢竟「訓練有素」，許語芯抓住自己的長馬尾，躲閃及時，跳上沙發、踩上扶手再跳下，與媽媽拉開一個茶几的距離！

「又來！又來！妳去照鏡子看看妳現在的樣子！」許語芯尖叫著，「我以後絕對不要變成跟妳一樣的人！」

哼！她轉身跑入身邊的短廊，衝回房間把門反鎖，躲好躲滿！

「許語芯！」媽媽衝到門外，又是歇斯底里的搥打門板！

許語芯後退著，看著門板震動得厲害，她也沒在管，望向一旁的窗戶，他們家住一樓啊，她窗外又沒鐵窗，爬出去翻過牆，大不了跑去找鄭芷瑜吧。同學都還比家溫暖，呿！

自然伸手往牆上的電燈開關扳去，啪的火星炸開，燈居然燒壞了。

「咦？」她摸黑趕緊走到書桌邊，好不容易摸著了電燈的按鈕，但無論怎麼切換，電燈就是不開，「馬的！夠不順了還停電！」

不是啊，她的窗戶還透著路燈照進來的光咧！只是今天路燈的光怎麼那麼暗啊！

鏘、鏘！一陣清脆的聲音突地從房間角落響起，許語芯嚇一跳的轉過身，透著窗外斜射的餘光，她居然看見她房間裡有個人！

「哇呀——」許語芯尖叫出聲，嚇得往後跌坐在地。

而這聲尖叫，也準確的從窗戶傳出，傳到了巷子裡的兩個學生、甚至鄰人的耳裡！尤其聲音是在屋子側面，正對著鄰居黃家，響亮尖銳，不可能無人聽見。

黃家憔悴受驚的夫妻驚愕不已，但他們沒敢靠近窗戶，想著會不會是圈套？該不會一開窗，隔壁又潑什麼東西進來？這種傷敵一千自損八百的事，他們是會幹的！

門外兩個坐在腳踏車的學生依舊不敢輕舉妄動，聽見了尖叫聲，卻連手都不敢離開龍頭，天曉得會不會這一秒分神，下一秒就有好兄弟抵在自己鼻尖了？杜書綸可沒忘記前不久，珈珈班上那個上吊的女生就這樣堵在他們面前啊！那掉出來的舌頭晃得他心裡發寒！

儘管只是匆匆一瞥，但剛剛那個男人看起來是還好……個子不高、矮胖微禿、頂著一個大肚腩，汗衫短褲，看起來是與常人無異，但是，空氣中這淡淡的焦炭味是怎麼回事？

「叫叫叫！叫三小！好膽妳就不要出來！今晚別想吃飯！」暴吼聲跟著從屋內傳來，伴隨著摔碗盤的聲音，然後是一連串的國罵。

聶泓珈一顆心嚇得都快跳出來了，他們該怎麼辦？現在去按門鈴，跟對方說你們家可能鬧鬼了？叫他們快點出來？這樣會不會引禍上身？不，她怕才講完就被那個媽媽用鍋鏟打了！

她緊張的看向杜書綸，一副快哭出來的樣子。

「我聽妳的。」他給予肯定回答，「我們的烤肉快涼了，妳要回家我也沒問題。」

唉。聶泓珈雙腿不自覺的發抖，她連要怎麼開口都不知道啊！

而且，爲什麼那個同學沒聲音了？

「哇啊啊！」許語芯已經狼狽的跑到自己房門前，卻發現她的門開不了！開不了？「媽——媽！」

她尖聲喊著，媽不可能從外面把她的房門鎖住吧！

鏘、鏘，聲音持續從後面傳來，許語芯恐懼的回頭看去，角落的人並沒有移動分毫，像是在醞釀什麼。他手上卻拿著一個瓶子，有節奏的敲著牆壁，鏘、鏘、鏘。

『沒人教妳不能亂丟東西嗎？』傳出的聲音低沉沙啞，而且有種夾痰音，人影緩緩從黑暗中往前現身，只是讓許語芯更嚇！

她跟其母一樣，瘋狂疾速的拍著自己的房門，但是外頭卻毫無反應，而門把轉得動但就是打不開！

「開門啊！媽——救我！我房裡有人！」許語芯哭喊著，轉身背貼門板，看著已經走出黑暗的男人。

那就是個……普通的中年男子，肥肚禿頭，穿著的汗衫發黃發黑，上有噴濺血痕，衣服過小到罩不住凸出的肚子，腿上穿著髒污的藍色五分褲，連穿都穿不好的鬆垮，腳踩藍白拖，手上、手上拿著一個調味酒的瓶子。

跟她剛剛喝完的那牌一樣！

『那個畜牲在哪裡？』男人停了下來，他微低垂著頭，但眼神卻上吊般的瞪著眼前的女孩。

「你是怎麼進來的？我聽不懂你在說什麼……出去！滾出我家！」她激動的喊著，是趁媽出去跟鄰居們對戰時溜進她家的嗎？

男人終於抬起頭，許語芯才看見男人有著滿臉鬍子，而他的眼神異常凶狠，眼白居多，幾乎只看得見一點點黑色瞳仁，此時正凶惡的瞪著她。

『誰允許妳吼我的！妳是什麼東西！妳這個亂丟東西的婊子！』

下一秒，男人突然暴跳如雷般的大吼著，而且是直接衝了過來，舉起手上的瓶子就往她頭上砸下！

「哇啊——」許語芯下意識的伸手就擋，瓶子敲上她的手，竟瞬間迸裂開來，碎得亂七八糟！「啊啊啊啊——」

玻璃碎片甚至刺進了她的小臂裡，痛得女孩失聲尖叫。

鮮血流出的瞬間，外面再度聽見了她的尖叫聲。

聶泓珈咬著牙跳下車，還因爲腳軟而差點跌倒，他們沒空架好腳踏車，不管不顧的扔下車子就往許家門前衝，趕緊按響門鈴。

電鈴聲嚇得許太太一激靈，滑掉了手裡的杯子，伴隨著房內女兒的尖叫聲，許太太卻抱著頭，她覺得自己腦子要炸了！

「閉嘴閉嘴閉嘴！妳叫什麼——許語芯！」許太太是用盡力氣嘶吼的吼，

「誰！誰啊——」

她再度抓過鍋鏟，怒氣沖沖的往大門邊來。

「快去救妳女兒！快點！她出事了！」杜書綸扯開嗓門喊著，「快點幫她！」

遺憾的是，暴怒中的許太太沒有聽進去，對她而言，這一切都像是噪音，是挑斷她理智最後一根弦的鉗子！

而房間內的許語芯被男人揪住了長髮，他手上的破瓶尖端抵著她的臉，再度衝著她質問：『快說！我那個畜牲孩子在哪裡？』

「……我、我不知道你在說誰！我不知道啊啊……」許語芯哭得泣不成聲，她的頭皮好痛，她的手好痛。

『妳身上有他的味道！』男人的破瓶尖端毫不猶豫的刺進了女孩的身體裡，『說！』

「啊呀！」慘叫聲立即傳來，這聲音聽起來太令人不安了！

杜書綸焦急的跑到側邊去，試圖看能否望進女孩的房間，掏出手機才打算報警，隔壁的大門突然開啓，一個憔悴的瘦弱男人探出頭來。

「同學？發生什麼事了？」

「裡面出事了！我正要報警！」

「我們已經報警了！警察應該快到了！」

咦？鄰居家手腳這麼快的嗎？杜書綸衝回聶泓珈身邊，她敲門兼門鈴的按著，但是始終無人回應。

因爲許太太正在院子裡忙著裝水，她要一開門就朝外面潑水，她知道是誰！不是隔壁的黃垃圾，就是對面的多事林長舌，或是里長，不管是誰，都休想在太歲頭上動土！

她沒聽見房間內的許語芯，正在尖叫哭喊著，因爲那不速之客正拿著斷掉瓶子，瘋狂的朝她身上各處猛刺！

『我聞得出妳身上的味道，妳跟那畜牲是一夥的！是不是你們一起殺的我？』

男人殺紅了眼……不，是殺橘了眼。

他的雙眼竄出火苗，接著身上各種泛光，奄奄一息的許語芯驚恐的看著男人體內似乎透出了火光，彷彿火燄是在他體內燃燒似的！

「媽——」她用盡最後一絲力氣哭喊著。

『閉嘴！我最討厭女人尖叫了！』男人更生氣的一把扯下了許語芯的頭髮，

『不許叫不許叫不許叫！』

嘶……一把頭髮活活從許語芯頭皮扯下，男人將頭髮揉成一團，狂亂的塞進了許語芯的嘴裡！

嗚——唔——許語芯全身劇烈掙扎，男人的拳頭好大，直接強行塞進了她的嘴裡、喉嚨……啊啊啊啊！

磅！房門外陡然傳來拍門聲。

「許語芯啊！妳是在叫什麼！有人來找妳媽麻煩了！還不出來幫忙！」

說時遲那時快，警笛聲遠遠傳來，警車真的來了！

這聲音激得許太太更加怒火中燒，她開始奪命連環拍門，要女兒滾出來替她助陣！

磅磅磅——

唰啦——房門陡然開啟，許太太一手直接打在了滾燙的火上！

她驚地收手，看著眼前的一切發呆，倒映在她雙瞳裡的，是一個全身透著橘色火光的男人。

「啊啊啊啊——」慘叫聲從屋子的另一角傳出來，讓門口的聶泓珈跟杜書綸都愣住了。

下一秒，屋內急速竄出黑煙，杜書綸見狀不妙，扯著聶泓珈往後退。

「不……不，這是……」聶泓珈還在發傻，警車已經轉進了巷子裡，鄰里都跑出來看了。

「走開！大家快點走開，快——」杜書綸一把扯過聶泓珈，對著周遭的人大喊，「有瓦斯！全蹲下！趴下！」

轟——火舌伴隨著衝擊波衝出了許家房子，玻璃被震碎噴發，圍觀鄰里不少因閃避不及而受傷，趕來的警察及時蹲下只受到了擦傷；但所幸因爲杜書綸喊得及時，至少沒發生太大傷亡。

而他剛拽著聶泓珈往許家牆根下躲，越危險的地方越安全，他們貼著牆根趴下，噴發的距離都到遠處，而被緊緊護在他身下的聶泓珈毫髮無傷。

「唔……書綸！」她焦急的試圖翻身，上面的傢伙壓著她很難啊。

抱著她的頭的杜書綸遲疑著，抬首看見腳步紛沓而至，是警察。

「同學，能起來嗎？先離開這裡！」警察抓著他的手臂，試圖幫助他站起，杜書綸這才滑下聶泓珈的背部，抖落了身上少部分的碎片。

「杜書綸！」聶泓珈一坐起身，即刻緊張的探視，驚喜的發現他沒有大礙。

「沒事，除非眞的是大爆炸，我們躲在這裡是最安全的！」他凝重的甩甩手，反而趴在地上時的擦傷更疼了。

他們在警察帶領下遠離了現場，火舌竄出屋子，各種橘光與黑煙竄出，聶泓珈還在檢查著杜書綸全身上下，焦心不已。

「你什麼身高？你護我？」她眞的是急了，從小到大，一向都是她護著杜書綸！

「是，妳也知道妳該罩著我，問題是妳呆掉了啊！」杜書綸還有理了，「珈珈，我沒事，眞的！」

「我是因爲……」她看向起火的屋子，消防車也已經趕到，刺耳的分貝讓她難以繼續言語。

是因為她確定了咆哮屋那森森黑氣，的確包裹住了這戶人家！那帶著令人膽寒的邪氣！

消防水柱開始灌入，而許語芯躺在客廳角落的書包底部，有某個圓形的東西亮了起來。

站在書桌前的男孩，看著手機裡關於下午火燒車的新聞，一遍又一遍，看著他們下車罵人、打掉對方的手機、再拔掉對方車鑰匙後，再不懷好意的跳上車，接著就是學生在車裡瘋狂的拍打車窗，一臉驚恐的想要逃出……然後黑煙瀰漫，大火竄燒，直到周圍路人紛紛嚇得閃避。

窗外突然有消防車的聲響，由遠而近再駛離，一台接著一台，似乎要去某個地方支援。

男孩開窗朝外看了看，立刻再度滑開手機，點選最新關於火災的消息，果然在社群媒體上看見最新關於S區某戶人家的爆炸案跟現場影片。

他回到書桌邊，打開下方抽屜，從最底下拿出了一本陳舊、但卻是皮革精雕的筆記本；才放上桌，那本書竟啪噠啪噠的自動打開，並且翻頁到特定頁面。

每一頁都是羊皮紙張，幾秒後，空白的羊皮紙開始浮現出一個圓形的魔法陣。

『開心嗎？』

他的身後，傳來了悅耳的男人的聲音，平穩且帶著自信。

「是誰？」

『那個挑染的女生。』

喔，許語芯嗎？倒是有點意外，沒想到速度這麼快！

曹觀柏回首看向黑暗的房間角落，「非常開心，謝謝。」

他珍惜般的撫摸著眼前的書，這本書給了他無比的力量，讓他可以做想做的事……看著手機裡的畫面，總覺得還有那麼一點可惜。

「沒能親眼看見，還是有點遺憾。」他幽幽的說著，「畢竟他們在欺負我時，好像都很享受傷害我的過程。」

『那有什麼問題？只要你想要的，我都能爲你達成。』黑暗中的聲音肯定的回答，『我們可是簽過約的。』

「那就麻煩你了。」曹觀柏轉過了身，還禮貌的對著角落行了禮。

門外突然有腳步聲靠近，門底下光影變化，曹觀柏飛快的蓋上筆記本，放回抽屜裡頭，緊張但謹慎的關上了抽屜。

叩叩，房門被敲響。

「肥伯！出來吃飯囉！」妹妹在外面喊著，「不要一回來就只會躲在裡面，都不會出來幫忙的喔！」

嗯，他的親妹妹，也學著那些人一樣叫他肥伯，這難聽的綽號。

「他能幫什麼？妳別叫他！」曹母的聲音在餐桌響起，因為他書房就面對著餐桌，「可不要越幫越忙！」

「說得也是！」妹妹笑著，又敲了一下門，「快點出來啦！」

門外開始傳來熱絡的聲響，他也聽見了父親的聲音，他們三人有說有笑，他總是被無視的那個，他不像是這個家的一份子。

是啊，這麼笨的人，怎麼會是曹家的人？

其實被漠視這件事，他在這個家已經嘗盡十幾個年頭了。

『這樣你還不生氣？被這樣羞辱？』角落的聲音再度傳來，『你就是都不反抗，他們才會這樣欺人太甚！』

曹觀柏聽著外頭的歡笑聲，家人已經上桌了，他就算不出去，他們也不會在乎。

「有沒有可能，他們說的是對的？」他斂了神色，「我沒有被重視的資格？」

他刻意待了五分鐘，也不會有人來催他吃飯。

「這花枝好好吃耶！」

「喜歡吃就都吃掉，沒關係！」

「啊？要留點給肥伯吧！」

「連吃飯都輸人……哼，還能有什麼用？不要管他！家裡還有泡麵！餓不死他！」

曹觀柏終於站了起來，調整好情緒的朝門口走去。

『看你這種懦夫，你家人果然最瞭解你，都被數落成這樣了，你什麼都做不了！』角落傳來訕笑，『難怪啊，隨便的路人都想踩你一腳，你果然就是腦子笨的飯桶，那種連家人都不願承認的廢物。』

一字一句，都像是刻意傷人般，這些話其實他也很常問自己，腦子裡像是有另一個人也如此質問著他。

臨開門前，他向角落看了眼，然後，笑了。

笑得燦爛溫和，人畜無害，連眼睛都笑瞇了。

他當然是生氣的。

他非常非常生氣，正是因爲怒極攻心，他才必須用笑容掩蓋那滿腹的怒火。

終有一天，所有人都會瞭解，什麼叫漫天怒火吧！

第六章

威風學生

急診室裡人聲鼎沸，醫護人員忙進忙出，今晚一場爆炸案造成不少傷者，幾乎都是玻璃割傷，萬幸都是小傷，全部都在控制之中。

S區的警察們簡直苦不堪言，這一天是怎麼了？一波未平一波又起的，輪休的都叫來支援了，眞的分身乏術啊！尤其他們又不是什麼大區，警力跟鑑識人員都人手不足啊！

「我們是聽見尖叫聲就報了警。」一對夫妻臉上都是擦傷，驚魂未定的向警方說著，「因爲，那叫聲太奇怪了，是一種很恐懼的聲音。」

「而且我還有聽到她喊誰！」黃太太也趕緊補充，「反正你一聽就知道不對勁！我們兩家……素有齟齬，那對母女歇斯底里不是一兩次了，但晚上那叫聲眞的有問題，一聽就知道。」

「喔……了解。」說話的是管區，他爲了這兩戶人家的事，都不知道跑許家幾百趟了，「虧得你們還會報警，眞好心啊！」

「啊？這沒什麼吧。」黃先生倒是錯愕，「正常人都會報警吧！那女孩只是高中生啊，聽起來感覺像她屋裡藏了壞人！」

「哎！你們兩家吵成這樣，許太太又對你們這麼惡劣，如果是我，我搞不好不會報警。」對門的林先生倒是實誠，「我可討厭死他們了！」

他也受了傷，是因爲出來看熱鬧。

黃太太苦笑著，她是不喜歡隔壁鄰居，但與其說是討厭，不如說是害怕！在這場爭執中，有理的是他們，但無能爲力的也是他們。

「我只是……兩件事還是分開吧！許太太眞的一言難盡，但我也不願意看見她們受傷！警察先生，許太太她們母女倆怎麼了？救出了嗎？」

管區微妙的抽搐著嘴角，沒有回答，而是略微搖了搖頭。

「我先去問別人！你們先休息！」管區起身，得再問問其他出來看熱鬧的鄰居們。

其實巷子不短，大家都只是聞聲出來探視沒幾秒，屋子就炸了。最清楚一切的應該是那兩個路過的高中生！管區遠遠的看著一高一矮、一壯一瘦的學生，他們站在許家門口該是首當其衝，卻能毫髮無傷，不得不說孩子反應眞快。

「小武說他要去問。」一個警察突然阻止了管區的前進，「事情可能不太簡單。」

管區看了同事一眼，眉頭皺得更緊，接著就看到一個挺拔的警察同仁走到兩個高中生的病床邊，低語兩句後，孩子就跟著離開了。

「媽呀！」管區掏出了胸前的護身符，「又來？」

同事蹙著眉沒應聲，只是掌心握著一串佛珠，默默唸著阿彌陀佛。

別又來了啊！

武警官帶著沒受傷的學生離開醫院，因爲怕有內傷，所以還是堅持他們到醫院做個檢查，目前爲止是沒有任何問題，只有爆炸造成的耳鳴跟輕微腦震盪。

到了醫院外頭，武警官終於停下，轉身就要開口。

「為什麼又是我們？不知道！我們只是去買宵夜，就串串碳烤那攤啊，抄那條巷子是捷徑，我們每次都經過！」杜書綸搶先回答。

話都到嘴邊了，被搶答的武警官反而不知道怎麼接了。

「有東西跑進那個女生家裡了，他們家全被渾濁的黑氣包圍，那種黑氣跟之前咆哮屋的一模一樣。」聶泓珈倒不拖泥帶水。

杜書綸一臉沒趣的樣子，他還想玩一會兒呢！

「好兄弟，中年男人，禿頭肥肚，汗衫很髒、發黃發黑還有血漬，天藍色五分褲也是髒汙鬆垮，然後穿藍白拖，腿毛很長。」他接著卻準確的講出好兄弟的模樣，「手上拿著一瓶應該已經摔破的調和酒，直接進入那個女生家。」

武警官瞪圓了雙眼，「這麼清楚的嗎？等等，你再說一次！」

杜書綸詳細的重複了一遍，細節清楚到驚人，如果有紙筆，他還能畫出來。

「你居然看了？我說過不要去看那些好兄弟的，被發現怎麼辦？」聶泓珈不滿的推了杜書綸，「要是他突然轉向我們——」

「不會的，那個好兄弟非常非常生氣，他目標就是那個女生家！」杜書綸模仿著做出一個略聳肩的動作，身體緊繃，一副盛怒模樣。

「我的天！」武警官隻手握拳，前額就往自己虎口上撞，「為什麼又發生這種事？」

「是一班那幾個人把咆哮屋裡的阿飄放出來的，由他們負責也算天經地義吧！」杜書綸完全不以爲然。

聶泓珈用手肘撞了他一下，這種話是能說的嗎？有人死了啊！

「好……等等，我釐清一下。」武警官深呼吸後，迅速讓自己接受這該死的現實，「所以那間廢屋裡原本是眞的有……」

兩個學生用力的點頭。

「我沒那麼敏感都知道那裡不對勁了啊！你們是警察所以感受不會那麼強烈，但隨便問應該都有人會有不適的感覺，光我們班就好幾個。」他記得連妻承穎都說過那邊怪怪的，「咆哮屋傳說這麼久，鄰居又搬走，還是將信將疑吧！」

「他們那天說牆上有三個人影的，從平面變立體，在現場有看到嗎？」聶泓珈沒忘記這個重要的事。

2D變3D，放在童話故事就是公主王子成眞，放在恐怖故事裡，那可就嚇人了。

武警官搖了搖頭，事實上，學生說的牆上人形，一個都沒看見。

「完全沒有什麼人形畫，那邊只有當年火災後燻過的牆！」武警官這話說得語重心長，他進去看環顧所有牆壁時，也是心裡直發毛。

畢竟那幾個學生說得七嘴八舌，卻講得一樣：牆上有三個人影，自牆裡衝出來啊！

「那兩具焦屍，證實是認識的街友了嗎？」杜書綸提出了下一個疑問，「知道死亡時間嗎？」

「從失蹤的時間到現場物品，身分是八九不離十了……屍體燒得非常徹底，沒有DNA可以驗，我們只能找別的線索。」武警官頓了一頓，「他們是兩週前失蹤的，那幾天不是突然下暴雨嗎？推測可能是進去避雨，之後就沒人再見過他們了。」

因爲燒得很乾，所以便不會腐爛，也不會有腐臭味。

「確定是被火燒死的嗎？」聶泓珈戰戰兢兢的問了。

武警官點頭示意，找不到其他可能的死因了，的確是被大火燒成焦屍的，可怕的是極其完整，四肢都因大火彎起呈拘拳狀，軟組織水分完全蒸乾，兩個人比他印象中縮水了許多。

「下午的火燒車，我大膽猜一下，那位叫楊家佑的是不是也燒成一樣的嘎崩脆？」

「別口無遮欄！」聶泓珈連忙阻止，然後對著空氣連忙致歉，「對不起，他不是故意的，他就是嘴欠。」

武警官一時無言，她是在對誰講話啊？是嫌現狀不夠恐怖嗎？瞧瞧他手臂上的汗毛都直豎了！

「他們先橫行霸道的，況且也不是我燒死他們的。」杜書綸吁了口氣，「還有，我覺得這件事沒完，解鈴還須繫鈴人！」

聶泓珈跟著一凜，「難道要一班那些人再去一次咆哮屋？他們沒有能力對付那個亡魂吧？那個阿飄邪氣超重的，一出來就殺了這麼多人……」

想想，只是進去避雨都死於非命了！

「嗄？一班那些人？只能靠恐龍爸媽的人有什麼好寄望的？」誰會希望他們去對付亡者啊！杜書綸再問向武警官，「武警官，咆哮屋的案件可能得翻翻，因爲現在大家都是被燒死的，阿飄又怨氣沖天，應該跟當年的火災有關。」

「……同學，那是二十多年的事了。」

「警察先生，所以這是二十幾年以上的積怨啊。」

這能不重嗎？

聶泓珈又打了個寒顫，這個比上次班上自殺的同學還可怕，近距離見過就能感受到那個亡魂的怒火滔天，他是全身上下都散發著戾氣的惡鬼！

只是針對放他出來的人就很奇怪了，一班同學可是解放他的人啊！難道是祭品論嗎？誰放出來就先找他們開刀？

萬一他是那種不分是非的暴躁惡鬼，不小心犯到他不是都會衰？

「要不要找唐姐姐？」聶泓珈不安的拉了拉杜書綸的袖子，「我很怕有人不小心冒犯到惡鬼，就又被殺了。」

「哪個唐姐姐？」武警官一愣，該不會是他認識的那個吧？

「嗯，感覺很需要，但是……」杜書綸遲疑了，「妳知道他們姐弟倆個是職業收費嗎？」

「咦？收、收費？」聶泓珈愣住了，她沒想到這層，她只知道杜書綸的姐姐認識兩個驅魔者，唐家姐弟。

兩個學生終是無助的看向了一旁的警官，武警官扶額無力，看來他們認識姓唐的姐弟，是同一個了！

「你們居然認識唐恩羽姐弟？」他簡直不敢相信，「我一直希望非必要不要找她，說不定一切都只是巧合，例如……」

「例如人都燒成炭了，東西都沒燒到嗎？」杜書綸用閃閃發光的眼神看著他，「我還真想知道這樣的科學原理是什麼呢！」

武警官沒好氣的翻了個白眼，他知道杜書綸是很有名的聰明學生，但個性真的很差！

遠處引擎聲隆隆，立即引起眾人注意，這排氣管聲音也太囂張了吧？武警官才往前要看是哪個人在醫院前這麼放肆之際，卻瞧見了有點面熟的紫羅蘭跑車。

跑車一個甩尾，停在了他的面前。

聶泓珈詫異的看著那台車，哎呀，她看過這台車啊！可是羨慕死她了！

車門敞開，走下了一個長捲髮的亮麗女人，今天的她穿著露肩毛衣與喇叭長褲，大晚上的依舊戴著墨鏡，華麗登場。

「眞能裝啊。」杜書綸嘴角就那麼抽了一下，「晚上戴墨鏡妳看得見嗎？唐大姐！」

「看得見啊，看得見這兒滿滿的邪氣與靈魂。」唐恩羽瞥了眼醫院，「今天第二個死者？」

「四個。」武警官也希望人數別那麼多，「一對父子一對母女。」

「前幾天我們學校學生去探險，把一個廢屋裡的好兄弟放出來了！」聶泓珈焦急的往前，「那是很凶很凶的好兄弟！」

「感覺得出來，是個怨氣非常重的惡鬼，不過再凶惡……要把人燒成那樣並不簡單。」唐恩羽終於摘下墨鏡，「這才是我們來這裡的主因。」

杜書綸心裡叩登一聲，有個窮凶惡極的亡魂已經算很可怕了，但……唐恩羽話中的像是背後還有什麼原因似的。

「該不會又有人畫了什麼，召喚了什麼嗎？」他含蓄的問著，因爲他們才剛看過召喚惡魔的魔法陣，還沒湊滿二十天咧，「還是又有什麼上來了？」

「有人在使用惡魔之書。」唐恩羽倒也乾脆，「事情就是你想的那樣！有人與惡魔簽定契約，助他完成願望。」

至於是什麼願望，就得從「咆哮屋」開始找了。

學校外頭再度架起了攝影機，記者們都在外頭報導，但因爲事故發生都不是在學校內，所以記者數量沒有上次多，不過還是有媒體報導了關於「S高一連串的不幸事件」。

甫開學，才剛經歷一位資優生的自殺事件、上昇到性騷Me Too，緊接著便是兩起意外事故，其中兩位死者不但又是S高的學生，還同班。

許語芯與母親雙雙殞命，死於大火之中，毫不意地也被燒成乾屍，只是當消防人員滅火進屋後，看見屍體無不驚愕當場。

女高中生橫屍在自己房間裡，她頭骨也被打裂，手部骨折，頸骨被向後折斷，臉頰肌肉裂開，嘴裡居然塞著一團毛髮；其母陳屍在她房間對面的廁所裡，她的右手肘被扭斷，手上甚至還握著焦黑的鍋鏟，左肩胛碎裂，仰躺在地上的她被翻過來時，才發現枕骨碎裂。

又是兩具燒乾的屍體，而從她們的眼睫毛都能看出，都是生前被火燒死的，其他一樣都需要等待相驗結果。

不過，現場跡證還是能斷定一些事情。

例如在浴室外牆上的噴濺血跡，許語芯房內的門上更是到處是血珠，地上有碎裂的玻璃碎片，正是調和酒精飲品，奇怪的是對面鄰居提到稍早之前，許語芯曾往他院子扔的玻璃瓶也是同一牌子，而且，院子裡的瓶子居然消失無蹤。

爆炸起因是外洩瓦斯爐，但經查後，發現那點瓦斯實在不可能引起這麼大的爆炸。

更別說，起火點在廚房，爲什麼轉角走廊之內的那對母女會被燒成焦屍？還有，失火到滅火不到半小時，要把一個人燒到這麼乾，溫度跟時間都不符合，整個警界都已經明白這兩件案子不同尋常，但大家只看不語，少說少冒犯，查就對了。

「最後，大家務必要小心用火。」在學校裡，講台上的鄧淳宇做著結語，「我知道同學意外離開大家都很錯愕，有需要排解的，隨時可以找老師談談。」

一班氣氛低迷，大家多是因爲人生無常而欷歔，至於感傷……嗯，可能只有王志東他們那一票會傷心了吧？畢竟才開學大家又不熟，而且那幾個人在校內的囂張行徑，大家根本也不想多熟。

「都是他們那一掛的耶！」

「對啊，這也太巧了吧！」

「有人說，因爲他們進了咆哮屋，所以被詛咒了！那裡面本來就一直傳聞有阿飄啊！」

王志東用力一擊桌子，起身時再度往前推桌子，前座同學胸骨又又因此撞到自己的桌緣。

「誰在那邊胡說八道？同學死了你們還在說什麼風涼話！哪個人說詛咒的？」

「王志東。」講台上的鄧淳宇沉穩的開口，「坐下。」

王志東哪可能把導師放在眼裡，書包一拎，再踹了自己的桌子，轉身就往外走，害得前面的同學又又又跟著往前撲，有完沒完啊！

「喂！」前座的女孩不爽的回頭，坐在他前面眞的很倒楣！「你夠了沒？我惹你了嗎？一直推桌子……怎麼不是你被燒死啊！」

鄧淳宇即刻衝下講台，因爲他知道王志東會做什麼事！他毫不猶豫的回身，就把扛在肩頭的書包狠狠朝女同學扔過去！幸好鄧淳宇行動得夠快，伸長了手及時擋住被扔來的書包。

唔！鄧淳宇是擋下了，但好像聽見了劈啪聲……不過此時此刻是要消弭紛爭！

「王志東！」

「妳再說一句看看，燒死誰！」

女孩早已恐懼的起身往後，雖然感謝導師的阻擋，但王志東那氣勢還是嚇得她連連後退！

「你們到底在囂張什麼啊？每天都把班上氣氛弄得有夠糟的！」別的同學居然也出聲了，「在班上耍流氓有什麼意義嗎？一言不和就想揍人！」

「對啊，還一直對曹觀柏冷暴力！他又沒怎樣！我們才剛開學耶！不是說你爸是家長會長就能這樣吧！」

「而且你們進咆哮屋是事實，誰不知道那邊鬧鬼？你們還進去不是自找麻煩嗎？不然哪會這麼巧，楊家佑跟許語芯昨天都出事了！」

同學開始你一言我一語的反抗，不知道是王志東那票人員減少，或是大家已忍無可忍？過去他們頂多放狠話，或是對曹觀柏冷暴力罷了，從未這樣明目張膽的動手，加上昨天楊家佑還亮了刀，結果卻是導師被檢討，眼看著是犯眾怒了。

「還說？你們敢詛咒我們？」王志東怒極攻心的指著起身罵他的同學們，「你們信不信我可以讓你們不敢上學？」

「試試看啊！我們是光明正大考進來的，憑什麼不能來上學！」班長倒是氣不打一處來，「你們幾個靠學區進來的就在這裡囂張，要轉學應該是你們吧！」

學區保障名額，跟考進來的學生的確有成績上的大落差，更別說像王志東這種家裡有背景的人了。

「好了！大家都少說兩句，都是同班同學！」鄧淳宇趕忙勸架，「大家沒有什麼深仇大恨的！」

鄭芷瑜原本想上去踹第一個開口的女孩，但眼見全班同學都站起來指責他們後，她反而卻步了！加上剛剛對上梁宗達的眼神，他示意不宜妄動，現在形勢上他們弱了太多。

阿盛掙扎的走到王志東身邊，想勸他低調點，結果卻被王志東一個肘拐子打得跌在他人桌上。

「你們以為我稀罕唸這個高中喔！」王志東上前撿起自己的書包，忿而轉身離去。

結果卻恰巧遇到了正從後門進入教室的曹觀柏。

他對班上狀況有點莫名其妙，爲什麼大家都站著，還有種劍拔弩張的氣氛？王志東看起來非常不爽，這讓他不由得止步，因爲他必須經過王志面前，才能抵達自己的座位。

這時，坐在最後面有個高壯的同學突然站起，一路朝向王志東走去，那龐大的身軀相當具有壓力感，竟讓王志東下意識的後退了幾步。

「曹觀柏，來。」坐在曹觀柏旁邊的男同學喚了他，「你儘管走過來沒關係。」

果然不對勁！

曹觀柏有種受寵若驚的感覺，隔壁同學叫了他的名字耶……不，他們看得見他了！

嘴角的笑完全克制不了，他既興奮又開心的快步朝著同學走去，坐在他前面的女孩還直接回身，把一瓶紅茶放在他桌上。

「請你喝的！」她還比了個加油的手勢。

今天是怎麼了？他感受到從四面八方投來的視線，他不再是透明人了嗎？

「好，好……都想跟我硬槓嗎？」王志東被迫從前門離開了，「我不唸書都比你們混得好！」

「靠爸嗎？」

這諷刺的一句讓班上同學忍不住噗哧出聲，只是讓大家更訝異的是，回話的居然是日常被欺負的透明人：曹觀柏。他正從容的把書跟文具從書包裡拿出來，竟說得雲淡風輕。

王志東聽完更是怒不可遏，畢竟這的確戳中了他的痛處！瞧著他冒火的雙眼，鄧淳宇急忙又要去擋駕了……唉唉。

「你說什麼？你敢挖苦我？」王志東怒吼出聲，「我靠爸又怎麼了？現在誰不是比父母背景的，換作是你，你能嗎？」

你能嗎？

這句話亦戳中了曹觀柏的痛處，而且不只是戳中，簡直是利刃穿心！

因爲他是曹家的廢物，家裡的恥辱啊，爸爸怎麼可能會成爲他的依靠呢？所以像他在學校被冷暴力的事情，他也完全不敢跟家裡提啊。

曹觀柏抬首，看著隔了幾排，站在右前方的王志東，再度綻開了那有點過分燦爛的笑容。

「我不能！」他連眼都笑彎了，「不過如果我是你，我現在會在意別的事。」

「曹觀柏。」鄧淳宇低聲制止，「大家都坐下，不要再說話了……王志東？」

「在意什麼？」王志東如果眼裡有老師的話，就不叫東哥了。

「誰會是下一個呢？」他笑瞇了眼，身旁的同學個個卻都倒抽了氣——曹觀柏！

怎麼突然這麼勇敢了？

「什麼下一個？」梁宗達帶著咬牙音問著，「你在嚇唬我們嗎？」

曹觀柏改成看向站在左後方的梁宗達，搖了搖頭，「沒有喔！剛剛同學不是也有說了嗎？咆哮屋的傳說？」

「只是傳說而已吧！靠夭喔！誰會信這種東西？」鄭芷瑜好像以為話裡多帶幾個髒話，就能增加膽量。

阿盛絞著雙手，誰不知道啊！昨天許語芯的意外傳出後，他就嚇得整夜都睡不著了！

「你媽的什麼傳說？你以為我王志東是嚇大的嗎！」王志東狠瞪著曹觀柏，「我就知道你這傢伙是變態，楊家佑跟許語芯死了，你是不是很高興？巴不得我們成為下一個？」

「好了！誰都不許再說話！」鄧淳宇連忙打斷雙方，「王志東，回座位坐好，梁宗達，你們幾個也是！」

王志東舉起手，直指了曹觀柏，凶狠的雙眼表達出強大戾氣，無聲的話飄浮在空中，幾乎全班都能讀出那眼神的意義：你給我等著。

「走！」他一吆喝，轉身就走出了教室。

啪的闔書聲傳來，梁宗達蓋上課本，抓起掛在桌邊的書包立刻就轉身朝後門走去，鄭芷瑜遲疑兩秒後也跑回座位整理東西，阿盛則慌張的顧盼，最後還是咬牙的一起跟了出去。

兄弟啊，大家就是要整整齊齊！

鄧淳宇望著衝出去的學生，他也沒追，只有輕嘆的走上講台，翻開點名表，把離開的人做上曠課的記號。

「早自習大家好好準備考試，曹觀柏，你吃早餐沒關係。」他內心還是有幾分欣慰，「學生時代是人生中很難得的時光，大學後要交到朋友是很難的，老師希望大家好好把握這三年，跟同學好好相處。」

看見學生能主動跟曹觀柏交談的這刻，鄧淳宇內心比誰都還激動。

他不能強迫學生們與曹觀柏交朋友，所以今日一切都是他們自發行爲，某方面還要感謝王志東這些始作俑者，最後竟是他們收拾了自己的爛攤子。

曹觀柏雙眼閃閃發光，帶著點濕潤，兩旁的同學紛紛傳來紙條，裡面是許多未具名的「對不起」。

他忍著淚，左右張望著，再度展露出他固定的燦爛笑容，彷彿過往一切他都不在意似的。

『這感覺很棒吧！』

腦子裡再度傳來那幽暗深遠的聲音，『是不是不生氣，人家就不會把你當回事？』

曹觀柏打開了前面同學給他的紅茶，滿足的逕自點了點頭。

是的。

只是事情還沒結束呢，因爲他的怒火，怎麼可能這麼容易就澆熄？

王志東一行人橫衝直撞的往樓下奔去，負責掃樓梯的六班同學被撞得踉蹌，有好幾個差點摔落樓梯，得虧得同學相互拉扯，不然眞摔下去了。

但他們根本沒在管，用身體跟書包亂撞著，又一個轉角，王志東就要撥開掃樓梯的人！但某隻大手飛快的扳住他的肩頭，不客氣的向後一扯，正往下衝的王志東被這相反的力量一拽，整個人瞬間跌坐在地，還摔在了階梯邊角上。

「誰！」他隻手及時攀住樓梯扶把，才沒讓屁股摔成兩半。

跌坐的他向後方瞪去，高大的聶泓珈正拿著掃把，另一手拉過了差點被撞倒的李百欣。

「你們不能好好走嗎？」她不高興的低語，「要是眞把人撞下去了還得了？」一層十六階，李百欣正巧站在第三階，萬一背對著摔下，頭著地那不是開玩笑的。

王志東跳了起來，發現矮了三階的他連忙往上走，「妳這不男不女的傢伙很愛管閒事耶，這些人自己不閃開妳在那邊叫什麼？」

聶泓珈左手施了點力，暗示李百欣先離開，但後者也不是省油的燈，她早看這群人不順眼很久了！

「你們鬧不夠喔？現在不是應該要低調點嗎？」她雙手抱胸，不客氣的看著。

「低調什麼！我們向來就不知道低調怎麼寫！」鄭芷瑜一見是女孩，立刻上前。

「看得出來啊，字都不識幾個吧？能寫自己名字已經很難得了！沒靠學區的話，你們根本進不了S高！」李百欣字字誅心，還用睥睨的眼神從上打量到下。

倒、倒不必這樣吧？聶泓珈反而尷尬起來，她只是想避免同學受傷，沒有要惹是生非的意思！她趕緊拉著李百欣想走，但這時班上同學都圍過來了，聶泓珈有種事情會鬧大的恐慌感。

「欸！剩五分鐘喔！大家快點掃掃吧！要早自習了！」婁承穎很自然的拉大嗓門，陽光的衝著每個人笑著，從樓上自在的走上來。

他身後的張國恩倒是跟刺蝟般的瞪著王志東，衝上來拉過李百欣就走。婁承穎的出現讓緊張狀況瞬間瓦解，大家各自轉身去做自己的事，聶泓珈內心十分感激，他則衝著她豎起大姆指。

他也來到聶泓珈身邊，想接過她的掃把，「這裡我掃，妳先回教室去吧！」

「這是我的掃地區域。」聶泓珈沒接受他的好意，事實上她並不怕王志東。

她是社恐、也討厭與人接觸，但不代表會乖乖被欺負。

「聶……」婁承穎還想說什麼，但聶泓珈已經逕自掃起樓梯，掃把還是專門朝著王志東的腳去的。

「妳這傢伙！」鄭芷瑜直接出手，就往聶泓珈的肩膀推去！

聶泓珈靈巧的閃開，側了身向上走了兩階，這導致鄭芷瑜整個人撲空，就朝樓梯下摔去！王志東大手一撈及時拉住了她，但兩個人都被嚇到了。

梁宗達留意著周遭，示意王志東先走吧，別再待在學校，等等把主任引來又是個麻煩；聶泓珈同時也讓婁承穎離開，她要掃地了，而且她眞的不需要幫忙。

氣氛在一種詭異的緊繃中結束，王志東等人往下走，其他人往上準備回教室，聶泓珈這時突然想到——杜書綸負責二樓區域！糟糕！

「才剛來就要走啊？怎麼不多坐會兒？」

唉呀！聶泓珈緊緊握著掃把，她就知道！焦急的攀在樓梯邊往下看，書綸這傢伙果然堵住了他們。

「你們知道咆哮屋當年的火災事故是怎麼發生的嗎？」杜書綸毫無懼色的擋住王志東等人的路線，莫名其妙開始講古，「二十三年前，那戶人家姓柯，從上到下燒死了六口人，大火剛起時，附近鄰居都能聽見屋主的慘叫聲！那聲音淒厲的喔！」

王志東才掄起拳頭，梁宗達卻阻止了他，「然後呢？」

「眞好，你們裡面有人懂得問然後呢了！」杜書綸微笑有禮的說著，但眼神裡毫無笑意，「屋主是附近聞名的暴力人士，脾氣暴躁，做事凶狠，一點小事就生氣，誰多看了他一眼，他都能拿磚塊打破對方的頭，打外人狠毒，打起家人來更是不遺餘力！是個暴力狂——最後他是被他兒子潑了汽油，放火燒死的。」

活活燒死？還淋汽油？王志東嚥了一口口水，「說這些做什麼？關關關我屁事！那是二十幾年前的事了，放火燒屋的又不是我！」

「他臨死前淒厲的詛咒自己的兒子，發誓要將孩子碎屍萬段，說做鬼也不會放過他，傳聞中夜晚的咆哮聲就是他的。但是他不知道什麼原因，一直被困在事發現場，直到——」杜書綸兩手一攤，看向了眼前四個人，你們。

鄭芷瑜打了個寒顫，緊緊拉著王志東，「你、你意思是說，那個、那個父親眞的變成了……阿飄，可是關我們什麼事？」

「啊，是不是那天我們在牆上的人影？」阿盛跟著都快哭出來了，「記得嗎？那天我們都有聽見的，他說：誰准你們進來我家的！」

咦？杜書綸一怔，有這Part？跟曹觀柏說的不一樣，難道大家聽到的不同嗎？

「閉嘴！」王志東低吼，阿盛嚇得噤聲，「別聽他說那些有的沒的。」

「出事當晚，屋主才跟附近鄰居因爲商店最後一瓶酒起爭執，他就打爆了對方的頭，把酒搶走了。那晚他穿著髒黃的汗衫、藍色短褲，握著染血的瓶子回家，就再也沒出來了。」

「所以？你講這些只是嚇唬我們而已。」梁宗達力持鎮靜的回應。

「我看見了那個屋主，」杜書綸乾脆俐落，「在那個誰……珈珈？」

他冷不防地抬頭，早知道聶泓珈在上方聽著。

他們看過了當年的照片了，那個惡鬼與檔案裡的照片一模一樣，就是在許語芯家門前的那個男人。

「……許什麼的家門前看見的。」聶泓珈不情願的回著，他幹嘛說出來啊！

「對對，我們昨晚剛好就在她家門口，親眼看見那、個，走進她家。」杜書綸擠眉弄眼的，明示著是阿飄。

咆哮屋裡的阿飄，果眞去了許語芯的家？

所以許語芯眞的是被鬼殺的？那楊家佑呢？爲什麼要針對他們？又不是他們殺死了他！

阿盛腳都快軟了，他撐著扶把，或許……或許待在學校比較安全，待在人多的地方？他想要回班上了，跟著東哥到處跑萬一碰上了……

喝！樓梯間的聶泓珈打了個寒顫！

汗毛瞬間根根直豎，她感覺到可怕的壓力籠罩，耳邊聽見拖鞋的劈啪聲，啪、啪、啪，有東西在學校裡！

寒意竄遍身子，她扶著掃把蹲坐在階梯上，看著二樓的走廊上一片昏暗。

不只是她，杜書綸也突然感到毛骨悚然，他瞬間嚴肅的比了個噓，低聲叫王志東不要動，他大步跨上階梯，繞上一樓半之處，還順便抵住了快倒地的阿盛。

「別動。」他用嘴型說著。

有道光，從走廊的右邊隱約透出，伴隨著拖鞋聲，啪啦啪啦的走過來了。

一個凸肚、地中海髮型的男人終於出現，在這僅十幾度的天，他穿著滿是汗漬的汗衫，上頭還能見到血點，彷彿剛剛濺上而已的鮮紅，然後是一條寬鬆的五分天藍色短褲，搭配著藍白拖，在走廊上走著。

幸好樓梯口這塊地很寬，至少長乘寬度有兩公尺，所以走廊上樓梯口還有段空間。

阿盛雙腳抖個劇烈，他們說的該、該不會就是現在這個走過的人吧……衣著很像啊！

那個中年男子雙拳緊握，肩膀高聳，渾身上下散發著駭人的殺氣。

『畜牲！你躲……我看你躲到哪裡去！』男人咬牙切齒的說著，一路往走廊另一邊走去，**『我養你這白眼狼，我會殺了你！我要把你碎屍萬段，我知道你在這裡！滾出來——』**

男人身上透出了橘光，他體內像有一團火球，皮膚像是半透明似的，都能透出橘火閃閃。

樓梯間的幾人動也不敢動，聶泓珈直接癱坐在階梯上，其他不知情的學生依舊在走廊上行動，他們是感受不到的人。

那個惡鬼到學校來了！爲什麼!?

一直到男人離開了樓梯口那片空地，還是沒人敢動。

「聶泓珈！」婁承穎的聲音從上方傳來，聲線是緊張壓制的。她沒動，但他已經到她身邊，看見她蒼白的臉色，他趕緊攙她起身，「沒事了！那、個不知道。」

聶泓珈訝異的看向婁承穎，他、他也知道。

「有那個對不對？我覺得不舒服！」李百欣不知何時也走下來了。

「綸……」聶泓珈指向樓下，杜書綸還在下面。

「我去！」張國恩一馬當先，其實他什麼都沒感覺，但李百欣說感覺學校怪怪的，那就是怪怪的。

張國恩轉個彎就看見了一樣臉色鐵青的杜書綸，二話不說抓著他就往三樓的教室走，臨走前不忘睨了王志東一行四人，眞討人厭的惡霸！

噹噹——

鐘聲敲響，像是一記槌子般，擊破了剛剛所有的緊張。

聶泓珈跟杜書綸覺得身子突然變輕了，他們在同學的幫助下趕緊回到教室；樓梯間的王志東等人緊繃著身子，但最後選擇轉身下樓，離開了學校。

而一班教室裡的曹觀柏，正咬下開學以來最美味的飯糰。

第七章

二十幾年前的詛咒

二十幾年前，老柯就是鄉里間的流氓。

他不學無術、暴力凶狠，十足十的惡人！不但唯我獨尊、而且情緒陰晴不定，動輒拳頭相向，鄉里人都非常怕他，所以處處都讓著他，但越讓，就造成他越囂張。

日常在工地上班，但總是做一天休兩天，上班時又愛喝酒，清醒時就已經很會惹事了，酒後就更加張狂，好幾個工頭都被他打成重傷，尤其工地裡隨手一拿都是武器，後來誰都不敢跟他共事，也沒人敢用他。

沒工作後他就靠「借錢」度日，沒人敢不借他，尤其在某個老頭不借錢反而被他打到送醫後，都沒人敢不借他了。

報警有沒有用？用處眞不大，當時那個環境都只把這種事當作一般紛爭，重點是誰報警，老柯還會向對方整家出手，他出手是不分男女老幼的，正常人是眞贏不了瘋狗，尤其像老柯這種毫無掛念的人。

他彷彿沒有在乎的事，動不動就以命相搏，但他眞的沒有家眷嗎？這還眞是大錯特錯，老柯不但有家室，上有老、下有小，一家人都住在老柯爺爺留下來的祖屋裡。

論起可憐，沒人比他家更慘，人人都被打，在家不敢怒也不敢言，他老婆被打到半死不活，某天連夜跑了；三個孩子最大的才十五歲，根本跑不了；而他的父母也沒地方去，加上自己老妹一家，人人都是暴力下的犧牲品。

最慘的，應該要是他的老大。

「柯元安，十五歲，S高，那個年代能考進S高的學生絕對優秀！」溫文儒雅的男人在平板上出示著泛黃的照片，「他的學費還是自己在工地搬磚偷存的，所有人都在幫他掩蓋。」

「發生火災時是九月，才剛開學吧？」唐恩羽看著新聞舊料，「九月二號，開學第二天？」

「對，上高中不可能不被發現，老柯到學校鬧了一場，把老師、校長、主任全打了，要求退還學費，他要那筆錢。」武警官看過當年的案發經過了，只有嘆息，「當晚，那孩子就放火了。」

「忍無可忍嗎？但爲什麼連其他家人都……」唐恩羽咬著筆桿，這部分新聞可沒寫。

畢竟縱火者是個未成年的少年，新聞上只有簡單交代他長期受到家暴，一時失控。

「唉，因爲不只老柯一個人打他，連爺爺奶奶跟姑姑都揍他，家裡每個人都有暴力傾向，老柯揍家人、家人就揍他、他想護著弟妹，也會一起被打！」完全一脈相承啊！

這就是個悲劇家庭。孩子不堪長期受虐，一直隱忍，希望可以靠唸書翻身，結果開學第一天，父親就到學校鬧事打人，他看著偷偷資助他的老師即使頭破血流，還囑咐他一定要去上學時，他心態就崩了。

「護著弟妹？但是他的弟弟妹妹也都被燒死了啊！」唐玄霖覺得這個不合理啊。

「是，因爲他認爲死亡才是解脫，他帶著弟妹也無法給他們好日子，而且他怕以後弟妹也會是個暴力遺傳，不如就終結在此。」武警官回憶著他看過的資料，「除了老柯外，每個人都沒有太多掙扎，他說是下藥後才放火燒屋的。」

「哪來的藥？」

武警官神色凝重，這說出來眞的太悲傷。

「老鼠藥，他說下在湯圓裡，直接毒死大家，但他沒想到老鼠藥這麼可怕，他親眼看著弟妹痛苦打滾，陰影也很大。」武警官翻出當年的驗屍報告，「不過事實上驗屍時發現孩子們身上都有致命傷，雖說是生前被燒死，但兩個孩子當晚都有被嚴重毆打過，頭骨均有凹裂。」

唐恩羽不悅的抽了口氣，「說不定小柯是看著弟妹瀕死，絕望中才決定出手的。」

「他是這樣認無的，所以……老柯就沒這麼幸運了。」

孩子說他趁老柯酒醉，綁起他的雙腳，壓在他身上拼命的揮拳，那時他滿腦子是瘋狂的恨，眞的往死裡揍著老柯，只想著爲什麼這個人不去死。

最後，他把汽油澆在老柯身上，用他平時抽煙的打火機，點燃。

所以老柯是活活燒死的，當年鄰里聽見的慘叫與咒罵聲，就是被火焚燒、臨死前帶著滿腹恨意吼出來的。

那是個非常可憐的孩子，生在這樣的家庭，不是他能選擇的，長期的忍無可忍逼到不可收拾的地步。

「那他為什麼活著？」唐玄霖覺得不對勁，「按照他所說，既絕望又不想活，也想結束痛苦，他怎麼會獨活？」

因為新聞報導上寫著，警察趕到時，看見一個男孩站在外頭，目不轉睛的看著烈燄吞噬自家三層樓，自個兒卻毫髮無傷。

「他一直強調自己是想死的，但最後一刻，卻被煙嗆得受不了而逃出來。」武警官也覺得這點很諷刺，「筆錄上這樣寫著：這時我才明白，死亡不是自己能決定的。」

「說不定只藉口，聽聽就好。」唐恩羽踩著長靴，跟著武警官來到了一輛小貨車旁，「這台就是馬路燒起來的那台。」

武警官戴著手套，上前打開了車門，「只能踩在門邊看，但不能進車裡，也別亂碰，OK?」

唐家姐弟一人一邊，手持手電筒，抓著車門向上一跳，分別往裡頭仔細打量著，其實裡面已經由鑑識人員採證過了，副駕駛座的噴濺血跡相當精彩，但是真的一如報告所言，內部最多就是被燻黑，但連椅子都沒被燒到半點，可是在座位底下的男孩與其父，都被燒成了抱拳的焦屍。

「屍體能解剖出什麼嗎？」

「全燒焦了，皮膚跟肌肉全都乾掉，所以只能從頭骨凹裂、骨折等等判斷，然後他們眼睫毛都沒被燒掉，是死後被火燒的——可是，可是，」武警官趕緊強調，「內臟都被燒盡，氣管有灰，這又代表是生前……」

「燒到一半死了吧！」唐玄霖倒是不意外。

唐恩羽看著副駕的狼藉，不敢想像那揍人的力道有多勇猛，鮮血噴濺成那樣，據說是感情很好的父子啊，而且護子護到恐龍家長等級，都能到學校護著帶刀的孩子了，怎麼可能下得了這個手？

『我做鬼也不會忘記那個氣味的！我叫你回答你就給我回答！那個畜牲在哪裡？在哪裡在哪裡在哪裡在哪裡在哪裡在哪裡！』

唐恩羽忽地縮手，看著副駕座位底下那一團黑，強烈感受到那殘餘的殺氣。

「老姐！」對面的唐玄霖溫聲的問，「妳抓好啊，別摔下去了。」

「殺氣好大，甚至都還沒消散……」唐恩羽不安的拿著手電筒到處照，「該不會連椅子上的這些黑煙都是？」

她才伸手試著想觸碰，下方的武警官準時發出警告，「別碰現場喔！」

「這些不僅是黑煙造成的燻黑，只怕是濃縮了怨念的殘留物。」唐玄霖神情也不好看，因為他剛一開門，就聽見了驚恐的慘叫聲。

『爸！爸——你做什麼，我是家佑啊！不要打了！求求你不要打了！』

『對！我是你爸爸，你的命是我給的，我要怎麼打就怎麼打！』

「是啊，畢竟這不是眞正的大火……武警官！」唐恩羽轉身看向警察，順便跳了下來，「死者肺部顯示是生前失火還是死後？」

武警官有點遲疑該不該回答，他有時很討厭唐恩羽這種過度精確的問法，因爲幾乎一下就問到關鍵了。

「以下不公開的，死者連肺都燒乾了。」武警官試圖找個婉轉一點的解釋，「妳知道，就是沒有一個器官不是焦炭。」

唐玄霖詫異的走來，「起火點是他們體內嗎？」

武警官回首看向唐玄霖，一臉凝重的即刻拿出手機，滑開了某個重要群組，「我立刻籌款。」

是，連法醫都看著兩具燒到扭曲的焦屍沉默，因爲這火是從人類體內燒出來的，所以內臟或器官的組織都烤乾了，但眼睫毛因爲極動痛楚的跟肌肉收縮導致藏在裡頭，睫毛全部都還在

昨晚那對母女的屍體狀況是一樣的，死前被暴打過，然後全身燒乾，兩個人的嘴都呈現張大的驚恐狀，許語芯的下頷骨甚至脫臼。

一切完全不符合常理，但這就是勘驗的現實，許家除了廚房一小塊地方燒掉外，裡面根本沒有東西被燒毀。

這種事一定無法解釋了，遲早得請專業人士協助，但是請驅魔者是要花錢的！

唐玄霖手機訊息響起，他僅瞥一眼，臉色倏地大變。

「那個賭輸人傳的，他們看到惡鬼在他們學校徘徊，凶惡的在找人！」他看見唐恩羽，「剛是不是說，那個縱火的孩子是S高的。」

「考上都還沒讀咧，所以那傢伙口中的畜牲就是他兒子啊……」唐恩羽焦急地戳了武警官，「先別管錢了，那個惡鬼在找燒死他的兒子，生前都能往死裡揍了，現在是惡鬼就更不可能手下留情了！」

「嗄？但是目前為止，死的都不是他孩子啊！」武警官更傻了，死的都是放他出來的人耶！

「他孩子還活著嗎？那個縱火者？他才是最終目標。」唐玄霖一邊說也一邊狐疑，那現在這些學生是……培養惡鬼實力的犧牲品嗎？多殺幾個練習用？前兩週來這裡對付的女學生厲鬼，就殺過兩個人練手啊！

武警官倒是一怔，這問題他就沒辦法回答了。

「喂！哈囉？你們好歹知道他現在在哪裡吧？」

「還真不知道！」武警官也無能為力，「他當時未成年啊，就算殺了人也不會留下前科，他願意的話，改個名字就又是一個嶄新的人生了啊！」

對啊！縱火時那孩子剛滿十五歲！

「未成年的BUFF好大啊，燒死直系親屬都沒事，還不留前科！」唐玄霖盡出現一臉惋惜樣。

「後悔沒在成年前幹幾票大的嗎？」唐恩羽沒好氣的瞪著他，「但是這種怨魂不該不會找不到仇人的，更別說還是自己的兒子。」

照理說，應該一出來就能靠靈光殺過去報仇了。

「對啊，那為什麼……」唐玄霖下意識看向小貨車，他剛剛感受到的殘餘情緒可不是這麼回事。

惡鬼應該是附在貨車司機身上，狂揍自己的孩子，他自稱是父親，還認為孩子的命既是父母給的，就有權掌握其生死……他錯認了自己小孩？

唐恩羽也知道狀況不明，因為那個惡鬼仍舊持續在找兒子，而且他認定死亡的學生知道他兒子的所在。

「我覺得他不知道他孩子在哪，這是好消息！」唐恩羽擊了掌，「壞消息是，他認為學生們知道！」

「不可能！連我都不知道他在哪裡！」二十幾年前的事，他那時連走都走不穩咧！

「但老柯認為他們知道……很亂，這個等我釐清再說！」唐恩羽直接分配工作，「去問去找，一定要找出那個當事人！老弟，我們去找賭輸人！」

一人一杯飲料，坐在公園的椅子上，但有別於以往的歡聲笑語，四個學生顯得異常沉悶，就連日常氣燄高漲的王志東也都意志消沉，只是拼命喝著飲料。

「我們要不要……去道個歉啊？」阿盛掙扎許久，還是說出了心底話。

「怎麼道歉？」鄭芷瑜接得很快，因為她快嚇死了！

「買紙錢跟供品那些，到咆哮屋去拜拜吧……跟對方好好道歉，說我們不是故意打攪他的。」阿盛誠意的說著，但越說越小聲。

「什麼東西啊！你信？還拜拜咧！」

啪噠，王志東站起一把將飲料砸上地，熱封膜迸開，飲料隨之噴出，鄭芷瑜縮起雙腳，敢怒不敢言。

鄭芷瑜趕緊拉拉梁宗達，說話啊大哥！她也覺得去拜拜不會少塊肉說，說不定真的能讓阿飄平息怒火，電視都這樣演啊！

「阿盛說得也沒錯，那裡眞的很不乾淨，那天你沒見到嗎？」梁宗達語重心長的勸說著，「我後來聽警察說，他們在那間屋子裡，根本沒有看到牆上有任何人形影子。」

「咦！」鄭芷瑜嚇得掩嘴驚叫，沒有？怎麼可能？

三個人影就在牆上，嚇死她了，那時最先尖叫的是許語芯，她也跟著被嚇著了。

這話讓大家都變得緊張，因爲東哥應該也是瞧見的。

「你不要亂講！」

「我沒有，那天進去我們都覺得怕，大家看見的東西都一樣！」梁宗達上前搭上王志東的肩，「東哥，燒個香不會怎樣的，如果是因爲我們冒犯了裡面的好兄弟，道個歉或許就沒事。」

「對、對啊，如果對方很生氣的話，先道歉吧！」鄭芷瑜焦急得都站起來了，「我不想跟許語芯他們一樣……」

「閉嘴啦！什麼跟他們一樣，他們只是意外而已！」王志東怒斥著，但他心裡也是發毛的，「去就去！我只是陪你們去做一下儀式而已……靠夭咧！膽子這麼小，以後怎麼混？」

阿盛皺著眉看向王志東的背影，怎麼這麼說話的？陪他們去？東哥明明自己也很怕，卻一直要裝作不在乎。

「對，東哥就陪我們去吧！」梁宗達悄悄回首，示意大家快點應和，一起去買點香燭紙錢吧。

四個學生在沉悶的氣氛中離開公園，而在數公尺外，也有幾個學生在偷偷摸摸。

「婁承穎，他們在說什麼？」聶泓珈扯著偷看代表的衣服，婁承穎會讀唇語的，這麼遠的距離只能靠他了。

杜書綸回到教室沒有幾秒，立刻就覺得必須跟著王志東他們，聶泓珈沒有任何猶豫的抓起書包跟著離開，因爲有個惡鬼在學校裡徘徊，她一點都沒有留下的意思。

只是莫名其妙的，回神時卻發現坐在前面的婁承穎，以及平時沒什麼交集的體育保送生張國恩居然都出來了。

婁承穎回身蹲下，「他們要去咆哮屋拜拜，燒紙錢什麼的，就是去道歉的。」

他只能看出這麼多，因爲這幾個連說話都不太標準。

「嗄？眞的是那間屋子在做怪喔？」張國恩倒是很難理解，他腦子很直，一根筋通到底的，「那天我們都在耶！」

「我們是在附近，又沒進那間屋子！」婁承穎可不以爲然，「但是他們有進屋啊！」

張國恩啊的一聲，指向了聶泓珈，「你們也有耶！」

「我們在門口，沒進去，不過……」杜書綸認眞的提問，「你跟我們出來做什麼？」

「我不跟來，難道讓李百欣來嗎？她就一直很想跟你們玩！可是太危險了！」

張國恩擺擺手，「你們讓她上次去誘惑那個死變態老師，我已經夠火大了，這次不能再冒險！」

聶泓珈幾分詫異幾分有趣的輕笑，「跟我們出來會很危險嗎？」

張國恩毫不猶豫的點了頭，廢話！

「我們沒事好嗎？現在是──」在學校的比較危險吧？後面這句杜書綸沒說，只要不是目標，其他人應該會相安無事吧！「算了！這些不提，我們要繼續跟著他們，你們兩位眞的要曠課嗎？」

「爲什麼要跟蹤他？」婁承穎其實不解，他是對著聶泓珈問的，「我總覺得，這都是一班的事，你們何必蹚這個渾水？」

「如果只是一班的事就好了。」聶泓珈面露哀傷，那個叔叔的殺氣，可沒那麼簡單啊！

杜書綸略瞥了聶泓珈一眼，事實上就算只是一班的事，珈珈終究還是會管的！在她出手幫曹觀柏的那時起，她就已經對這件事情格外關心了。

「你們回去吧，我跟珈珈還有事要處理。」杜書綸直接下了逐客令，「張國恩，你得回去保護李百欣喔！跟我們不行的！」

「保護什麼？」張國恩一臉不解，「她在學校好好的……」

「因爲咆哮屋的惡鬼在學校吧！」婁承穎突然接口，「很生氣很生氣的一個叔叔。」

這番言論，倒讓杜書綸大吃一驚，聶泓珈卻是不意外。

「他跟李百欣第六感算挺強的，有些不乾淨的東西他們都會不舒服，今天那個叔叔這麼凶，會更有感覺吧。」

婁承穎此時指指自己的助聽器，「有奇怪東西的時候，我會聽到雜音，會干擾到。」

「噢！有一種說法，靈魂是一種電磁波，可能頻率跟你的助聽器剛好合拍……不過這樣有點糟，那萬一很常聽見呢？」杜書綸一點都不喜歡這種跡象。

婁承穎聳聳肩，沒辦法，這好像也不是他能決定的。

聶泓珈轉頭才想跟張國恩說什麼，但他人已經消失無蹤，看來個性急得很，已經因爲擔心李百欣而衝回學校了嗎？但是婁承穎好像沒有打算要走的樣子。

她不知道是不是錯覺，婁承穎好像很常出現在她身邊，即使她已經說過只想當透明人，也沒想跟同學過多交集的意思，但他卻都沒有在管的。

「你回去吧！別被扯進這件事，等等那個東哥找你麻煩就不好了！」杜書綸是專挑要害說的，「你看他那種背景跟行逕，一定會針對你聽障的事下手的！考慮一下你家人！」

這點的確讓婁承穎遲疑，助聽器不便宜，他也不想讓爸媽擔心。

「上次在芒草原裡見到的東西都很可怕，我到現在還會做惡夢，你們……都不怕嗎？」婁承穎關切的問，「是不是也別管了？」

聶泓珈眼眸低垂，怕，尤其看過那位老柯後，那眞的不是普通人，滿滿的殺氣，如果有機會，那位老柯說不定會是名留史冊的殺人魔，但是……對方都已經到學校來了，就怕最後連無辜者都會遭殃！

甚至在她心底深處，王志東那幾個人再囂張，也就是這年紀的輕狂，不至死啊！

「怕啊，但……」杜書綸忽然堆滿了笑容，「很有趣。」

聶泓珈不爽的推了他！杜書綸就是這樣，她更因爲擔心他想要一探究竟，才不得不一直跟著！

「走了！」杜書綸笑著，自信的轉身從王志東他們剛剛離開的方向而去，聶泓珈拜託婁承穎不要跟別人講這件事後，急急忙忙的跟上。

婁承穎有點無奈，爲什麼他覺得聶泓珈都是爲了那個杜書綸啊？

實在有點不爽……

「啊……」他突然一顫身子，耳邊傳來沙沙的躁音，隻手掩住左耳的他，可以清楚的感受到雜音越來越大——那、個……在附近？

『畜牲……你以爲你能躲去哪裡？給老子滾出來！』

他跟過來了？

唐家姐弟一接到了定位訊息，立即從S高再度出發，他們倒是沒想到，這兩個小朋友居然曠課了！

車子一路駛離市區，直到了邊郊，車子在山路間歪扭行駛，唐恩羽可心疼她這輛紫羅蘭跑車了。

「你是不能開慢一點啊……哎！」

「我是不是說過不要開這台車出來辦事？」唐玄霖完全沒給好臉色，「不然妳來開！妳來開會更慘！」

「最好！你——前面！」

前方有學生揮舞雙臂，是聶泓珈，她拼命晃著並讓他們停在車站旁的停車場。

「嗨！唐姐姐唐哥哥！」杜書綸自然的把自己摔進後座，「我們在這裡稍等片刻，因為你們這台車不好開進去，我們S高東哥已經先去拜拜了。」

從另一邊坐入的聶泓珈僅一聲長嘆，讓唐恩羽覺得有趣。

「妳嘆什麼氣？」

「啊？我覺得應該跟過去看的，因為如果他們不會拜怎麼辦？或是那個惡鬼因為他們燒香，反而被吸引回去攻擊他們呢？」聶泓珈直接睨了杜書綸，「但書綸說再跟過去會太明顯，附近沒有可以躲的地方，怕被看見……」

「我不覺得那個叔叔無緣無故會回去咆哮屋，開什麼玩笑，被關在裡面二十幾年，誰想回去？」杜書綸有自己的一番道理。

「這難講，如果那位叔叔目標就是王志東他們呢？緊緊跟隨啊！」聶泓珈就是擔憂這點。

「這點我還是不懂，如果目標是他們，為什麼不一次解決？進去咆哮屋後都幾天了，多的是機會啊！」杜書綸始終困在這部分，「明明那麼的恨啊，珈珈，妳最懂武力值了，他附身後把楊家佑的頭骨都敲碎了耶，那得多恨啊！」

「別說楊家佑了，連許語芯的媽媽都一樣慘……那位叔叔眞的恨之入骨。」聶泓珈光想像就會直打哆嗦，「是因為被關在咆哮屋裡太久，每天都被仇恨包圍嗎？可是他卻對無辜者下這麼重的手。」

「無不無辜我持保留態度。」杜書綸沒有想同情王志東那掛的意思。

「至少不是他燒死那位叔叔的。」

聽著後面抬槓，唐恩羽頗有種強烈既視感，她跟老弟也一直都是這麼吵嗎？忽地拍掌兩聲，讓兩個高中生停止。

「老柯有著非常明確的目標，說不定也是他變成厲鬼的原因。」

杜書綸坐直身子，略微前傾，「他兒子？」

「唷，賭輸人做了功課耶！」唐玄霖從後照鏡讚許的看著那聰穎小子，「居然知道這件事，你問你姐拿的資料？」

「沒有，我姐要這麼輕易會幫我查資料就好了！」他指指聶泓珈，「我們昨晚查的，二十幾年前網路是沒現在發達，但咆哮屋的傳聞很多啊，以前住附近的人也會講，蒐集一下就能推出大概。」

「總之就是暴力一家人、家暴與被揍，最後長子縱火燒死全家，火災後太多人都聽過夜夜咆哮，那得有多怒？」聶泓珈查到老鄰居的分享文，「每個人都說老柯容不得人欺負他，所以那種人想教訓他兒子應該也很自然吧！」

「嗯，他現在那滿身怒意只對他親生兒子！」唐恩羽連連點頭，「我們已經請小武看能不能找到那位兒子現在的下落，不過事隔這麼久，有點困難。」

聶泓珈有點狐疑，「呃？可以透露嗎？當年那個人未成年耶！」

唐玄霖點了點頭，「沒錯，未成年有超強BUFF，他甚至不會有前科，沒有紀錄！」

她懂的。聶泓珈僵硬的抽著嘴角，略顯落寞，身旁的杜書綸靜看一切，沒有多做安慰，只是扯開話題。

「那唐姐姐知道為什麼東哥他們會被殺？」杜書綸想破了頭也想不出來，「別說眞的是因爲他們擅闖咆哮屋，跟那兩個街友一樣，闖入民宅必死嗎？」

以那種暴力狂來說好像也是合理啦！

「老柯似乎認爲他們知道小柯在哪兒……至於爲什麼，我們也不清楚。」唐玄霖其實一直有不太好的預感，「這種認定讓我覺得很不安。」

「咦？但稍早老柯還在我們學校找人啊？小柯在學校？」

「噢，忘了說，他是你們的學長，S高的！不過開學第二天他就放火了。」

唐恩羽補充說明，「老柯記憶中的小柯應該還是S高的高中生。」

杜書綸不安的搓搓雙臂，「媽呀！他可別認爲學校的每個人都是他兒子喔……」

「或許……沒有？因爲他沒去三樓啊！」聶泓珈想到了什麼，「他更沒去找一班的王志東或是……」

沒有，杜書綸搖了搖頭，他知道珈珈在說什麼了！

一年級都在三樓，但今天他們看見在走廊上尋人的老柯卻是在二樓。

啊！聶泓珈突然看見什麼似的，壓著杜書綸就往下躲，兩個人滑到後座底下，唐恩羽跟著正首，果然在前方看見了四個走來的高中生。

「哇靠，這車也太帥了吧！」王志東遠遠的就看見紫羅蘭跑車了，雙眼發光。

坐在車裡的唐玄霖深怕他沒看到，還在車裡對他微笑，就怕他們過來碰車子！唐恩羽也謹慎的看著那一個個臉色極差的學生，他們手裡倒是沒有拎蠟燭紙錢，應該已經拜完了。

王志東豔羨的看著車子，而他後面的男孩面無表情，再後面的男孩不安的與極短裙女孩交頭接耳，看上去臉色鐵青。

確定他們進站後，唐家姐弟迫不及待的下車，前往赫赫有名的咆哮屋！

「同學！那邊不是觀光地捏！」路上有阿姨勸說著，「你們都跑去那邊做什麼？那邊不乾淨！」

聶泓珈指指自己，阿姨果然是在說她。

「阿姨認識咆哮屋以前的屋主嗎？」杜書綸自然的上前攀談。

「唉！那就是個……垃圾！」阿姨一臉嫌惡，「打老婆打小孩打爸媽，好吃懶做，霸道得沒話說，殘暴得要死！」

每個字都咬牙切齒，只怕阿姨家人可能也深受其害吧。

「是喔，這麼凶？」

「不是凶，是殘忍！他打誰都往死裡打的，你們不知道那孩子多可憐，他就是被打到受不了才會……」阿姨說到一半，突然警覺到自己說得太多，「啊你們不必上學喔？剛剛才來一批，現在又……」

「我們跟著大人來的！」聶泓珈趕緊指著前方的唐恩羽，拽著杜書綸趕緊追上他們。

唐恩羽跟唐玄霖的神情從靠近咆哮屋開始就非常難看，但是聶泓珈卻沒有覺得害怕，因為咆哮屋並沒有之前的邪氣啊！這裡依舊不太乾淨，但不會給人那種恐懼的發寒感。

但氣氛太嚴肅他們沒敢問，杜書綸看著唐恩羽扯掉封鎖線也沒吭聲，他們兩個決定不追上去，就站在樓下看著，非不得已不踏進咆哮屋。

踏入咆哮屋後，唐恩羽立即就感受到了被火焚燒的痛楚，滿屋子的慘叫哀嗚……不，是咆哮咒罵。

『畜牲！你敢燒我，我是你爸！我做鬼都不會放過你，我會把你碎屍萬段！』

那不只是疼痛的怒吼，而是滿懷恨意的詛咒，那個從二樓一路踉蹌，滾下樓梯的男人瞪著被火烤乾的雙目，用他的靈魂發誓，一定要殺死燒死他的孩子！

屋裡沒有其他亡靈，柯家過世的人倒是都離開了。唯有那位屋主，因爲怨毒的詛咒與恨意，始終留在這間屋子裡。

唐恩羽朝著裡頭走去，往右照向被燻黑的樓梯，當年屋主就是卡在樓梯這兒，仰躺著嚥下最後一口氣的……手電筒倏而移到了最裡面的牆上，這面牆上吸附過靈體。

「街友的靈魂也曾被困在這裡，他們都卡在這面牆上。」唐恩羽接近了那面牆，這面牆上有著強大的怒氣……驚恐與悲鳴應該是來自後者兩位街友。

問題是，是什麼困住了他們？

柯家人的靈魂沒被困住，但街友卻被關住了？是老柯扣住他們？

唐玄霖銀絲眼鏡下的雙眼熠熠有光，他就站在進門旁的客廳，從容的從口袋裡拿出一個隨身香水瓶。

「別鬧了！」唐恩羽不由得皺起眉，全身每個細胞都在罵人了。

「不覺得這氛圍很熟悉嗎？」唐玄霖蹲了下來，「平和與窒息並存。」

一進屋裡，儘管都能感受到惡鬼曾存在的怒意與邪氣，但卻還有另一種令人安心的氛圍，希望他們不要多想、不讓他們恐懼，最好快點離開這兒，所謂欲蓋彌彰的做法。

正因爲如此，街友才敢進來避雨，學生一開始才敢進入探險。爾後的驚恐來自惡鬼殺戮，學生那天的逃竄也是因爲亡者現蹤，但是像現在沒有亡魂，他們卻一點都不會覺得不適。

唐玄霖將隨身香水瓶朝地板一噴，立即有細微光芒閃爍，有點像地面有亮粉般的閃閃發光，再一噴，又一處冒出亮光，以裝置藝術來說，是個非常賞心悅目的效果。

如果是裝置藝術那該多好？

但、是——再噴數下後，地板上的閃亮處漸成實體，虛線轉爲實線，一條條相繼浮現、互相連接，最終出現了一個橘光燦燦的閃亮圖騰。

魔法陣。

唐恩羽心涼了半截。

唐玄霖大方的站在中間，看著極其複雜的魔法陣圖案，此時立在一旁的鐵門也發出光芒，唐恩羽上前將鐵門翻了個面，鐵門上也有一個圖騰，與地面的魔法陣相互揮映咧。

「爲什麼又有那個？不是已經弄掉了嗎？」門口傳來杜書綸的驚呼聲，他們對魔法陣可熟了！

上一個魔法陣出現在他們家附近的芒草原，活像個麥田圈，還是他發現的咧！聶泓珈跟他一起跑到門口看看，結果一見到魔法陣立即目瞪口呆。

「又是惡魔嗎？跟上次那個……」聶泓珈邊說邊發顫，她以爲這種事不會再遇到第二次了。

「不一樣，這是另一種惡魔。」唐玄霖拿出手機拍照，「如果用老柯去判斷，可能是管怒氣的惡魔！」

「有人在這裡召喚惡魔嗎？」聶泓珈眞的傻了，「你們那天也說了有人在使用惡魔之書！」

「對，有人很認眞召喚出惡魔，好完成他的願望。」唐玄霖輕嘖一聲，他差點忘了還有惡魔之書這件事，才覺得這魔法陣跟他看過的有點不同。

但還是要每個角度都拍好，必須百分之百確定是哪種惡魔才能有對應的處理方式。

暴怒，有的人天生就是暴躁，但也有人拼了命的壓抑怒火，但生氣本就是人類會有的情緒，而掌管怒火的惡魔們，就喜歡讓暴怒之火燎原千里。

他們是反對克制的。

「這樣就是有人又被蠱惑了，像上次一樣，有人會難以控制的被蠱惑到毫無人性——」杜書綸邊說、邊自我推翻，「可是，現在死掉的人都是惡鬼殺的啊，難道是，蠱惑亡魂嗎？」

「難說，但一般惡魔是非常喜歡人類的！會有偏愛。」唐恩羽搖了搖頭，「但現在的事絕對跟惡魔有關，只是不知道是誰，也不知道交易內容。」

「惡鬼殺的都是那幾個人，以他們作爲目標的話……」聶泓珈突地綳緊了身子，惶惶不安，「不會吧……但我只能想到一個人。」

杜書綸知道她在說誰，因爲他是絕對有資格生氣的人。

曹觀柏。

第八章

凶悍奧客

「你們要搞清楚，這事情是你們有問題！我說了不要加蔥花，你們做錯了，難道還是我錯了嗎？」

男人拎著一袋打包好的火鍋，在火鍋店門口放大了音量，路過的行人或是排隊的人群都看向了他。

「所以我說，可以幫您換一份……」店員耐著性子講，剛剛在櫃檯沒好好說，結果下一秒這位顧客衝出了店外開始大小聲了。

「換一份？這份呢？給別人還是丟了？爲什麼要浪費食物？你知道我們國家有多少人吃不飽嗎？」男人繼續咄咄逼人，「你不能負責就叫老板出來，我回去自己挑掉蔥就好，但這鍋你得免單！」

一旁排隊等著進店的客人們聽到關鍵字：這不就是在凹嗎？

「既然挑掉就可以，那你回去就自己挑掉蔥就好了啊？又不是什麼大不了的事！」排隊的路人開口了。

「對啊！我就是要回去挑掉！但他們的錯他們必須負責啊！難道無視客人的需求，隨便鞠個躬道歉就沒事了？」男人不客氣的看向出言的客人，「賠錢天經地義！我還得回去花時間挑，這是他們該負責的！」

「你這擺明就是……」女客還想說什麼，但是身邊男友急忙拉住她，少管閒事啊。

「對！沒妳的事，少說話！」男人指著女客鼻子唸著，一回頭又看向服務生，「你還站在這裡？你不會去叫人嗎？」

服務生超不爽，他知道自己遇到奧客了！這個傢伙也不是初犯，所以大家都想了各種方式防堵他，沒料到今天換招新的了！他心裡打算槓到底，雙手打直交疊，儀態有禮，但神情是萬分不屑，「那我幫您挑，這樣您就不必費心去挑了。」

他才伸手要接過已遞交的火鍋，誰知男人不客氣的一揮手，竟打掉他伸出的手，害他差點踉蹌。

「喂！你擺明就是想凹，要不要臉啊？才多少錢的小火鍋你也要凹，是多窮啊！」店員終是發火了。

「這跟錢有什麼關係！這是你們店的問題，犯錯要消費者扛，我要到當地社群去爆料你們這間爛店！」

「去爆啊，我要是怕——」服務生吼到一半，經理匆匆步出，立即讓員工噤聲。另一位同仁將服務員嘴巴一摀，趕緊拖進店裡了，「唔唔唔！唔唔唔！」

「對不起！孩子年輕氣盛，比較不懂禮貌。」經理立刻鞠躬道歉，「是我們的不是，這鍋請您，您就帶回去吧！」

男人原本一臉怒容，誰知道經理出來順暢的道了歉，他反而一時不知道該做什麼反應，略顯尷尬的左顧右盼，只見圍觀的人紛紛投以鄙夷的神情：死奧客。

「好吧！就算你識相！」男人知道此地不宜久留，趕緊轉身離開。

他走到遠處的機車，上面坐著拎著飲料的少女，她把一切看在眼底，知道老爸又在那邊使出奧客無敵了，她知道世人對這種事是不齒的，但是……哼，他們不凹是他們的事。

「就一鍋喔？」她嘟囔著。

「這買給妳媽的啊，妳都吃飽了還想吃啊？」男人相當錯愕，剛剛才帶心情不好的女兒去吃了燒肉啊！

「我是說能凹幹嘛不多凹幾鍋，我們可以明天煮著吃啊！」鄭芷瑜沒好氣的唸著。

「啊！我沒想到！下次改進、下次改進！」鄭父吸取教訓，跨上機車，「妳媽交代的奶茶買了嗎？」

「買了！溫黑糖珍奶！」她跳上機車，晃晃袋中的溫熱奶。

「心情好點了沒啊？」

「……嗯。」後座的鄭芷瑜敷衍的點點頭，其實沒有。

她怕死了。

就昨天一天，楊家佑跟許語芯都被燒死，他們冒犯到了好兄弟，那天就不該進咆哮屋的！誰沒聽過咆哮屋的傳聞？當時梁宗達提議，東哥說要整曹觀柏時，她就該阻止的！

她知道他們是眞的撞鬼了，所以當天她就去廟裡拜拜，還求了平安符，爲什麼沒有效？

神明也管不了那個好兄弟嗎？今天再去咆哮屋道歉，她拜得很誠心，希望好兄弟可以原諒她，她平時沒做什麼壞事的，那天進咆哮屋時也是害怕，可是在同儕間，很多事不能不配合。

東哥是很凶的人，國中時就聽過他的「豐功偉業」了，她也不否認高中跟他同班，其實有種驕傲感，覺得走路都有風，因爲他們就是最大尾的，沒人敢惹他們，正因如此，她不敢不配合。

鄭父騎機車在一棟公寓中停下，鄭芷瑜率先跳下後一路往上，來到了五樓的頂樓加蓋，雖是頂樓但相當寬廣，有小花園、有地毯，還有招牌，這是她媽媽開設的瑜伽教室。

課堂已經結束，鄭母正在跟一位學員聊天。

「來啦！」鄭母身材纖瘦，果然是教瑜伽的。

「啊，老師要休息了，那我先走了！」學員識時務的道別。

鄭母微笑著目送學員離開，確定學員下樓後，一轉身便收起笑容，疲勞又不耐煩的降下了教室外的鐵捲門；鄭父將一張小方桌拖到教室底端的中心，這兒靠牆，等等讓老婆在這兒吃，隨手將火鍋先擱到教室的小辦公室桌上，再到後面小廚房拿餐具。

鄭芷瑜則扔下書包，先幫媽媽搬了一張椅子過來，再把飲料拿出來。

但手一滑，飲料卻直接摔到了桌上，紙杯在撞擊中一變形，熱塑膜隨之迸開，奶茶便橫流一桌、變成小瀑布般滴答滴答的往地板去。

糟糕！鄭芷瑜恐懼的往前看向母親背影，她踩雷了！

果然，一聽見飲料翻倒聲，正在收拾的鄭母瞬間變臉，倏地轉過身。

「幹什麼！我的地板！」她幾乎是暴跳如雷般的吼著，疾速朝鄭芷瑜衝來！

「我不知道！是它、它自己倒的！」鄭芷瑜趕緊接話，朝旁閃避，「都是店員沒封好！」

鄭母煞住步伐，她看著地上跟桌上的飲料，氣得原地尖叫，「呀——！哪間店！太過分了！我的地板！」

她抓過了塑膠袋，走到桌邊撥打上頭的電話，鄭芷瑜默默的趕緊去廚房拿抹布，得先快點擦掉這些飲料再說！一進廚房就看見鄭父站在裡頭，他們都知道媽媽平時看起來很好，但踩到雷時總會一秒暴怒！

而且地雷還有點多。

「你們飲料沒封好！把我家地板弄髒了！你們要怎麼負責？」外頭傳來媽媽的聲音，「我這是珍貴的木質地板耶！」

「唉！」鄭父嘖了聲，「至於嗎？妳快點去擦！妳媽脾氣眞的很差！」

「你就好喔？」鄭芷瑜沒好氣的抓過抹布，剛剛在火鍋店外面，她可是看得清清楚楚。

她的爸媽脾氣都不怎麼好，隨時會失去理智，這也就不能怪她脾氣也不太好了吧？而且她也明白，越敢的人其實能得到最多利益，所以她也沒有想修正的意思。

「你不說話什麼意思？我知道你們店在哪裡！」走出去時，鄭母正在尖吼著，轉過頭指向鄭芷瑜，「剛剛幫妳沖飲料的人妳記得嗎？」

「記得，一個女生，紮馬尾。」鄭芷瑜趕緊回答，「她態度很差！挺不耐煩的！」

「叫那個打工妹給我過來擦地板，不然我就親自去抓她過來擦！我給你十秒，讓你選擇要被我爆料在地方社團，還是過來擦地板！」鄭母持續歇斯底里，但幾秒後，她突然僵住。

鄭芷瑜先把地上的奶茶擦一輪，就發現氣氛不對。

「掛我電話？他們敢掛我電話！」鄭母發出長嘯嘶吼，氣急敗壞的扔下袋子，開始挽起袖子。

來了來了！鄭芷瑜趕緊扔下抹布，她也要準備去幫忙，這種事一家人就是要同一個鼻孔出氣！

「上週賣紅豆餅那個不是才被妳扯掉一大把頭髮，這間飲料店就在旁邊，怎麼沒長教訓啊！」鄭父看了飲料店地址，「以客爲尊不懂嗎？」

「老娘花了錢就是大爺了，他們居然敢掛我電話？」鄭母找好長木棍，回頭指向鄭芷瑜，「不要擦了，我要拖那個女的過來給我用舔的！把奶茶舔乾淨！」

「我那把鐵鎚咧？」鄭芷瑜找著工具箱，她有個專用好握的鐵槌，只要拿鐵鎚一揮，根本沒人敢靠近。

「現在的年輕人就是，都以爲這叫有個性！剛剛火鍋店那個也是跟我硬槓，要不是店長懂事，現在可就不是那樣了！」鄭父冷哼一聲，他已經走到鐵捲門邊，準備要出動了。

雖然飲料是她弄翻的，但她才不會承認咧！認錯是弱者專屬，看看老媽這副樣子，只要夠凶夠嗆，他們就能無往不利、高人一等！

只好委屈那個打工妹了！

她從書包裡拿出口香糖後就要準備起身，但卻突然發現自己書包底下，居然在發光？

「什麼？」她把書包底下翻了過來，爲什麼她的書包底部有個……會發光的魔法陣？

『誰——弄倒水的！』

喝！莫名其妙的聲音突然來自身後，鄭芷瑜跳了起來，看見廚房裡居然走出一個不認識的中年男人……他禿頂肥肚，這麼冷的天身上穿著噴滿血與汗漬的汗衫，甚至還穿著短褲，出現在她家裡？

「你是什麼人？」鄭母握著木棍直指對方，「你怎麼進來我家的？」

男人走出來，鄭芷瑜看著那走路方式，為什麼……為什麼她好像在哪裡看過？男人視線落在她前方的小桌上，那一桌的奶茶，地上的黏膩，還有只剩一半珍珠的飲料杯，他皺起五官，怒從中來。

『誰准妳弄倒水的！妳居然敢弄倒？』

說時遲那時快，連眼睛都來不及眨，男人就已經到了鄭芷瑜面前，抓起她擱在桌上的鐵鎚，一鎚子砸上了她的額角！

「呀——」她轉了九十度被打倒在地，驚聲尖叫！

「芷瑜！你幹什麼！你什麼東西啊！」鄭母直接衝向男人，扔出手裡的木棍！

東西是砸上了，但男人不痛不癢，而且他皮膚泛出橘光，像是他體內有什麼在燃燒似的！他摸上了剛被砸中的部分，再度看向鄭母時，流露出不可思議的殺氣。

『妳敢打我？這世界上還沒人敢對我動手！』男人衝向了鄭母，她當然無法反抗，直接被一拳摜在地上！

女人倒地，不速之客膝蓋用力擊上了她的肋骨，然後那碩大的拳頭瘋狂的往鄭母臉上一頓輸出！鄭父撲上前要救下自己愛妻，結果卻在眨眼間失去男人的身影，殊不知男人已在他身後，用空中瑜伽繩，緊緊勒住他的頸子。

「呃啊——」

纏繞了好幾圈，男人直接把鄭父往天花板塞上去。

啊啊……她想起來了！撐起身子的鄭芷瑜看著眼前的身影，這個人就是那天在咆哮屋裡、從牆上竄出來的男人……

他不是人！

「啊啊啊！對不起！對不起！」鄭芷瑜嚇得跪在地上，整個人都趴著了，「我們那天不是故意進去屋子的，我們是不小心的，求你原諒我們，我跟你道歉！」

老柯停手。

然後拖著步伐朝鄭芷瑜走過去。

『他在哪裡？』

什麼!?看著地板的鄭芷瑜一陣錯愕，誰?誰——呀！

電光石火間，她的頭髮被揪住，而且被硬拉著站起，好痛，她的頭皮！

她抱著頭驚恐抬首，就對上了那可怕的惡鬼！

「我不知道……我不知道你說誰……」

『那個畜牲！那天也在那裡的，他在哪裡——說！』老柯使勁搖著鄭芷瑜，僅被揪著頭髮的她，覺得頭皮都要被撕掉了！

「我不知道你說誰！我、我真的聽不懂！」鄭芷瑜哭喊著，淚流不止。

看著女孩滿臉是淚，嗚哇大哭，老柯只覺得滿心的怒不可遏，低首看見一地的奶茶，更是令他怒火中燒！

『不許哭！我說過最討厭人哭的對吧！妳哭什麼！』

下一秒，他將鄭芷瑜摔上地，穿著藍白拖的鞋子直接踩住她的背。

嗚嗚，鄭芷瑜嚇得咬住唇，完全不敢哭出聲，他哪說過啊！她根本不認識這個人啊！

看著自己黏膩的鞋底，老柯氣不打一處來，他蹲到了鄭芷瑜身邊，再次抓著她的頭髮用力扯起，迫使她呈現一種仰頸的模樣看著他。

『還哭！不許妳掉眼淚，要我說幾次！妳是討厭爸爸打妳嗎？』老柯咬緊牙關說著，『妳要說謝謝爸爸打妳，爸爸打妳是爲了妳好！因爲妳很壞！妳是壞小孩！』

嗚——救命！媽……鄭芷瑜偷偷越過了老柯，看向倒在血泊中的父母，救她啊！

『妳在看什麼！妳想跟誰求救！』惡鬼猛然一吼，倏地鬆開手推倒鄭芷瑜，然後直接衝到了鄭母身邊。

他一抬腳，狠狠踹向鄭母的臉，瘋狂的連踹猛踩，直到鄭芷瑜看見媽媽的臉凹下去爲止！

「不要！你住手！你已經死了你知道嗎？」她崩潰的哭喊著，「你已經死很久了，我不知道你說誰——」

淚水模糊了視線，鄭芷瑜甚至沒看清楚對方是怎麼過來的，只有臉上的痛楚是真實的，她又被連續巴掌打到牙齒掉落，接著再度被抓著頭髮，壓在了地上。

『說謝謝爸爸。』

「……」她泣不成聲，嘴裡都是血的味道，她喊不出來！

『那個畜牲在哪裡？我的兒子，柯元安！』那可怕的聲音傳進腦子裡，鄭芷瑜全身抖個不停。

「我……我不知道……」柯元安？他們班有這個人嗎？

鄭芷瑜前額貼著地板，無力的搖著頭，這是什麼惡夢！許語芯跟楊家佑死前，也遇到了這樣的事嗎？

她不想死！她不想死啊！

『妳弄倒水了，這是多壞的孩子！是，妳是該舔乾淨！真好，我還沒想過這招。』

磅！後腦杓一壓，鄭芷瑜正面撞上了地板。

『舔，把打翻的飲料舔乾淨！』

她不要！鄭芷瑜冷不防地雙手撐起身子，然後拔下那天在廟裡求的護身符，就貼上了惡鬼的臉！

「去死——」伴隨著尖叫，她掌心卻一陣熱燙！

她嚇得鬆了手，而從她掌心落下的……卻是已經成灰的平安符。

不會吧……她看著五官扭曲的老柯，他現在真的非常、非常的生氣……她哭著抓過在地上的鐵鎚，高高舉起——越過了老柯，她卻突然看見了老柯身上的模糊身影！

肥伯？

『妳敢反抗我？』

叮鈴鈴……叮鈴鈴……不間斷鈴鐺聲，伴隨著重物敲地聲，形成一種詭異的節奏。

「呀！啊啊啊啊——」

嘔——

男孩趴在馬桶上，把晚餐全給吐了出來，他全身不停的顫抖，手腳發冷，惶恐不已。

發抖的手連沖馬桶都有問題，他淚流滿面的咬著唇，不敢哭出聲來。

望著自己的手，腦海中都是剛剛那鮮血飛濺的畫面，他的感受非常深刻，就像是他親手砸爛她的臉一樣。

鄭芷瑜，死了。

推開門時，強勁的風吹得人難以站直，曹觀柏根本推不開門，但另一股力量很快的重新把門拉開，聶泓珈正看著他。

「抱歉，我剛應該把門抵著才對。」她禮貌的說著。

一大早，才剛準備掃除，六班的人又出現了，杜書綸說有事找他，聶泓珈也在樓梯那兒等著，他跟著他們一路上了頂樓，來到了學校似乎禁止進入的地方。

「我以爲頂樓不許來。」曹觀柏來到頂樓，陽光灑落，竟顯得有點刺眼。

「沒有不許吧，只是門都關著，大家以爲不能來而已。」杜書綸說得輕鬆，帶著他在寬敞的頂樓閒逛。

曹觀柏才發現這兒還有桌椅，看來到這兒的人還不少！往遠處看去，高處遠眺視野開闊，果然是個好地方。

「找我什麼事？」曹觀柏溫溫的說。

「我也就不拐彎抹角了！」杜書綸一屁股坐上桌子，「那天進咆哮屋時，你就跟亡魂溝通了嗎？」

曹觀柏凝視著杜書綸，轉了腳尖，「我要回去打掃了。」

「你召喚惡魔了嗎？」聶泓珈情急之下，衝口而出。

曹觀柏戛然止步，他回頭看向六班的兩個學生，其實他非常詫異，內心萬馬奔騰，但表面沒有顯露。

「召喚惡魔？你們越說越離譜了。」他淺淺笑著，「先是鬼，再來是惡魔……」

「因爲我們看到了惡鬼，那是二十幾年前在咆哮屋被火燒死的屋主，同時我們也有認識驅魔人，昨天也見到魔法陣了。」杜書綸說得順溜，「目前死者都是王志東那一票的，最有理由做這件事的只有你了。」

「只有你，目前什麼都沒遇到。」聶泓珈肯定的說著，「但你明明是最早進入咆哮屋的人，還是一個人進去的。」

曹觀柏深吸了一口氣，試圖平復情緒。

「那天你們看到我被推進去跑來救我，我是很感謝的，但既然知道我是受害者，怎麼會反過來質疑我？」

「有兩個街友只是躲雨，進去那間屋子就被燒死了！你不但進去、還暈倒在裡面，卻相安無事？」聶泓珈其實已經看出來，曹觀柏就是他們想的那個人，「惡鬼爲什麼獨獨放過你？」

「除非你是驅使他的人！」杜書綸刻意捕捉他的雙眼，誰讓曹觀柏一直在閃躲。

「你們太看得起我了，我怎麼可能驅使什麼鬼啊魔的……」他輕撫下巴，突然一陣冷笑，「他說過學校不乏敏感者，但我還眞沒想到是你們！」

他？杜書綸聽到了關鍵字。

曹觀柏突然仰首看著藍天，長吁了一口氣，接著對他們露出了很自然的笑容！真的很自然，不是平時那種過分燦爛的假笑。

「惡魔之書不能亂用的，那是誘惑人施咒的東西，你施的咒會反撲到你身上。」聶泓珈趕緊把唐恩羽的教導告知，「他們欺負你，但是你用自己的一生去對付也太不值了。」

「值不值的，是我才知道的吧！」曹觀柏倒是很泰然，「你們不知道我們班的事，才剛入學，他們就無理由帶領全班無視我，大家都當我不存在，吃飯時、收發作業時，我就像班上的透明人一樣，問題是……這些才剛認識的新同學，卻都聽他的指令做事。」

聶泓珈有點動容，透明人，是她一直在努力的目標。

「我很想變成透明人啊！這有什麼不好嗎？我多希望高中畢業前，我都是那個邊緣人！大家最好都看不見我，那該有多好！」聶泓珈是眞心實意的，她不想被看見、不想被注目，只要唸自己的書，就這麼平淡過完高中生活。

曹觀柏聞言蹙眉，他先疑惑的看向杜書綸，後者聳肩，這不關他的事，那是珈珈的選擇。

「妳不懂什麼叫眞正的透明人！中午打菜時跳過你，收作業時不收你的，所有團體生活裡沒有你的名字，除了老師作主的時刻外，你就像不存在！」曹觀柏終於略微激動了，「你就像跟別人處在不同時空，在被孤立的同時，還要被欺侮，不會有人幫你，是因爲你不存在！」

「我是眞的希望那樣，不被任何人注視，但我……目前還沒被欺負。」

「對！因爲妳光外形就不同了，妳人高馬大的，有先天優勢，人類向來都是恃強凌弱，所以很少人會選擇欺負妳！我們的基本條件就不同！」他再瞥了眼杜書綸，「而且妳跟他這麼好，他這種學生本來就是目光所在，大家羨慕妳都來不及了！」

「他本來不該出現在我高中生活的！」聶泓珈這個抱怨可是針對杜書綸了，他一直都自學，誰知道突然莫名其妙說想上高中了。

「妳說的是低調、想只在自己的世界，但妳的世界還是希望跟班上有所連結，這跟我的情況截然不同！」曹觀柏強忍著激動之心，「妳根本不懂眞正的透明人是什麼！」

杜書綸完全同意，他拉住還想說的聶泓珈，搖了搖頭，「未經他人苦，莫勸他人善。」

「杜書綸！」聶泓珈咬了咬唇，「好，或許我想的眞的不一樣，但是……才剛開學兩個月，我認爲還能找別條路的，因爲這樣的事你跟惡魔簽了約，殺掉同學們，眞的會比較好嗎？」

「會！我感覺超好的！」曹觀柏綻開了笑容，「妳不知道我心情有多好，看著新聞都會笑，而且王志東他們沒有來學校後，同學都看得見我了，空氣都變清新了。」

「是你驅使惡鬼還是惡魔做的？誰告訴你會有敏感者的？」杜書綸抓緊機會就問。

「這不重要。我只要他們感受到我的怒火。」曹觀柏眼神裡飽含笑意，但握拳的手卻微微顫抖。

昨晚的一切，他無法忘懷。

他跟那個惡鬼合而爲一，他扯著鄭芷瑜的頭髮、踩著她的身體、拿她的頭去敲地板；之前她也曾揪著他的頭髮往牆角撞，甚至把他的眼鏡撞斷，回家還被爸媽罵了一頓，所以他一直認爲也該換她感受一下了。

「不能停手嗎？」

「爲什麼要？」曹觀柏不太高興的看著他們，「奇怪，這關你們什麼事？妳口口聲聲說要當透明人，卻還這麼愛管閒事？根本巴不得人家看不見妳吧！」

「我沒有！我是……我就看見了啊！」聶泓珈眞的難以辯解。

「……現在有個易怒的惡鬼在亂殺同學，還有個惡魔不知道要掀起什麼腥風血雨，知道的話很難坐視不管吧！」杜書綸表達中肯的意見，「更何況珈珈比我更敏感。」

「是嗎？這麼關心我們班同學啊……」曹觀柏幽幽的笑著，「那我被他們欺負時，你們倒是挺安靜的啊！」

他被王志東他們欺侮、被全班冷暴力時，怎麼都沒見過他們過來指責同學或是王志東他們？

「倒不必情緒勒索，你這套對我沒用的！」杜書綸反而笑了起來，「畢竟不同班，我們又不知道你的遭遇，但如果看見的話……像那天一見到你被帶去咆哮屋，還是珈珈先過去的，我們也通報老師了啊！」

「因爲我覺得那間屋子很可怕，我如果眞的不管，說不定你們早在咆哮屋裡就……」聶泓珈欲言又止，他們應該想想那兩位街友的下場。

「說不定那樣更好……反正結局不是都一樣嗎！」曹觀柏逕自苦笑，又帶著點自嘲。

「什麼？」風太大了，他們沒聽清。

「不要把自己當聖人，幫我本來就不是義務，不幫是本份，我很清楚，我自己的事自己解決。」曹觀柏準備往樓下走了，「拜託不要每個人都這麼在意加害人。」

「有沒有可能我們不是在意他，而是更在意你呢？」聶泓珈緊張的喊著他，「你知道惡魔最終要的都是你的靈魂！」

曹觀柏停下腳步，不知道是受到震驚或是遲疑，總之就定在那兒不動，然後回首看向了他們，露出了欣慰的笑容。

「求之不得。」

身而為人，眞的太辛苦了。

「曹觀柏！」聶泓珈焦急的想再去勸說，立即被杜書綸拉住了手。

「珈珈，別去了！沒用的！」他將她拉近身前。

聶泓珈緊張的轉頭看著曹觀柏開門後走了下去，天曉得她心急如焚，唐恩羽說出有惡魔之書這種東西已經很匪夷所思了，居然還有人眞的會召喚惡魔交換條件！

「要是再出事怎麼辦？」聶泓珈反握住他的手，「那個鬼是眞的極惡，感覺他會隨便出手傷人，萬一失控……」

「我覺得唐大姐他們會保護我們的！」杜書綸認眞的說著，「我也想相信曹觀柏的理智，畢竟我們沒欺負他。」

聶泓珈不甘願的深吸了一口氣，「你沒聽到他說的嗎？全班對他冷暴力，全、班。」

整個一班同學之前都隨著王志東起舞，一起排擠漠視他，按照曹觀柏的怒火，對付一班二十幾個人也不意外！

坐在桌上的杜書綸看著眼前的高大少女，帥氣英挺的外表，一頭短髮被風吹得紊亂，濃眉緊蹙帶著無限擔憂，他看著只覺得有趣，這哪是個想當透明人的傢伙？

「妳再管下去，透明度多少了？」杜書綸刻意挑著嘴角笑，「妳的覺悟不夠徹底啊！」

想要不重蹈覆轍，這些事她就該無視。

聶泓珈帶著點微惱看向他，是啊，她剛剛才說希望跟曹觀柏一樣，她想要變成透明人，可是她的所作所爲卻……頂樓門再度被推開，杜書綸警覺的看去，結果意外的居然是他們班導師！

聶泓珈第一時間躲到杜書綸身後去，雖然這體格怎麼躲都掩藏不了。

「你們兩個！爲什麼上來？」張老師立即出聲，「有說頂樓可以上來嗎？」

「也沒說不能來啊！」杜書綸回得理所當然，「倒是老師怎麼找上來了？」

「鄧老師在找曹觀柏，他們班同學說你們一早就把人叫走了……」張老師張望著，看來她沒在半路遇到曹觀柏，「你們找一班的做什麼？前幾天鬧的事別以爲我不知道，是鄧老師幫你們掩蓋掉的。」

張老師一邊說，眼神落在後面高大的聶泓珈身上，很多學生都傳開了，揮刀的楊家佑，以及輕易擋下的聶泓珈。

「聊天而已，跟別班做朋友也不行喔？」杜書綸開始嘴賤，「關心同學的身心健康啊，那些欺負他的人都陸續出事……咦？」他故作詫異的頓了頓，轉頭看向聶泓珈，「好像應該關心東哥那些人才對厚！」

聶泓珈心裡低咒著卻忍不住笑，用力戳了他的背，很煩耶！

張老師也是無奈，「別那麼地獄，一班狀況很糟，鄧老師都快瘋了，昨晚又出事了……」

「什麼？」這兩個異口同聲。

「昨天晚上，有個女孩全家也被燒死了，所以鄧老師一聽說你們帶走曹觀柏就很緊張，他現在禁不起任何一個學生再出事了！」張老師拉了杜書綸下來，「回教室去！別搞得我也神經緊張，上次的事我都還沒緩過來……」

又死一個？杜書綸有點驚訝，因爲跟唐恩羽的群組裡沒提到這件事啊，他們姐弟倆跟警方有直接聯繫，這件事鐵定比他們早知道吧？

「女生只剩一個！叫鄭芷瑜。」下樓時，聶泓珈倒數著人數，「這目標性太明顯了，他們剩三個。」

「先解決次要的，重量級的大咖最後再解決，這也算正常。」杜書綸頻頻表示贊許。

「杜書綸！」聶泓珈只想知道，有沒有辦法可以阻止惡鬼或是惡魔持續這麼做？

但如果主使者是人，惡魔只是依照召喚者的想法去「完成願望」的話，一切都繫在曹觀柏身上了啊！

「再說一次，未經他人苦，莫勸他人善。」杜書綸突然語重心長的拉住聶泓珈，「珈珈，妳我都不是他，不能理解他嘗受的痛苦。」

他受了苦，報復在造成苦痛的人身上，其實也合情合理。

「如果這樣，那就處處私刑，我們還要法治做什麼？」聶泓珈不能理解，聶爸是執法人員，她自然會有這樣的思維。

「法律是保護懂的人，並不是保護弱者或是受害者！法治如果眞的能讓人信服，就不會有這麼多不平的事了。」杜書綸對法條知之甚詳，「一班對曹觀柏冷暴力，王志東霸凌他，你覺得法能做到什麼？能保護他嗎？——這點妳比誰都清楚。」

聶泓珈臉色刷白，是啊，校園事件，法條能有多少作用？

「如果前幾天楊家佑出刀殺死了人，依據未成年法，他會被收容，接著轉學到矯正學校繼續唸書，未來甚至沒有前科。」男人的聲音闖入了他們的討論，是鄧淳宇走來，「改個名字就有新的人生，而被殺的人不會得到任何正義。」

鄧淳宇的手腕上有著繃帶，那天幫學生擋下書包的確拉傷了，最近眞的很難捱。

站在最上方的張老師原本只是靜靜看著這對青梅竹馬爭執，氣氛太緊繃她一時不知道該不該介入，沒想到一班導師就這麼走過來了。

聶泓珈趕緊走下樓梯，頷了首隨口說聲老師好。

「這點我們很清楚，以前有經驗。」杜書綸刻意瞥了聶泓珈一眼，「對吧？」

煩！聶泓珈打掉了他的手。

「身爲老師，我希望剛剛你們討論的任何情況都不要發生……你們找曹觀柏沒做什麼吧？」鄧淳宇俯下身子，打趣的問著杜書綸。

「怎麼可能！我們只是關心同學！」他還是那套，「鄧老師應該要關心剩下的人吧！」

聞言，鄧淳宇立刻覺得胃痛，張老師連忙跑下來安慰他，「鄧老師，別急，關關難過，關關過。」

「是嗎？過得了嗎？」他這語氣帶了無限疑問，下一秒倏地看向杜書綸，「你們覺得這件事跟曹觀柏有關？」

咦？聶泓珈當即僵了身子，慌張的眼神瞄向前方的杜書綸，爲什麼鄧老師會突然這樣連結？鄧淳宇看著聶泓珈，她什麼都沒說，但也什麼都說了。

杜書綸順著眼神回頭，瞧珈珈那一臉惶恐，「妳很笨耶！這此地無銀三百兩啊！」

「你現在說得更直接，是多聰明？」聶泓珈懟了回去，還此地無銀三百兩咧！

「眞的嗎？」張老師倒是緊張起來了，「鄧老師，你現在說目前發生的意外跟你們班那個曹同學有關？可能嗎？」

「這得問你們班同學，我聽到的東西有點離譜，都……跟阿飄有關，似乎是從咆哮屋開始。」

張老師聞言，瞪大眼緩緩轉向了杜書綸跟聶泓珈，「你們……」

「無可奉告！」杜書綸當即拉了聶泓珈就跑，「不要道聽途說喔！」

「杜書綸！」這小子！居然把她昨天教訓班上的話原話奉還！「哎唷！越聽

明的孩子越難帶！」

噗……鄧淳宇忍不住無奈的笑，「張老師啊，妳確定只有聰明的孩子難帶？」

少根筋的不好帶、太機靈的不好帶、脾氣暴燥的不好帶、太溫吞了也不好帶，囂張的難帶，囂張又有恐龍家長的更難帶，恐龍家長剛好是家長會長或是政府官員的，就更更更難帶了！

兩個老師相視一眼，最後也只能同時長嘆：唉！

能怎麼辦？別提傳道授業解惑了，現在就是當一天和尚、敲一天鐘，教多少、要不要吸收是孩子的事，但求和平過完每一天，能讓每個學生活著畢業就好了！

⸸

杜書綸跟聶泓珈都還沒跑進教室，卻在門口看見了不速之客，王志東一行三人？

「喂，你們！」王志東不客氣的指著他們，「跑哪裡去了？」

「關你什麼事？」杜書綸直接用鼻孔看人，「你跑錯班級了喔！」

王志東毫不猶豫的直接出手揪住杜書綸的衣領，一旁的聶泓珈也立刻握住了他的手腕。

「放手。」她比他更快開口。

王志東看著聶泓珈，冷笑一聲，「哼！你還眞的靠這個不男不女的保護耶！要不要臉啊？」

「靠女生保護就叫不要臉喔？那沒關係啊，不要臉總比不要命好！」杜書綸堆滿笑意，「東哥，今天還活著啊！」

這一句話，立刻戳中了大家恐懼的心！

「你這混帳！」王志東旋即暴怒，一掌就往杜書綸臉上巴去。

但是聶泓珈更快，她一拳迎向王志東的掌心，當即疼得他大吼一聲，甚至鬆開了揪著杜書綸衣領的手！杜書綸踉蹌後倒，聶泓珈第一時間扣住他的身體，而他卻第一時間壓下她的手。

「妳幹嘛？」他帶著指責的低語，環顧四周，大家都在看啊！

聶泓珈也注意到他們被圍觀了！一低頭就開始想找地方躲了，爲什麼這麼多人？都走開，不要看她！

梁宗達跟阿盛紛紛上前扶住王志東，他的右手已經疼到麻掉了，不可思議的看向聶泓珈。

「妳……」

「東哥！東哥……」梁宗達趕緊出聲安撫，「我們來這裡不是吵架的！」

「是、對啊！東哥，我們是來找他們幫忙的！」阿盛一開口就是哭腔，他都快哭了，「鄭芷瑜已經出事了，我們、我們……」

是，他們是來找六班這兩個幫忙的，雖然不知道能做什麼，但是總覺得他們兩個知道不少事。

婁承穎已經帶著掃具擋到了杜書綸面前，張國恩更是憑藉著壯碩的肌肉一馬當先，其他六班同學紛紛包圍住王志東，有沒有搞錯啊？到他們六班走廊上，欺負他們班同學？

「滾回你的班上去！」張國恩厲聲喊著，「到我們班上找什麼麻煩！」

「誰敢叫我滾？」王志東完全激不得，繼續上前，「你是以爲你肌肉大就囂張是不是！」

「東哥！」梁宗達連忙擋住他，這個王志東眞的是……霸道囂張深入骨髓了，天上地下他最大！「我們是來解決事情的！」

梁宗達終是激動吼了出來，然而王志東卻沒有任何悔意，他只是凶惡的看向梁宗達，什麼時候這傢伙也敢吼他了！

「東哥我求你了！」阿盛居然直接跪了下來，「我不想死啊！下一個是我怎麼辦？」

走廊上頓時一片安靜，怎麼講得好像他們都會死掉一樣？一旁的李百欣顧盼了好一會兒，確定了他們今天就三個人來而已！

「你們不是還有一個女生嗎？喜歡戴一堆有鈴鐺手環的那個！」而且還走彩色髮飾跟耳環路線，多巴胺穿著。

她知道另一個胸部很大的家裡瓦斯爆炸死了，但這票明明還有一個女生的。

「李百欣，好記性，那個彩色的女孩昨晚死了。」杜書綸趕緊往前，請婁承穎讓讓，順道低聲向他道謝，「沒事的，大家原諒他們吧！畢竟又死一個同學，心情難免不好。」

咦——走廊上傳出驚呼聲，聶泓珈留意著大家的神情，所以這件事還沒上新聞對吧？都沒人知道啊！

「對……是鄭芷瑜！我昨晚傳訊她都沒回，早上鄰居要他們移車時才發現他們昨晚已經死了！」阿盛始終跪在地上，現在是爬過來的！他一路爬到杜書綸面前，「你們能不能救救我們？我還不想死啊！」

杜書綸眼鏡下的雙眼閃過一絲凌厲，他薄唇帶著淺笑，緩緩看向了正前方的梁宗達，與那不可一世的王志東。

「對，你們一定有辦法對吧？」梁宗達非常識時務，禮貌的請求，「求求你們幫我們！」

杜書綸略歪了頭，像是一種別樣的頷首，然後視線落在王志東身上，讓他聽聽看，這麼囂張的人，會不會拜託人呢？

他的眼神過於嘲諷，梁宗達感覺得出這個男生在看他們笑話，可是性命攸關，被恥笑又如何！他回身拉了拉王志東，這是他們唯一的機會啊！

東哥！他用氣音說著，「那口氣不重要！」

什麼不重要？人生不就是為了一口氣嗎？王志東全身緊繃，要他開口求人眞的太難了，一向都是別人求他的——

「幹什麼？都聚集在這裡做什麼？」

老師的聲音傳來，附近幾個班的導師都聞風而至了！

學生們即刻散開，紛紛趕回自己教室，還亂撞成一團，走廊上頓時亂七八糟。

「幫我跟珈珈說，校門見。」杜書綸突然對就在身邊的婁承穎低語，接著回頭朝梁宗達看了眼。

走。

婁承穎頓時有點錯愕，但是杜書綸眞的沒回教室，他跟著混亂往樓梯口走去！而王志東等人早就混在人群中一起消失，應該是要從另一邊下樓。

「到底怎麼回事？」婁承穎碎碎唸著，「最近也發生太多事了！」

「我都不知道是聶泓珈容易惹事還是讀書人了。」李百欣聳著肩走來，「他們又翹課喔？」

「嗯？他們？」婁承穎狐疑的回身透過窗子往裡看，「我得跟聶泓珈說……」

「不必說啦，她早就拎著他們的書包跑了。」李百欣雙手一攤，「有點羨慕耶，他們默契好好喔！」

婁承穎扯著嘴角，這有什麼好羨慕的？自從杜書綸轉來後，聶泓珈整個人都不對勁了！

說好的邊緣人呢？

有別於這半邊走廊的熱鬧，位在另一端的一班就相當平靜，打掃完的同學都在閒聊，曹觀柏的桌上堆滿了各式早餐。

原來之前他每天都只喝豆漿，同學們全都有注意到，不知道是節食還是他只愛喝豆漿，總之大家開始買不一樣的早餐給他；先開始做這件事的是他周遭的同學，帶著愧疚之心，大家正在進行大補償。

而且說實在的，王志東他們那票不在，全班都愉快，有的人就是毒瘤般的存在，只會給大家負能量而已。

鄧淳宇從三班的地方折返回來，默默打開手裡的字條，這是那個高大女孩塞給他的：「查查曹觀柏的書包，看有沒有跟惡魔魔法陣有關的書。」

皺起眉，他忍不住揉揉眉心，重新再睜眼，確定了紙條上面寫得字就是他看到的那樣。

走進教室裡，曹觀柏周邊圍滿了同學，大家一起吃早餐、分享著糖果，他依然安靜的坐著，微笑的聽大家吱吱喳喳，但是表情比之前放鬆了許多。

在準備跟大家說明又一位同學意外去世前，他還是得做。

「曹觀柏，把書包拿過來一下。」

第九章

被定位的眾人

位在頂樓的瑜伽教室由於是頂樓加蓋，附近也沒有鄰居，所以前一晚發生的事無人知曉，而房東也不住在此，一切都是租客自行負責，若不是因爲他們把汽車停在一樓某戶的出入口，只怕要等到當日的第一波上課時間，才會有人發現裡頭的慘案。

命案現場讓警察們過於熟悉，三具均有骨頭斷裂的焦屍，整間被濃煙燻黑的教室，吊著鄭父的繩子甚至都沒有被燒到分毫。

走訪了附近鄰居，這家人倒也「小有名氣」。

都是屬於霸道型人物，不到非常誇張，但也是得理不饒人的凶悍人士，有沒有理是他們說了算；前一晚鄭先生在一間火鍋店因爲店員加了蔥花就發怒，甚至推倒外頭的點餐架子、與店員起爭執，甚至也有動手，最後他要的只是免單。

而店員表示，他百分之一千肯定，鄭先生從頭到尾都沒有說不要放蔥花，擺明就是來凹的！

鄭太太則在前一晚因爲一杯飲料打去店家痛罵，要求工讀生到她家去擦地板，原因是飲料翻倒，鄭太太堅持是封膜沒封好，氣到在電話裡歇斯底里，接電話的店長只覺得遇到了神經病，直接掛上電話，因爲飲料送出前都會上下搖晃，有無封好那瞬間便知。

但爲了以防萬一，店長讓工讀生先下班，省得鄭太太過來找人，是！他們認得那個歇斯底里的聲音，前不久她才當街揪了紅豆餅攤子老闆娘的頭髮，只因爲她找錯了錢，被拖了幾公尺，耀武揚威。

他們那個女兒也不遑多讓，未成年就騎車，擋在人家店門口佔用車位，只要叫她移車，不是踹倒店員的機車，就是割花店長的汽車，鬧得人家不能做生意，總之，有這種鄰里也是倒了八輩子楣。

不過經過調查，火鍋店及飲料店相關人等都有不在場證明，也沒有出現在瑜伽教室的任何監控中，所以都沒有殺人的嫌疑。

「你是查心安的嗎？這種死法怎麼可能會是人幹的？」唐玄霖忍俊不住，滑出去的右手指向了教室裡的三具焦屍。

「該走的程序還是得走。」武警官也很無奈，「那個學生叫鄭芷瑜，剛好也是那群學生之一！她的額頭完全被敲碎，鼻骨被砸到平，前排牙齒全部斷落。」

鑑識小組正巧把一整包牙齒放進證物袋裡。

「父親頸子被勒斷再被吊上去的，母親……基本上臉骨全數陷入顱腔中……」武警官邊說還覺得噁心，大手罩著自己的臉，「就這一片都嵌進自己大腦裡了。」

唐恩羽站在外頭，看著正被小心翼翼裝進屍袋的屍體，「只有我好奇，爲什麼他們手裡都握著東西嗎？」

這對父母手裡都拿著武器，連臉部被砸爛的鄭芷瑜右手竟也握著鐵鎚！

「不是說了嗎？要叫飲料店的打工妹到家裡拖地板啊！」唐玄霖涼涼的說，

「現在有的人真怪，把自己當瓦斯罐似的，一點就燃。」

「我知道有的人就是很易怒，許多父母只要看見孩子弄倒東西就會抓狂，但是——叫工讀生來家裡擦地板，這倒是思路清奇。」唐恩羽深感佩服，「有這樣的父母，孩子這樣也就不奇怪了。」

武警官不能多做評論，只能嘆息，先讓人員把屍體都抬出去再說。

「走吧。」唐恩羽做足心理準備，踏進了應該充滿正能量的瑜伽教室。

『太不長眼睛了吧？不知道我們是誰嗎？』

『我給你十秒！』

『他居然敢掛我電話耶！』

『我要拖那個打工妹來我家擦地板！』

『舔啊！妳給我舔乾淨！』

『妳知道痛了吧？』

等等！唐恩羽倒抽一口氣，看著整間教室裡燃著大火，大火的亮光照亮了整間教室，起火點來自於地板上的三個人。

在最裡面的小桌旁，站著凸肚老柯，腳前有個趴跪在地上的女孩，他抓著女孩的頭髮，拚命的把她臉朝地板猛砸，凶狠的表情道盡一切，嘴裡不停的咒罵，同時享受著這樣的過程。

但是在老柯的身影裡，還有隱約的另一個東西在……是個男孩。

『妳是誰？』老柯突然止住動作，朝她看了過來。

唐恩羽詫異的回首，這是在對她說話，還是昨天彼時這裡站了人呢？

『妳在追溯這裡發生的事嗎？』老柯轉了身，朝她走了過來，『普通人類怎麼能做到？』

他正對著她說話！是她進入了昨夜發生的時間流中，還是陷入幻境中了？

『我在問妳話——』老柯忿怒的咆哮著，直接朝她衝了過來！

感受到體內的力量洶湧，唐恩羽彎身蜷起身子，「不許出來！」

聽見尖叫聲的唐玄霖立即回身，看見姐姐彎著腰把自己縮成球，飛也似地衝了過去，左手掌朝著眼前的空氣張開！

老柯瞬間流露出驚恐，低咒一聲轉瞬消失！

但……這就像看特效電影卻沒有特效一樣，一堆警察呆站在原地……這兩個人是在幹什麼？這也太尷尬了吧！

武警官趕緊叫大家無視，只怕這對姐弟又看見什麼了！

「老姐，」唐玄霖扶摟住了她，「被纏上了？」

「呼……」唐恩羽站直身子，冷汗直冒的看著前方，現在當然只是個現場了，「應該是惡魔，他在這裡等著我們咧！」

「好忙，追著那群學生還追著我們。」唐玄霖冷不防地拍拍她的背，「站直！」

「噢！」她果然立即站直身子，「剛剛差一點點，那傢伙就想衝出我身體了。」

「妳沒讓他出來，他不敢的。」唐玄霖倒是很有信心。

唐恩羽的體內，有一隻活生生的惡魔。她的身體是劍鞘，惡魔爲刀，只有被攻擊且她允許之際，刀才能出鞘。

惡魔一旦出來就容易多了，他能眨眼間吞掉老柯那種惡鬼、順便吃掉在場人類的靈魂，幸運的話還可以跟被召喚出的那隻暴怒系惡魔ＰＫ一下！過去遇到事情他們都是這樣做，但惡魔出鞘時會撕裂唐恩羽的身體，入鞘後她的身體再一點一滴重組復原，那是錐心刺骨的痛，而且身體會變得極度虛弱。

人的身體承受度是有限的，所以他不再讓老姐用這種方式除魔除鬼，反正憑藉著對惡魔的瞭解以及對鬼的認知，還是有其他不傷及身體的方式。

「這裡挺糟的！你們今天工作結束後都去拜一拜吧！」唐玄霖對著在場警察交代，但卻只是令人更覺得毛骨悚然而已！

「連我都覺得不太舒服了，又是老柯？」武警官眉頭深鎖，二十幾年前被燒死的屋主，怎麼能這麼陰魂不散？

「嗯，還有昨天被殺的三個人怒氣值也很高，所以這裡現在怨氣衝天，以後鐵定會是鬧鬼凶宅……」唐玄霖試圖找一個適當的說法，「噢，類似這是我家，你哪根蔥憑什麼來住！然後就攻擊下一任租客。」

「倒是很符合這家人。」就他們初步調查的行徑都已經夠扯了，「那要不要做法事？再跟房東建議？」

「做是要做的，但那是讓房東心安用的，不過房東不必怕！」唐恩羽回得乾淨俐落，「這些亡者應該都會被吃掉的！放心！」

那個被召喚出來的惡魔，總是要吃點點心。

到、底哪裡放心啊？武警官聽得只覺得雞皮疙瘩掉滿地，吃掉靈魂？死狀都這麼慘了，死後的靈魂也不會被放過嗎？

「能阻止嗎？錢沒問題喔！我們已經準備好了！」武警官只擔心這個，「還有那三個學生，尤其其中一個的舅舅已經對我們施壓了，不能有任何差錯……」

「施壓？」唐玄霖不太喜歡這個詞，「聽起來應該是霸凌者之一吧，聽說在學校也很吃得開，連導師都沒無能為力。」

武警官只有點頭的份，這有什麼辦法！誰叫人家背景硬。

「聽了就不是很想幫！既然他背景這麼厲害，叫他們自己保護啊！這麼尊貴的孩子，得自己照顧嘛！」唐恩羽扭頭就朝著教室外走去。

唐玄霖是跟老姐站同一陣線的，這群學生他不在意，他們在意的是那個惡魔。

「小柯查到了沒？那隻惡鬼一路殺，就是在找他。」

武警官面露難色，非常的困擾，「我不是沒查……這需要程序的！只要他活著，也只有特定單位能知道他現在的信息，我權限不足啊。」

「這樣啊……你們在比賽跟老柯誰先找到他就是了。」唐玄霖突然回頭再看了一眼命案現場，「他來這裡，也是找人問小柯在哪裡對吧！」

爲什麼會針對這些學生？S高這麼多人，獨獨針對這幾個學生，而且認爲他們會知道小柯的下落？

鑑識小組拍完照，正把鄭芷瑜的書包放在證物袋裡，書包上閃過一抹橘光，瞬間引了唐玄霖的注意。

「等一下！」他情急的大喊，趕緊衝進了教室裡。

這緊張的氣氛立刻讓唐恩羽察覺到不對勁，他老弟可是聰穎冷靜型的，能讓他這麼激動鐵定有大事；她才剛收到賭輸人的訊息，已經確定了召喚惡魔的學生，而且對方沒有收手的意思。

唐玄霖就蹲在證物旁，請鑑識小組小心查看書包外面，每一面每一圈都要好好的找尋，終於……手套觸及了某個特殊的東西。

鑑識人員蹙著眉，撕下了一張圓形的貼紙。

「黑色的貼紙？這什麼？」武警官左看右看，只瞧見了一張全黑的貼紙。

唐玄霖凝重的看著那張貼紙，在他眼裡，那上面正浮現一個複雜的魔法陣，如果他沒記錯，絕對跟咆哮屋地板上的一模一樣。

「喔喔，這就是老柯找他們的原因了！」

貼著召喚惡魔的法陣，根本就是惡魔界的GPS啊！

✥

杜書綸從阿盛書包底下找到圓形貼紙時，眞的是目瞪口呆，因爲他們書包都是黑色的，黏上去完全隱形，而且又在底部，誰沒事會去查看底部啊。

「這什麼？」阿盛又是快哭的樣子。

「上面有印圖案……」杜書綸來回晃動貼紙，藉由光線看出上面的圖騰，「是個……」

魔法陣。

聶泓珈已經看出來了，貼在杜書綸身邊的她悄悄捏了他示意，或許不必對王志東他們說這麼多。

「類似詛咒的東西嗎？」梁宗達跟著開口，走過來的他，手上也已經有了一張貼紙。

「或許吧！書包放在教室裡，其實誰要貼都辦得到吧……」聶泓珈立刻四兩撥千金，「但現在重點是，咆哮屋的惡鬼，是個暴躁易怒的傢伙，所以他會動不動就出手。」

「惡鬼是你們放出來的，你們去咆哮屋道過歉，鄭芷瑜還是死了，表示你們的致歉對象錯了。」杜書綸迅速組織了新說法，「曹觀柏完全沒事，我想惡鬼或許是對霸凌者進行了懲罰。」

咿——王志東又是瞬間暴怒，他起身推到椅子、再度往前推了桌子，幸好杜書綸早有準備，雙手抵得好好的，省得又被擊中。

「離譜！誰霸凌他了！那種人——」王志東完全不管自己在冰店裡，雙手握緊拳就突然長吼走出店外，「啊啊啊啊——」

聶泓珈滿臉寫滿厭惡，她有點想看看王志東的家人是什麼德性，為什麼能教出這樣的人？

欺負人不以為意，動不動就揍人罵人卻理所當然！

杜書綸托著腮，朝旁的梁宗達看去，「他也可以不去道歉啦，反正又不是燒我。」

「我去！我去！」阿盛急忙的點著頭，「要我跟曹觀柏跪下道歉我都可以，我就是……我不想死！」

「就你這種膽量，我很難想像你會欺負曹觀柏。」杜書綸嘖嘖稱奇，「狐假虎威是吧！」

阿盛握著杜書綸的手突地掐緊，可以感受到他一秒鐘洩露的怒火，他既尷尬又惱羞，不過最後還是跟自己的生命安全妥協。

「我如果不跟著做，被欺負的會是我吧！」聲如蚊蚋，但一桌子人聽得分明。

梁宗達是群體裡相對冷靜的人，他低聲說著去勸勸王志東，便先走出店外；杜書綸則大快朵頤的吃著冰，聶泓珈卻全程都在擔心他被一班這幾個人揍。

「你講話收斂一點，你這樣只會惹火他們而已。」她苦口婆心，「往人家痛處戳，你看連阿盛都想揍你了。」

阿盛一怔，「沒沒沒！我沒有！我不敢的……」下垂的八字眉哭喪著臉，看起來真的很無助，但是——

「你剛剛的眼神道盡一切了，他踩到你的雷就炸吧。」聶泓珈嘆口氣，「你們幾個好像都這樣呢！」

杜書綸努力憋著笑，珈珈啊，妳聽聽妳現在在說什麼？他如果剛剛拿刀戳人痛處，她就是在挖傷口！

「我……我……」阿盛簡直無地自容。

馬的！這兩個為什麼哪壺不開提哪壺啊！要不是現在需要他們幫忙，他多想抓起一旁的湯匙，朝那個戴眼鏡的書呆子戳下去了，幹！

又是殺氣，他很不滿呢！聶泓珈靜靜的看著低垂著頭的阿盛，開始質疑起自己該不該幫他們了。

「你們認為只要凶狠就可以暢行無阻對吧？一言不和就生氣，怒火一點就燃，什麼事都幹得出來，欺負同學、壓制老師……」聶泓珈已經盤點了死亡的那幾個，「家庭也有絕對關係，所以全家人都遭殃。」

「惡鬼應該是幫曹觀柏出氣吧，他知道法律拿你們沒輒，老師跟學校也無能為力，各位的家長更是護你們到底——」杜書綸接得倒挺自然，「或許，在你們推曹觀柏進咆哮屋的那一刻，很多事就錯了。」

阿盛緊皺著眉，當初誰會想到……咆哮屋的傳說會是眞的！而且噩運還會燒到自己身上！

「去道歉吧！對曹觀柏認眞的道歉，而且保證以後就改——」杜書綸不負責任的話才說到一半，外頭居然傳來了打架聲！

「糟！」阿盛彷彿知道發生什麼事，跳起來便衝出去了。

聶泓珈跟杜書綸對視一眼，有點捨不得自己的冰咧，不過還是先跟著跑出去看！

梁宗達被壓在冰店的玻璃門上，王志東掄起拳頭瘋狂的朝著他臉上揮去。

「都給你說！都給你說就好了！你敢教我做事！」

「東哥！不要這樣！」阿盛只敢在旁邊喊，王志東那種暴怒之態，他根本不敢上前。

聶泓珈直接到王志東身後，扣住了他的身體便拖走，她力氣之大，令王志東詫異，而且他連掙扎都沒有辦法！

「放開我！妳這人妖！」王志東怒吼著，附近一堆人都看了過來。

杜書綸冷冷的望了過去，他罵珈珈什麼？

聶泓珈直接把他往地上甩去，面無表情的看著他，「到底是誰教你這樣當街打人的？」

「反正要我去跟那傢伙道歉，休想！都是他……都是他害的！」王志東指著梁宗達氣忿的再度往前，「那天要不是你提議把曹觀柏扔進咆哮屋裡，事情會發展成這樣嗎？」

梁宗達一臉憋屈的抹著嘴角的血，頂著烏青的眼看向他，「對，是我提議的，但那已經不是重點了！現在的情況你搞不清楚嗎？」

「所以你去找曹觀柏就好，你跟他道歉，說是你讓我們這麼做的！」

「拜託，東哥啊，你不能自己沒腦子，就把大家都當作跟你一樣吧？」杜書綸語重心長的勸說著，「你們一票人，梁宗達一個提議，大家不聽的話能做成嗎？當天不只是我、一堆同學都親眼看著你們推著曹觀柏，一路朝咆哮屋去的。」

王志東牙一咬，使勁甩頭，「不是我的錯！我他媽的才不會有錯，都是你們幹的，你們害的——梁宗達，我警告你，你最好把事情處理好！你要告訴曹觀柏，這跟我沒有關係！」

叭叭——馬路邊一台汽車響起短促的喇叭聲，車子慢速靠近。

「志東？你在這裡做什麼？」裡頭探出一個滿臉橫肉的男人，「這是在幹嘛？你們誰欺負我兒子？」

很好，不由分說，全天下都欺負你孩子就是了。

「爸！」王志東二話不說衝向父親的車子，即刻就上了車。

一陣混亂隨著車子的離去而結束，梁宗達去廁所洗了把臉出來後，頂著滿臉瘀傷說要回去了。

「放學時約在肥伯家吧。」他與阿盛約定，然後轉向他們，「謝謝你們了。」

「不必謝，有沒有用還不知道。」杜書綸沒攬功的興趣，「好自爲之。」

阿盛抱著書包，再三道謝後，就跟著梁宗達離開冰店了。

他們今天離去的背影，絲毫沒有之前那種走路有風的得意樣了。

接著就換聶泓珈惴惴不安了，她盯著桌上的黑色圓形貼紙，汗毛始終都豎著，「這兩張貼紙看得我毛骨悚然的，別留吧。」

「也不能亂丟吧！拿去給唐姐姐。」杜書綸其實也不想碰，「我覺得這就是惡鬼找上他們的關鍵。」

邊說，他拍了照片傳給唐恩羽。

「唉，你怎麼想到去道歉這招的？有效嗎？」

「死馬當活馬醫啊，召喚惡魔的是他、主導老柯下手的也是他，如果他接受道歉的話，說不定就……化干戈爲玉帛？」

聶泓珈翻了個白眼，「我懷疑你是嫌事情不夠大，有幾個被霸凌的能輕輕放下？」

「總是試試看，惡意雖然傷人，但也別小看善意。」杜書綸說得倒是中肯，「想想許語芯出事時，第一個報警的居然是飽受荼毒的鄰居，多珍貴啊！」

聶泓珈聞言泛起淡淡的笑，「是啊，但這個珍貴……希望曹觀柏會懂。」

她攪著杯裡的奶茶，剛剛唐姐姐已經告訴他們關於鄭芷瑜的訊息，臉部被砸爛，又是全家被燒乾，算一算從楊家佑開始，都不只有當事者被燒死而已。

這些人的性格養成都跟家庭教育相關，但是，如果是曹觀柏跟惡魔要求的結果，連同父母都慘死，也真的恨了！

而更讓她恐懼的是老柯，他真的太過凶惡，他像是那種多看他一眼就會被殺的類型，她更怕殺掉父母是惡鬼的失控。

家人像是陪葬，而那種凶惡的鬼不會在乎。

「妳別這麼低沉，我還有更低沉的事想跟妳說。」對面的杜書綸，用一種歡快的語氣說著。

「我謝謝你！」她沒好氣的扁了嘴，「你發現什麼了？」

「召喚惡魔的不是曹觀柏。」他睿智的雙眼閃閃發光。

聶泓珈瞪大雙眸，「為什麼這樣說？不是他跟惡魔簽約的嗎？他有惡魔之書啊！」

「因為老柯被關在咆哮屋二十幾年啊！」杜書綸瞇起雙眼，「他如果要找兒子算帳，早就殺過去了，結果卻困在屋子裡二十幾年？」

「魔法陣？」聶泓珈只能想起那扇門後方，以及地板上的陣圖。

杜書綸勾起自信的笑容，賓果。

那道魔法陣困住了老柯殘暴的亡魂，致使他困在咆哮屋內，夜夜堆積怒火與恨意，夜夜咆哮。

所以，惡魔應該是二十三年前被召喚出來的，在咆哮屋、柯家的客廳。

她只想到一個人。

小柯。

梁宗達是透過考試進S高的人，搭乘公車上下學，阿盛則是住S學區，步行即可，現在這兩個人剛好有段路並肩而行，卻都沉默不語。

阿盛真心覺得很冤，好好的上學，爲什麼會遇到這種荒唐的事？看著同學一個個死於非命，他們就算報警也都指不出凶手，像隻待宰羔羊，根本無能爲力。

「下午見吧。」分別前，梁宗達低語，「也只能盡量保命了。」

阿盛含著淚，忍著哭聲點點頭，便逕往前走去。

梁宗達站在車牌邊，看著阿盛那單薄的背影，表情依舊木然，留意到對向公車停下，卻走下了一個熟悉的人！

「媽！」他衝過馬路，拉住了提著大包的女人。

女人如驚弓之鳥，她嚇了一大跳，驚恐的下意識抬手遮臉，過了幾秒才緩過神來。

「……你怎麼沒在學校？」女人很詫異的看著身著制服的兒子。

女人戴著口罩與帽子，但依舊遮不去眼窩的瘀青，她緊緊揪著一個大包，唯一露出的手腕也全是傷痕。

「妳要去哪裡？」梁宗達沉下臉色，「妳打算逃是嗎？」

女人試圖抽回自己的包，但是兒子卻死揪著不放，她瞬間悲從中來，淚水迅速積累，「我過不下去了！我再待下去，遲早會被他打死！」

他知道的。

媽媽的口罩如果拿下來，會是更可怕的紅腫，嘴唇都被打裂，身上的瘀傷更是處處，爸爸只要酒後就會極度易怒，動輒揍媽媽出氣，有好幾次還差點把她掐死。

問題卡在，爸爸幾乎沒有清醒的時刻。

「那大弟怎麼辦？」梁宗達問了，「妳也得想想妹妹啊！」

「他不會打男的，你妹還小，他不會對她怎麼樣的……」媽媽恐懼的搖著頭，「我先找個地方安定下來，再想辦法接他們過去。」

「妹已經九歲了，爸早就開始打她了，妳又不是不知道！有妳這麼當媽媽的嗎？拋棄孩子？」梁宗達嚴厲的展開指責，「我不會煮飯，要大家餓死嗎？妳也知道爸沒有錢，我們要吃什麼？負點責吧！」

母親緊閉上雙眼，她不想聽，她何嘗沒有忍受？

「他昨晚又掐我，你不在，我差邊被掐死了！」母親哭著拉開絲巾的一角，裡面是駭人的青紫瘀痕，「是你大弟的哭聲打斷了他……我再待下去眞的會死的。」

「妳就忍忍吧！妳挑的丈夫，我們三個連選擇父母的權利都沒有，妳還不負責？」梁宗達拽著她重新過了馬路，「我剛好也要回家，一起回去。」

咦？母親嚇得搖頭，但是她的腳還是跟著移動，她好不容易才鼓起勇氣收拾東西離開家的，她不想再回去啊！

可是，想到家裡的孩子……

「你就不能幫我嗎？」母親發出了質問，「我每次被打時，你爲什麼都關在房間裡！你到底怎麼了，以前的你明明會保護我的！」

「我現在都自身難保了，我能保護誰？」梁宗達突然加重了箝在媽媽手臂上的力量，「妳現在受的這些，就當報應吧！自做自受！」

母親淚眼汪汪，這是她的好兒子啊！

每次她被丈夫打時，不敢哭嚎只能悶哭，孩子們明明都知道，但是卻沒有一個人出來救她！尤其是宗達，以前都會哭喊著爸爸不要打，還說過長大後一定會保護她的，但是現在——他不但漠視不理，甚至還說她活該！

「我做錯什麼了？我不欠你們任何人！」媽媽激動了起來，「我可以打電話報警你知道嗎？」

梁宗達突然鬆手，原來是公車來了，他招手攔車。

「妳打啊，然後把弟弟妹妹都送到機構去，讓他們被不知名的人領養，被虐待……然後這都是妳的過錯。」梁宗達冷冷的說著風涼話，「唉，誰叫我們有個拋棄我們的媽媽啊……」

公車停下，梁宗達逕自上了車。

他就站在門口，指責的目光宛如千萬隻劍，刺穿母親的心，她滿腦子都是孩子的哭喊聲，媽媽、媽媽、媽媽……

最後，她還是上了公車。

✠

阿盛回到家時，甩門無敵大聲，不知道的差點以為門要壞了，嚇得老人家趕緊起身出來查看。

「阿盛？你怎麼這時候回……」話還沒說完，阿盛不爽的直接推開老人，徑直往廚房走去。

「啊啊啊……」老人家哪禁得起推，踉蹌兩步就摔在了沙發上。

阿盛怒氣沖沖的打開冰箱，彎身找著愛喝的飲料，發現空無一物，又不爽抬起頭。

「我的可樂呢？不是說喝完了！為什麼沒買？」

「唉呀！寶貝怎麼這時候回來了？不舒服嗎？」女人聞聲自房裡走出，「可樂我記得的！我等等才要出去買東西啊！」

「煩耶！」他隨便抓起另一瓶飲料，咕嚕咕嚕的灌了下去。

阿盛是獨生子，父母均已逾六十，由於當年醫生說他們不易有孕，兩人本來打算就這樣相依為命到老的，誰想到竟老來得子，所以格外疼愛！母親更是溺愛，她認為這是上天賜給他們的寶貝。

所以，阿盛在家裡就是個無敵霸王的存在。

「這種天氣怎麼一身汗？發生了什麼事？跟媽媽說！」母親溫柔的問著。

「跟妳說有什麼用？你們根本什麼都不會！」阿盛粗暴的推開母親，迫使母親撞上了牆，「看看人家爸爸就是家長會長、親戚是議員，我爸爸就只是個清潔隊員，媽媽又老又醜！」

在家的小霸王，還是會受到社會的洗禮，上學後他漸漸發現，比他惡霸的人很多，而且一個比一個威風，人人都有個強而有力的背景，有讓老師學校懼怕的爸媽，還有個隨便出手都能灑錢的含金量。

所以他變得收斂，依附在這些大霸王底下，像東哥就是慷慨，動不動就有得吃，而且一樣可以耍威風，不必當大哥，該享受還是能享受！

但是回到家，看見他這老態龍鍾的爸媽就煩，因爲要什麼沒什麼，立即將他立刻打回現實。

撞上牆的母親是疼，但這都家常便飯了，她也不敢訓斥孩子，他們這年紀了禁不起折騰……之前丈夫跟孩子起過爭執，要他好好唸書別跟壞孩子混，結果孩子動了手，連老伴都被打了個鼻青臉腫。

父親望著孩子又在無能狂怒，爲了自保，默默的朝房間裡走去。

「好好好，別生氣了！你想講時再說吧！」母親只能無奈的說，「媽現在要出去買東西了，你要吃什麼？」

「隨便！我要喝可樂啊！記得補上！」阿盛嘟囔著，「算了！我要吃炸雞，很多很多炸雞！」

「好！炸雞！但都吃炸的不健康，媽再幫你……」

「閉嘴啦！現在還管健不健康！我說不定就要死了！」阿盛失控的喊了出來！

不知道兒子又在發什麼瘋，上次一哭二鬧三上吊時，是要一輛摩托車。父親聽著，默默把房門上了鎖。

「怎麼了怎麼了？爲什麼會說死不死的？」母親慌張的摸著兒子的頭，「你生病了？別嚇媽媽啊，快跟我說！」

「沒用！誰都幫不了我！怪我！我爲什麼要去咆哮屋！爲什麼要……我爲什麼要跟王志東混在一起！」阿盛使勁搥著桌子，滿心都是懊悔，「如果你們是很厲害的爸媽的話，我就不必聽王志東的話了！」

不必明明怕得要死，還要假裝一起去咆哮屋，根本不想要推曹觀柏也得照著做，他也是能感受到咆哮屋詭異的人，他連附近都不敢去了，結果卻硬著頭皮進屋了！

他其實什麼都沒看見，牆上的人影變實體時，他根本是盯著自己雙腳的，他完全不敢到處亂看！有人尖叫後他不知道被誰推著走，一路推出門口……只有這樣而已，現在卻說咆哮屋裡的惡鬼出來報仇了！

他什麼都沒做啊！

「王志東？那個東哥嗎？他不是對你還不錯？」母親只能用猜的。

「不錯個頭！我們現在都快死了啦！」阿盛惡狠狠的瞪向母親，「我們同學已經死了三個了！下一個……我可能就會是下一個了！」

媽媽聽了都傻了，「別嚇我啊！你到底在胡說什麼？誰要害你？那個王志東嗎？」

「走開啦！你們什麼都不懂！」阿盛用力推開母親，母親嚇得抓住椅子才避免自己倒下，「我自己去吃炸雞！我要去買想要的東西……」

他大喊著往外衝，接著又折返回來，打開客廳桌子開始找錢！

剛跌坐在地的母親好不容易才站起來，她身形有點龐大，的確吃力，但也禁不起一直這樣摔。

「錢呢？我要錢！」阿盛再跑到衣帽架那裡找母親的外套，結果什麼都沒拿到。

母親下意識的看向了就在眼前的椅子，她剛剛正在整理買菜包，皮夾就擱在裡頭！阿盛一眼就注意到了，即刻衝過來，母親也緊張的想要護住錢包。

「不行！你要多少我給你就好，你別拿……」母親先拿到錢包，但阿盛也抓住了一角，「寶貝！媽給你兩千好不好，就——」

「放手啦！」年輕人終究力氣大了些，阿盛使勁一抽，將錢包搶了過來。

「啊呀！」這反作用力再次讓母親向後倒地，咚的落地聲讓房裡的父親心跳都快停了，他趕緊站起想出房門，卻在將開鎖時遲疑了。

萬一出去，正巧撞上兒子，換他被揍怎麼辦？

「小氣什麼！你們的本來就都是我的東西!!」阿盛氣急敗壞的大吼著，抽出皮夾裡一整疊鈔票，居然這麼多啊……「妳這麼有錢，居然還每天跟我哭窮！什麼日子難過！」

阿盛氣得把錢包往地上扔，連日來的壓力與恐懼堆積在一起，緊緊捏著手上整疊現鈔，氣不過的又上前踹了母親一腳！

「這是妳欠我的！你們兩個欠我的！」阿盛忿而轉身，「你們要記住，我沒有拜託你們生下我！生下我就該給我好生活！」

他路過長廊道的房間，忍不住也用力撞了門板一下，讓貼在門後的父親嚇得踉蹌！

緊接著又是甩門聲，確定了孩子離開後，老公趕緊跑出房間，去探視仍躺在地上的妻子。

「老婆！老婆……」他蹲了下來，發現老婆側躺著，正把臉埋在自己的手臂上，痛哭失聲，「沒事！沒事了……妳起來讓我看看，有沒有摔著？」

「那是……會錢啊！他全拿走了！」女人哭得泣不成聲，「我們是不是寵壞他了？沒說兩句就怒氣沖沖的，這日子能怎麼過？」

男人吃力的將妻子扶坐起來，滿腹苦楚的拍著她。

是啊，說穿了是他們寵壞的，但能怎麼辦呢？終究是他們孩子啊！

握著放在口袋裡的鈔票，阿盛滿心歡喜，沒想到媽藏了這麼多錢，既然現在已經到了這個地步，他當然要把握最後的時間享樂，這些錢都是爸媽欠他的！他站在門口算著鈔票，想著要去做些什麼事，然後……對啊！他可以躲到廟裡去！鬼應該進不了廟的對吧！就這麼辦！先去買些吃的，直接躲進廟裡！

噠嚓！

樓上傳來了打火機的聲響，阿盛下意識抬頭，隱約的看見牆上映出的小小火光。

第十章

寵溺的孩子

奇怪，記得樓上的叔伯沒抽煙啊！他自己當然有抽，因爲抽煙看起來就很帥，而且東哥也有抽，叼菸時可威風了。

摸摸口袋，哎呀，他才想到菸放在書包裡，現在應該要來一根才對。

不過不怕，這疊錢可以讓他買多少菸了！他心滿意足的把錢放在口袋裡，準備下樓。

『來一根嗎？』

樓上突然傳來聲音。才走向兩階的阿盛一怔，終於聽見了下樓的腳步聲，啪、啪、啪，對方是穿著拖鞋走下來的，往上瞧的視角，首先映入眼簾的就是那雙藍白拖。

沒見過的中年男人走下來，身上散發著一股令人作嘔的臭味，阿盛不記得這棟鄰居裡有這號人物，滿臉鬍渣的男人叼著一根菸，一邊走下來一邊盯著他。

雖然不認識，但人家要請菸，有便宜不占是傻子。

「好……謝謝！」阿盛舉起手，打算接過菸。

男人站到他家門口的平台，略高的他由上而下看向阿盛，那神態帶著睥睨，阿盛覺得不太舒服。

然後，男人一腳直接把阿盛踹下樓。

「哇啊——」

阿盛整個人是飛出去的，他完全無法抓住樓梯扶欄，騰空飛過了數個階梯，重重的摔落在三樓半轉彎的平台上！

碗！重物落地聲響傳遍了整棟樓，在家的鄰居都聽見了，所有人緊張的豎耳傾聽，但是沒人敢貿然出來，想先聽個動靜再說。

這一摔，阿盛覺得全身骨頭都要散了，他仰躺在角落裡，痛得動彈不得。

「啊啊啊……」哀鳴聲終於響起，他骨頭一定斷了！

甫扶著老婆起身的男人一怔，那像是他們寶貝兒子的聲音啊！

「是阿盛嗎？」老婆焦急的抓著丈夫的手腕，「你快去看看他怎麼了！」

「好好！妳坐好，慢點……」老伴還是優先將妻子扶正，才趕緊跑到門邊去查看。

越靠近門，越能聽見哀號聲，他戰戰兢兢的透過貓眼向外瞧——他看見了一個全身著火的黑色焦屍站在門口，而他身邊，有個清瘦男子。

但是清瘦男子的身上爬滿了蛇，而且一眼看出去，他卻彷彿看見無盡深淵的恐怖——而清瘦男子彷彿察覺到他，猛然一轉頭——

「哇啊啊！哇——」老人家嚇得連連後退！

阿盛隱約聽見自己爸爸的叫聲，他的頭折歪得卡在角落裡，痛得難以動彈，但是現在樓梯上那個混帳正朝著他走了下來。

『垃圾！現在揍你爸媽，以後就打算放火燒了是吧！』老柯朝空中吐出煙圈，那煙圈飄到空中，落下卻全是灰燼。

老柯的體內透出火光，阿盛在這一瞬間，終於理解到不對勁了……這就是咆哮屋裡的……鬼？

不對啊！他們不是把那個貼紙撕掉了嗎？而且他也沒帶書包出來啊！爲什麼？六班那兩個搞錯了嗎？

「對不起！我、我們不是故意去你家的！」阿盛立刻告饒，「你要什麼我都可以答應你！我燒紙錢給你，我幫你超渡……」

『他騙你的，都在賣乖，說好話！你兒子是不是也這樣！這麼聽話！然後冷不防地就把你殺了！』

誰？誰在說話？阿盛吃力的轉動頸子，赫然在上方的樓梯中，看見了不該出現在這裡的人影：肥伯？

「你在胡說什麼！你爲什麼會在這裡！不要聽他亂說，我是眞的不知道冒犯到你，我如果知道我一定不會進咆哮屋的！」

『臭小子，你是在跟誰說話？』老柯沉重的腳步一步步走下，來到了阿盛面前，『你跟那畜牲合夥對吧？』

他做了一個用力嗅聞的動作，是了，這味道太熟悉了！

「誰？我沒有跟誰合夥，我是被逼的！」阿盛哭喊著，已經嚇到屁滾尿流，「都是他們逼我的……」

他已經準備把錯都推到王志東身上，本來就是東哥害的，這一切他就是始作倆者啊！

『那他人在哪裡？』老柯彎身，粗暴的一把揪著阿盛的衣領舉起。

「在……在他家。」東哥應該回家了吧？

『啊啊啊！』老柯忿怒的將阿盛甩出去，樓梯間這麼窄，也不能甩得多遠，最多就是撞到一公尺外的另一側牆而落下，『還在隱瞞，畜牲的朋友就是畜牲！』

阿盛再度撞上牆，這一次他清楚的聽見自己骨頭斷掉的聲響，痛徹心扉。慘叫聲迴盪在樓梯間，鄰人慌忙報警，這種狀況根本沒人敢出去！而真的想出去的母親卻無能為力，因為門根本打不開啊。

『他說你才是畜牲，除了會打人外，你還會什麼？』樓上的曹觀柏幽幽的說著，『只是喝酒抽菸、不務正業的人渣！』

『你敢教訓我！你是什麼東西！沒有我哪來的你！』老柯彎下身子，一拳一拳的開始打在阿盛身上，『都是禽獸不如的混帳！膽敢揍你老子！敢合夥殺了我！』

「我不——噗！」阿盛話都說不完一句，拳頭如雨般落下，濺出了滿牆鮮血，他被打得不省人事後，又被抓了起來，朝樓梯扶手砸去！

肋骨斷了幾根，又跟著下一次重擊刺入了內臟之內，趴姿的阿盛說不出話，只有滿嘴的鮮血，然後他又從樓梯扶把的隙縫中，被丟到了下一層！

臉部直接撞擊階梯直角，眼窩骨裂，肩胛骨斷裂，緊接著再被舉起，再如法炮製的被扔到下一樓，一層接一層，直到扔到了一樓！

此時的阿盛，與其說是個人，其實更像是個布娃娃。

一樓的大門此時此刻被關上，黑色長靴來到了已經不成人形的學生面前，一抬頭，看見的是霸氣走下樓的惡鬼。

連殺了幾個人，恨意非但未減，反而還增加了！滿身是血的老柯因為始終找不到自己的兒子而怒不可遏，所以下手一次比一次重，當然還有……唐玄霖朝上方看去，惡魔也在推波助瀾啊。

唐恩羽扛著一把黑色大刀，與轉彎下樓的老柯剛好四目相交，「Surprise！」她廢話不多說，大跳向前，閃過了地上的阿盛，跳上階梯，一刀就朝惡鬼橫掃過去！老柯雙手及時擋住了刀刃，但卻立刻被黑刀上的黑氣纏上雙手，逼得他使勁推開了大刀！

唐恩羽踉蹌退了兩階穩住，老柯胖歸胖，但不愧是惡鬼，輕盈的往上跳，只是兩手掌心都快被刀砍斷了。

『……妳敢、敢打我？』老柯臉都皺成一團，彷彿這世界上沒有任何一個人，可以碰他似的！

他原地跳起，直接就朝唐恩羽衝來，她則舉起黑刀擋下，才發現樓梯間太窄小，她這長六十公分的大刀難以施展，擋攻勢可以，但要砍對方就困難了。

此時老柯一伸腳，踹上了唐恩羽肚子，疼得她直接向後摔落！

唐玄霖輕巧的跑上，手一橫摟住了老姐，同時手持一支筆，朝空中畫了一個符印！

『啊啊啊啊——』符印擋下了怒不可遏的老柯，符印甚至還湧出了水，意圖澆息他的怒火似的！

老柯是違反地心引力的向後彈，直到二樓的公共窗邊，但是他接著順勢隱匿進牆後消失，唐玄霖趕緊要追，卻已經不見其蹤影，但是……一股寒意突然在背後。

「背後！」伴隨著唐恩羽的大叫，她甩出了手裡的大刀。

紅色的火繩自二樓半的地方甩下，正巧擊中她拋出的刀面，若非如此，火繩圈住的就會是在窗邊的唐玄霖了！

唐玄霖倏地轉身，接住了落下的黑刀，不可思議的看著站在樓上的……學生？

「惡魔，這是使用惡魔之書的主人嗎？」唐玄霖看出是S高的制服。

『你們竟然能找來……』曹觀柏在扶把上的手噠噠作響，瞟過去時已經是一雙怪物般的大手了，『而且你爲什麼有地獄之筆？』

「意外吧，不是只有你會用定位，我們也會。」唐恩羽得意的昂首，上午在瑜伽教室的短短數秒，她也在他身上放定位了。

但……這個惡魔沒有殺意，從頭到尾殺氣騰騰的就只有老柯而已，惡魔只是幻化成曹觀柏的模樣，從上到下的打量著他們，然後眉頭越皺越緊，透露著萬分不解……他想探究他們的思維，甚至是尋找可以點燃怒火的燭芯，可是卻完全讀不到！

這兩個人類擁有他們惡魔界的東西，而且就像兩具雕像，內部完全看不出。

『有什麼在護著你們。』他顯得有點意外，這麼說來，那女人手持的黑色大刀，上頭散發的也都是渾濁的邪氣了。

「你不也護著那學生嗎，還化成學生的樣子。」唐玄霖想了幾秒，「叫曹觀柏對吧？」

『你怎麼知道是我化成他？而不是他也在這裡？』惡魔咯咯笑了起來！

那個學生也在？他正透過惡魔看著他們？不！唐玄霖想到樓下那摔癱的學生，他在親自感受打死同學的歷程嗎？

「殺死同學讓你很滿足嗎？」唐恩羽突地向前一步，「曹觀柏，當你這麼做時，你跟他們其實也沒兩樣——甚至更殘忍。」

惡魔變得平靜，然後另一個聲音從深處傳了出來，

『那又怎樣？難道只許他們欺負我嗎？』

「他們霸凌你，但是你是在虐殺，連同他們的家人，你覺得這能畫上等號嗎？我覺得比起來，你還比他們殘忍呢！」唐玄霖戲謔的笑著，「誰又比誰差勁

呢？」

『別聽他們的，看看他們，都是聰明好看的天之驕子，不知道什麼叫被邊緣、被忽視、被欺負！你只要記得，你是要讓他們知道你有多不爽！』

惡魔倏地原地成了一團黑火，穿過樓梯往下而去！

樓下！唐玄霖立刻閃身往樓下衝去，那個學生還在下方！他一轉下，就看見老柯已經壓在阿盛身上，掐著他的嘴，一拳打了進去——火是從學生體內燒起來的，即使惡鬼已經被他們傷著了，但是他的殺氣沒有絲毫的減弱。

『吼啊啊啊啊——居然敢殺我！你們這些畜牲，我養你做什麼！我殺了你殺了你殺了你殺了你！』

唐玄霖立刻拿筆再畫出了符文，空中出現藍水般勾勒的魔法陣，他再用力一推，將整圈魔法陣朝老柯推了過去！

但憑空出現的黑色物品咻地吸收了那魔法陣，在樓梯下彷彿有個黑洞般，隔開了唐玄霖與老柯。

『不要多管閒事，人類！』黑洞裡傳來森冷的警告聲，『這不是你們的戰爭。』

聶泓珈看著滿桌的菜餚，一時之間不知道是該講正事，還是先提問題了。

他們戰戰兢兢的帶著貼紙與唐恩羽會面，他們緊張得要死，但兩姐弟卻在進行「S區美食征集」，開心的一家吃過一家。

「小柯身分無解，因爲當年犯罪時未成年，二十幾年過去了，人家已經展開新生活，現在也沒犯罪，沒資格查。」唐玄霖先開口，「賭輸人，你去問問你姐，能不能查一下。」

「你們跟她比較熟吧，你們讓她幫忙啊！」杜書綸的姐姐，是個厲害的駭客！但總是那樣的模式，對朋友比對他這個弟弟好多了。

「你們早就在查小柯了喔？不是，我覺得不需要找小柯出來吧？」聶泓珈搖搖頭，「既然惡鬼心心念念就是要殺他兒子，這時把小柯找出來，不是等於送人頭嗎？」

「當一個鬼、還惡鬼，需要我們找到人才能殺，這樣有點遜耶。」杜書綸由衷的進行了評判。

聶泓珈不耐煩的扯了嘴角，「有沒有可能是他知道自己父親是個多殘暴的人，做鬼也不會放過他，所以幫自己設了什麼符什麼咒的，因此惡鬼找不到他呢？但是如果我們把他找出來的話，情況就不一樣了！」

「嗯哼，有理。」意外地杜書綸沒槓，開心的拿起筷子就要大快朵頤。

聶泓珈氣得輕踢了他一腳，還吃！

「這我們都想過了，二十幾年前召喚出惡魔的人，最有可能是小柯，但也只是猜測，天曉得會不會是其他家族成員召喚的，只是沒想到被小柯毒死，然後惡魔蠱惑小柯縱火？」唐恩羽涮了片肉，唉呀呀這油花多美，大口送入口中，嗯～眞滿足。

斜對面的聶泓珈看著她那陶醉的模樣，開始覺得這一桌只有她如坐針氈是不是蠢了點？

「但是因爲都燒死了，只剩小柯一個人，也只能找他！」旁邊嚼完肉的唐玄霖接話。

「找他……做什麼？送給惡鬼殺嗎？讓父子之間的恩怨自己解決？」杜書綸其實不關心這個，「我現在好奇的是，二十幾年前的魔法陣，爲什麼會跟現在扯上關係？」

「對！例如惡魔之書怎麼傳到曹觀柏手中的……如果是他持有的話啦！那當年被召喚的惡魔，是怎麼回應他的？」唐玄霖再三強調，「所以，得找到小柯問問。」

「我……我請一班導師，搜搜看曹觀柏的書包了。」聶泓珈小小聲的提出了，「如果有惡魔之書的話……」

杜書綸詫異的轉頭看向她，珈珈什麼時候跟一班老師說了？

「我一大早就請婁承穎幫忙了，但是他們進不了一班，而且這樣光明正大去搜人書包也不好。」聶泓珈有點窘迫，「然後鄧老師不是剛好過來問我們事情嗎，我趁機就把傳給婁承穎的字條又轉給他了。」

杜書綸呆了半晌，突然喜笑顏開，「哇！可以耶！珈珈果然機靈！」

哎唷！聶泓珈緋紅了臉，她怎麼覺得書綸這稱讚讓她渾身不自在咧！

「結果呢？」對面的女人向來挑重點聽，一雙手在空中抓著，「惡魔之書？」

被期待的眼神包圍，聶泓珈更尷尬了，她低下頭，咬了咬唇：「我沒有鄧老師的聯絡方式！」

「回學校！我們等等回學校去找老師問！」杜書綸立即承諾。

「不必去，搜不到的！就算他帶在身上也一樣，你以為惡魔之書誰都看得見？」唐玄霖笑了起來，「這種事是很講緣分的！有緣分的人才看得見！」

咦！這答案當頭澆了他們冷水。

「所以就算在書包裡，老師也瞧不見嗎？」聶泓珈好失落，「那他是怎麼找到惡魔之書的？」

「惡魔之書選擇他，或是被贈予，都有可能！反正惡魔想挑誰就挑誰，不過——」唐恩羽勾起了笑，「可以確定的是，那位同學的怒氣值絕對非常非常高。」

怒火滔天，而且是足以燒盡一切的地步。

「確定是憤怒了嗎？」杜書綸倒是一點都不意外，因為曹觀柏的笑容太耀眼了。

耀眼到似乎想把陽光都裝在臉上，才可以遮去內心那片陰暗與忿怒。

「是薩麥爾。」唐玄霖斬釘截鐵，畢竟他們剛剛已經面對面過了，「他二十幾年前就被召喚出來了，看來近年來國人怒氣值飆升，或是一怒之下就傷人砍人的案件增多，跟他多少也有關係。」

「惡魔大人聽到會生氣的！有些人本來就是暴怒性格，動輒惱羞，不能接受人家糾正，這種一點就燃的類型惡魔才沒興趣。」唐恩羽看向對面兩位學生，「你們那個被欺負的同學才是好目標，看起來平和、凡事忍耐，惡魔就會認眞煽動，等待大爆炸的那天。」

「他已經炸了吧，同學都死三個了……啊！」聶泓珈趕緊把口袋裡的貼紙拿出來，「這個是我們在剩下……其他同學書包底下發現的。」

四個。唐恩羽在心裡默唸著，但這兩個孩子還不知道樓梯間的屍體。

唐玄霖立即放下筷子接過貼紙，唐恩羽湊上一瞧，眞眼熟，光看著就能令人打寒顫，這女生還能帶在身上。

「嗯，這就是GPS，應該是靠這這個定位找到學生的。」唐玄霖眯著眼觀察，「這眞的是魔法陣圖騰，等比例縮小，還做成貼紙，好精細啊！」

「是啊，跟我們書包同色，貼在底下。」杜書綸比畫了書包，「兩個有帶書包的同學底下都有這張，最跋扈的那個今天連書包都沒帶，就看他要不要拿下了。」

「所以都已經取下了？」唐恩羽問著，與老弟交換眼神，那剛剛在樓梯間那位是怎樣？

那孩子也沒帶書包，如果貼紙已經被撕下了，老柯又是怎麼找到他的？

「對，這樣應該就沒事了……吧？」聶泓珈不安的問著。

「不知道！這很難說的！不過這玩意兒我們在瑜伽教室的命案現場看到了，現場充滿怒意，還有惡魔的惡臭。」唐恩羽夾起一塊生肉，瞟了貼紙，「有人在學生這邊做定位，惡魔可以輕易的找到學生、誘使惡鬼前往，然後——」

咚，肉入鍋，紅滾滾的湯頭此時如同血液，吞噬了那塊肉。

聶泓珈不安的起了雞皮疙瘩，她剛剛帶著這兩張貼紙在外面晃了兩小時，幸好惡鬼沒找上門！

「能平安抵達這兒眞是太好了，我想亂丟，又怕有人撿到出事！」

「可是……」杜書綸望著貼紙出了神，「如果這是GPS的話，那順序是什麼？曹觀柏總不會每天貼貼紙吧？王志東他們兩天前就沒去上課了，所以這幾天貼紙都是在的——那爲什麼阿盛他們都還沒事？」

唐家姐弟努力吃著火鍋，他們在補充能量，暫時不打算告訴這兩個人剛又死了一個。

「會不會是依照恨意多寡？最厭惡的留到最後？」聶泓珈想著又覺得不對，

因爲第一個死的楊家佑，可是超跋扈的猴子啊！那天揮刀的也是他，儼然是王志東的打手。

表面推論，對曹覲柏應該也不會太好。

「不知道當事者的意圖，他跟惡魔簽了什麼約，我們也不清楚。」唐恩羽覺得最煩的就是這點

「那……既然已經知道魔法陣對應的惡魔了，是不是能把他送回去？」聶泓珈可沒忘，幾週前芒草原上出現的惡魔，只需要改一下魔法陣的咒，就能將惡魔反送回地獄了！

如此以來，惡鬼也能停止吧……說不定老柯的憤怒，也是來自於惡魔的操弄啊。

「沒辦法，那個咒語是有人認眞的上了祭品，還以自己的血畫成的，得由召喚者，自送惡魔回去，我們沒辦法做其他事的。」唐玄霖扒了好幾口飯，「是不是還是要找小柯！」

必須由召喚者，送惡魔回去。

「這BUG卡太大了吧！那我是惡魔的話，我直接幹掉施咒者，我就可以不必回去了啊！」杜書綸心裡已經想到最糟，或許不是找不到小柯，而是他已經……

「這樣當年惡魔讓他死在火場裡不就得了？而且不要用人類的角度去思考，你怎麼知道人家喜歡待在人界？」唐玄霖嘖嘖嘖的搖搖手指，「他們有自個兒的

家的！」

兩個高中生小嘴微張，一臉驚愕樣，是、是這樣嗎？

「可是再怎樣，召喚者的靈魂應該已經被吞了吧？那個惡魔還待在這裡嗎？」既然如此，找小柯也沒什麼用了吧？

「惡魔尚在人間，回去的話魔法陣不會是活的，陣上的血也能感受到召喚者還活著。」唐恩羽呿了聲，他們怎麼可能做沒把握的事。

二十幾年前召喚惡魔的人還活著，惡魔也還在人間遊走，曹觀柏不知道以何管道獲得惡魔之書，他也召喚了惡魔，惡魔給予他力量，讓他對欺負他的人復仇。

兩個高中生在腦子裡連了一片，越連只覺得越複雜。

「二十幾年前的惡魔，是怎麼跟現在的曹觀柏連結上的？如果現在惡魔在曹觀柏身邊，那他能送惡魔回去嗎？」

終於，兩姐弟聳了聳肩，「這還眞的不知道！要嘛請你們同學聊聊，要嘛就是得找到二十幾年前的召喚者。」

「等等，都沒人好奇惡魔之書在哪裡買嗎？網路書店賣嗎？」杜書綸只覺得這玩意兒很扯，擁有它就可以叫出惡魔耶！

「這東西流傳很久了，只是你們不知道而已，史上很多災難都跟它有關。」唐恩羽笑得嬌豔，「只要人類欲望無盡，惡魔之書就不可能消失。」

欲望無盡，曹觀柏的欲望是殺掉欺負他的人……要讓他們知道，被怒火燃燒的感受。

「去曹觀柏家吧！直接跟他要惡魔之書。」聶泓珈當即下了決定，「請他把惡魔之書給我們。」

「別傻了妳，會給他還會做到這地步嗎？」杜書綸倒不以為然，「珈珈，拿走那個東西不是重點，重點是他要消氣！既然召喚出憤怒的惡魔，就知道他有多生氣了，他是在把怒火還給在他身上加諸痛苦的人！」

唐恩羽拿起那兩枚貼紙查看著，若有所思，這麼費心的人倒還是難得，可見得內心有多忿怒，而且還強行忍耐，去製造這一切，慢慢的對付惹怒他的人。

「人都有情緒，每個人都會生氣，但那種脾氣暴躁，輕易就暴跳如雷、怒火中燒的人，多半都有自己所屬的成長環境。」唐恩羽瞅向了學生，「才開學兩個月，恨到能讓惡魔選到他，哪來這麼大的怒火？他的忿怒說不定不僅限於班級生活。」

「我也這麼想，跟他家應該也有關係，或是他經歷過什麼。」唐玄霖深表同意。

他家。

杜書綸立即想起那天在醫院的事情，謙和有禮的高中老師父親，過分溫柔的母親，還有禮貌出色的妹妹……都襯托著曹觀柏的更內向與不起眼！但是他並不社恐，他跟現在的珈珈不一樣，他是厭惡被冷暴力對待的。

「書綸？」聶泓珈看出他的遲疑。

「我想去一趟曹觀柏家，說不定他家才是怒火的起源。」杜書綸端起飯碗，「吃飽再說！」

那天聶泓珈沒在病房外，她不知道原委，但是唐大哥說得在理……如果關鍵是在家庭，或許只是溝通不良與誤會，如果能解決的話，怒火會不會消散？

「這樣有用嗎？惡魔哪會放走到口的獵物？」

「能救一個是一個吧！如果王志東他們願意去道歉，讓曹觀柏能對他們消氣也好！」杜書綸已經抱持最壞的打算了，「現在這情況，應該是連你們都難以施展了對吧？」

唐恩羽毫不遮掩的夾起肉放到杜書綸碗裡。

「對，所以開心吃飯吧！」

因爲，可能誰都救不了了。

✠

如果時間能重來的話，他一定會改變心意，絕對不會輕易到曹觀柏家來！

曹父過於殷勤，甚至驚訝於曹觀柏會有他這位天才朋友，一開始曹母甚至質疑是不是曹觀柏犯了什麼錯，讓他前來溝通，確定只是朋友後便熱絡不已，稱讚著孩子長進了，懂得結交好學生，這句話另一層意思就是：成績差的別跟我孩子做朋友一樣。

而聶泓珈在這裡充分享受到透明人的感受，因爲整個曹家完全沒把她放在眼裡，最高規格的禮貌就是有倒茶，並且請她吃水果，話題完全沒繞到她身上，彷彿她不存在似的。

她徹底理解到了曹觀柏所說的，想要低調不被注視，與眞正被忽視的感受，是截然不同的！

連她都難掩不爽，她人就坐在這裡，但是曹家人眼裡只有杜書綸，眼神沒有一秒鐘落在她身上，連有時她要搭話時，也都直接被插話撇掉——這眞的很差勁！

只能說杜書綸夠靈活，但他應酬的耐性也即將逼近極限時，曹觀柏終於回來了。

「你們來幹嘛？」

他們被帶到他的書房裡時，曹觀柏第一句就是質問。

這時杜書綸正在喘息，他需要調整情緒一分鐘，而聶泓珈也抬手示意他暫時別問，她正在深呼吸。

曹觀柏好像看出什麼，笑著走了出去。

「那個眞的是杜書綸嗎？那個天才少年？眞難得，你居然能交到這種朋友？」

一出去，曹父就趕緊問了。

「他長得挺清秀的耶！」妹妹對杜書綸滿是興趣，「人又聰明優秀，這種人怎麼會想跟你做朋友？」

曹觀柏都沒回應，直接走向廚房，他想喝水。

「你怎麼把客人扔在房間裡？他們來找你到底是什麼事？」曹母也在廚房裡問著。

「總不可能來問他功課的，笑死！」

曹觀柏拿起馬克杯，爲自己倒了杯熱水，瞥見了亮著燈的烤箱裡，放了幾片PIZZA。

「今天吃PIZZA？」他蹲了下來，內心有點詫異。

因爲昨天，他看著電視廣告時，隨口說過想吃PIZZA的話。

「嗯啊，中午買的，等等烤熱了就能吃了……啊，你拿兩片給你同學。」媽媽焦急的拿過防熱手套。

這家人似乎以爲他們說話很小聲，殊不知聶泓珈他們聽得一清二楚！

「不必！他們很快就走了。」曹觀柏立刻轉身，快速的回到房間裡。

書房門關上時，兩個同學都還坐在木質地板上，不過他們神情都有些焦慮，因爲離放學時間已經很久了……王志東他們沒來。

不只是王志東沒來，那三個人全都沒有出現！

「你們直接找過來會不會太扯？而且爲什麼知道我家住哪裡？」曹觀柏不悅的皺眉，「導師說的？」

「怎麼可能！你爸是高中老師，資料很好查。」杜書綸一點也沒隱瞞，「王志東他家是……」

「哼，知道了。」曹觀柏冷哼一聲，「想勸說就別想了，我沒有要收手的打算。」

「寧願出賣靈魂？」聶泓珈望向外頭，「你家人會傷心的。」

「噗──」曹觀柏一口水差點沒噴出來，他開始失聲而笑，緊接著是大笑，「哈哈哈哈……哈哈哈哈！」

他笑得太淒涼了。

杜書綸看著激烈大笑的同學，卻只聽見笑聲裡的悲與苦，光從剛剛的對話大概就能知道，他在這個家並不受待見。

「對不起對不起……天哪！我笑到流淚了。」曹觀柏邊笑邊抹去眼淚，「傷心，哈哈……」

「會傷心的，都是家人，或許他們的表達不對，或許溝通不良，也可能對你期望過高……」杜書綸試圖想去解釋。

「天資過人的你沒資格勸人。」曹觀柏截斷了他的安撫，「他們對我的表達向來很直接，從不拐彎抹角，我比你們感受深刻。」

聶泓珈還記得杜書綸說的，未經他人苦，莫勸他人善，她眞的沒有立場說什麼，尤其這是曹觀柏家，那是他的爸媽，這裡才是他生活的地方。

「我希望你不要把對家裡的怨，轉嫁到同學身上……牽連無辜者。」聶泓珈咬了咬唇，「楊家佑的父親、許語芯的母親、鄭芷瑜全家……」

曹觀柏冷冷望著她，那是有史以來，他們見過最淡漠的眼神。

「他們都是養成者，誰無辜了？」他泛起冷冷的笑意，「每一次我都在現場，我甚至感受親自殺掉鄭芷瑜的感覺，也讓他們看見我，就是要讓他們明白，我也是會反撲的。」

「最恨的留到最後對吧？東哥。」杜書綸把手機轉向曹觀柏，「但很遺憾，我們找到你的GPS定位了。」

曹觀柏愣了住，他看著手機照片倒抽一口氣，從驚訝到釋然，最後是一種無奈。

「你們怎麼找到的？很厲害嘛！嘖！」他別過了頭，有些咬牙切齒。

「你眞的是透過這個讓惡鬼去殺害同學的嗎？下一個是誰？」聶泓珈總覺得……曹觀柏的驚訝有點假。

他嘴角一直憋不住笑啊。

「下一個是誰不是我選的！」他坐正身子，再從容的喝了一杯熱茶，「咆哮屋裡那個被燒死的傢伙，在找他兒子，身上有惡魔與打火機氣味的人——就是這個。」

他邊說，抓過自己的書包，在裡頭翻找幾秒，伸出的右手上，居然出現了三張一模一樣的貼紙！一根指腹貼一張，還在那兒搖擺著！

這貼紙嚇得杜書綸聶泓珈立刻退後，他他他他爲什麼會有!?

「這很危險的，萬一惡鬼……」聶泓珈結巴的阻止。

「只有在無理的暴怒情況下，惡鬼才會找來。」他舞動手指，看著那三張黑色圓圈貼紙，「只要有人無端狂怒、做出過激的行爲，惡魔會讓他們更生氣，越生氣，訊號就越強大，好讓……惡鬼能找到他們。」

暴怒之下，惡鬼才會找上？

「火燒車前那對父子動手打人罵人，無理的勒索錢財！」聶泓珈很快的總結，「那個許語芯正跟鄰居亂吵，我們就在現場，她媽媽超誇張的！」

磅磅磅，她至今忘不了那種歇斯底里的鍋鏟擊門聲，敲得讓人極度厭煩。

「瑜伽那個剛跟飲料店與火鍋店吵架，就爲一點點小事，還準備操傢伙去拖人回家擦地板啊！都是狂怒的狀況，難怪……」杜書綸狡黠一笑，「那現在——他們貼紙都撕下來，是不是能先冷靜一下？」

曹觀柏看著他們，突然露出了喜不自勝的笑顏。

他是眞的在笑，打從心底開心……不，聶泓珈剛剛就覺得奇怪，「你在嘲笑我們嗎？」

「抱歉……呵，我的錯！你們真的很有意思，如果能早點跟你們交朋友就好了，可以爲了不相關的人，這麼努力！」曹觀柏搖了搖頭，「一切都不是我控制的，我只能說，各人造業各人擔，結果都是自做自受。」

不是他能控制的話，難道是惡魔？

當然啊！惡魔就是唯恐天下不亂，怎麼可能輕易放過那些人！

就算這帶有惡魔魔法陣的貼紙不在了，王志東他們還是會被惡鬼追蹤到嗎？

「惡魔驅使惡鬼！」杜書綸難以理解，「我們之前遇到的，明明是井水不犯河水——」

「我不懂你說的。但是我知道人會被情緒所驅使，甚至被奴役。」曹觀柏拿起貼紙，做了一個嗅聞的深呼吸。

聶泓珈當即抓過書包就跳起來了，杜書綸跟著奪門而出，顧不得禮貌的跟曹家父母道別，兩個人急驚風似的衝了出去。

「這是怎麼了？」曹父足音逼近，曹觀柏飛快的把手中的貼紙揉掉。

只是，只剩下一枚了。

另外兩枚，剛剛貼上了六班同學、隨手擱在地上的書包上了。

抱歉，他的怒火計畫不能中斷，好自爲之了，同學。

第十二章

徹底矯正

咚、咚、咚！鐵門的敲擊聲發出回音，在整間廢棄屋子裡響著，王志東站在咆哮屋門口，看著裡頭一室通亮，卻還是很遲疑。

站在最裡面的梁宗達聞聲轉頭，人影終於從樓梯下繞出來，朝門外的他揮了手。

「這裡！」梁宗達手上還拿著一根剛點好的蠟燭，到了樓梯旁，找了跟他差不多高的階梯，又再安上一根。

整間咆哮屋裡點滿了蠟燭，還有露營用的露營燈，讓整間屋子如白晝般明亮，掃去了所有陰暗，但裡面亂七八糟的荒廢樣，還是給人一種不安！因爲反而更能看清裡頭的殘破，被燻黑的牆與家具，破敗髒亂，還有那未曾消散的焦味……或燃燒味。

「爲什麼約這裡？很怪！」王志東儘管不安，但還是裝一副跩樣，「這眞的能進去嗎？」

「可以的，我都進來了！我不是都把裡面點亮了！」梁宗達趕緊比畫了個請進的姿勢，「我連椅子都擦了，沒問題。」

王志東皺眉，但看著梁宗達都在裡面了，他不進去就顯得俗辣了！掙扎幾秒，還是走進了咆哮屋。

「肥伯呢？不是說要去他家嗎？」

「他指定要在這裡見面的。」梁宗達無奈的聳肩，留意到王志東手裡居然提了一個旅行袋，「這什麼？」

王志東突然露出一種不耐煩但實在得意的神色，將沉甸甸的旅行袋放上咆哮屋裡原本的紅色塑膠椅，用自以爲帥氣的姿勢拉開——裡面是整疊的鈔票！

梁宗達驚訝的看著整袋的錢，大概已經知道狀況了。

「我跟我爸說了，把事情搞這麼大很扯，他讓我帶錢來，看要多少好商量！」王志東一副財大氣粗的模樣，「肥伯不能談的話，他會去找他爸媽談！」

梁宗達深吸了一口氣，「有沒有可能他不要錢？」

「不可能！沒有錢解決不了的事！」王志東得意的拍拍他肩頭，「如果有，就是錢不夠多而已。」

是嗎？梁宗達無奈笑笑，「我懂了，像前你哥那個前女友……」

「差不多啦！」王志東挑眉，「我哥那個太渣！」

王志東的哥哥之前因爲跟女友的一點口角，「一怒之下」、「不小心」暴打女友，雖然女孩打到全身多處骨折，內臟出血，但最後也是用錢就擺平了！

「你有跟你爸說，我們撞鬼了嗎？」梁宗達語重心長的問著。

「講了，我爸本來覺得我胡說八道，但楊家佑他們接連燒死，然後……我舅已經證實他眞的死因有問題！」王志東神祕兮兮的壓低音量，「我舅說了，他們已經請了很厲害的人來對付那個魔神仔，所以不必怕！」

「驅鬼的師父！」梁宗達哇了聲，王志東肯定的點頭，他那模樣彷彿是他請的似的。

「所以剩下的問題就是肥伯了！」說是來道歉的，但提到曹觀柏時，王志東不僅不屑，還增添了厭惡感。

「我懂了。」梁宗達瞭然於胸，「但現在風口浪尖，我覺得我們道歉時還是誠懇點。」

王志東不屑的抽了嘴角，「嗯。」

他就不覺得自己有什麼錯！人是不能看誰不順眼嗎？這世界本來就是弱肉強食，肥伯那種又懦弱又一副死人樣的人最煩，說話做事膽怯得要命，看了就礙眼。

他號召大家無視時，全班都不認識，大家還不是都照做了，可見肥伯有多讓人不喜歡！

天曉得眞的會有厲鬼或撞煞這種事，唉……對！他有錯！錯就錯在下手應該再重一點，要讓肥伯打心底懼怕他、不敢報復他才對！

等那個魔神仔處理掉後，老爸跟舅舅就要處理肥伯他爸，也不過一個高中老師而已！哼！

王志東逕自笑了起來，那得意小人狀梁宗達都不必猜，完全知道他在想什麼。

「欸！怎麼沒人到？」王志東把錢袋拉好擱上地，坐上了椅子，「你跟肥伯約幾點？」

「六點半。」

已經六點二十了，王志東無聊的環顧屋內，「到底爲什麼要約在這個地方啊？不怕魔神仔跑回來？」

「就是因爲出去了，他才不會再回來，這不就是最安全的地方嗎？」梁宗達說得頭頭是道，「我聽六班的說，那個魔神仔在這邊被關了二十三年，傻子才會再回來！」

王志東一臉恍然大悟，「說得對耶，你眞聰明……不過我還是要說，現在發生的一切，你要負最大的責任！」

才拉過椅子要坐下的梁宗達怔了住。

「我這幾天睡都睡不好，我到底爲什麼會這麼衰？」王志東歛起了笑容，「這一切都是從你提議，要把曹觀柏推進咆哮屋開始！」

唉，梁宗達指指自己臉上的傷，「你上午打過了。」

「對！我是要說，事情是你搞出來的！」王志東以威脅性的口吻警告著他，「所以你要負責解決！你親自跟曹觀柏說，我們都只是起鬨而已！」

「他的不爽跟被推進這間屋子沒有關係，我們都知道是因爲開學以來，你專找他麻煩的事！」梁宗達音量跟著大了起來，「你想把這件事的罪推在我身上，行，我認！我跟你道歉可以吧，我跟——」

磅！梁宗達話都沒說完，迎面就是一巴掌！

「道歉能讓他們都回來嗎？蛤！」王志東揪著他的制服吼著，「楊家佑、鄭芷瑜、許語芯！他們都死了！」

梁宗達舔著嘴角滲出的血，喉頭緊窒，還沒來得及說話，再度承受王志東瘋狂的來回巴掌！都不知道打到第幾下，他像是累了，這才鬆開了手。

梁宗達踉踉蹌蹌，他雙頰被打腫，連眼睛都有點看不清，嘴裡卻破了皮，朝旁將血吐掉，抬頭看著在咆哮屋裡咆哮的王志東。

「啊啊啊！爲什麼我會遇到這種事！這不關我的事！都是他——他！」王志東指向了梁宗達！「你要負責讓曹觀柏改變主意，我不要莫名其妙的死掉！」

梁宗達抹了抹嘴角的血，緩緩的走回自己擺好的椅凳，才想坐下，王志東卻反手一抓椅子，再度朝他砸來！

「我看到你就有氣！敢坐！你還敢坐！」王志東吼著，卻跟著哭了起來，「有師父說，魔神仔在抓交替，我要把你交出去。」

跌坐在地的梁宗達看著自己的手臂，他都還不能好好說話。

「抓交替需要這麼多人嗎？哪裡來的江湖術士？」梁宗達看著無能狂怒的王志東，「就說了，怒火沒有平息的話，事情不會了的！你不是準備了錢要給曹觀柏？」

王志東看著腳邊的那袋錢，想著都覺得浪費，平白讓肥伯賺了，「他最好給我收下。」

呼，梁宗達吁了口氣，掙扎的站起來，轉身走到一樓中間的樓梯邊，取過了擱在上面的水壺，大口的喝起水。

王志東煩躁的回頭，不安的越過他看向後面那堵牆……褐黃的牆上此時此刻，沒有任何人影！這裡眞的是個令人不舒服的地方，就算現在點燃了蠟燭也一樣，他抓起手機看著他們六人的群組，結果已讀只有1。

「阿盛是到哪裡了？完全不回訊！」

「可能在車上沒聽見吧。」梁宗達平復了心情，轉頭看著那狂躁的背影，「東哥，你能不能靜一靜。」

「靜三小！我一直都很平靜。」他回頭睨了他一眼。

「你眞的覺得你沒做錯嗎？」梁宗達沉著聲音問。

電光石火間，王志東又抓過紅色的塑膠椅凳，扔了過來。

梁宗達趕緊閃開，椅子撞上樓梯扶杆，這次凹了。

「我錯什麼？我沒錯！錯的是你、是肥伯，是你們這些想跟我做對的人！」王志東忿忿的指著梁宗達，「你聽清楚，贏家是不會有錯的。」

梁宗達嘆了口氣，「謝謝你，讓我知道了可教化這三個字，有時只是一個笑話。」

「什麼？」

「我知道你國中時做過什麼事。」梁宗達一字一字的說著，「你比我們大兩歲對吧？因爲你到矯正學校去了。」

王志東瞠大怒目，雙手緊緊握拳，「你爲什麼知道這種事？」

「要查不難，導師替你隱瞞也沒用。」梁宗達從容的走上前，「你之前叫王合東對吧？」

眞的改個名字，又是一條好漢。

「梁宗達！你是什麼——」

「別生氣！」門口冷不防地衝來了聶泓珈，她緊張的大吼著，「你千萬別生氣！」

咦？面對不請自來的人，咆哮屋裡兩個男生都愣住了。

要不是從阿盛手機裡發現訊息，他們還眞不知道說好要道歉的這兩個，跑到咆哮屋來了！

「平心靜氣，來，深呼吸！」跟著跑入的杜書綸也趕緊安撫，「需要的話，我可以教你唱一首莫生氣的歌……」

「你們爲什麼會跑來這裡？」梁宗達一臉莫名其妙。

「曹觀柏呢？怎麼該來的還沒到，你們看熱鬧的倒先來了？」王志東沒這麼意外，畢竟就是六班這兩個要他們跟曹觀柏道歉的，「阿盛也不知道死到哪裡去了。」

「他死到地獄去了喔！」杜書綸回答順暢，「他死了。」

阿盛死了。

這句話像一道雷劈中王志東，事情還沒有結束……在他跟曹觀柏道歉前，阿盛就死了！

「不不不，爲什麼要這樣！」王志東陷入恐懼與暴躁，「人呢？肥伯人在哪裡？我可以好好跟他談的，我保證以後不再欺負他，我不會再率領班上對他冷暴力，我——」

「停停停！」聶泓珈大喊著，試圖接近王志東，「你先找找你身上有沒有一個圓形的黑色貼紙！」

「那個？我在書包底下找到，我丟了！」王志東看著莫名其妙的六班同學，「怎樣？」

「阿盛在冰店時把貼紙交給我們了，記得嗎？」杜書綸兩手一攤，「但他還是被燒死了。」

王志東抓起手機開始查看新聞，他的手開始發抖，梁宗達望著他的手，第一次看見東哥也有這麼恐懼的時候！他也查閱新聞，目前只有「又一S高學生被燒死」的新聞。阿盛死在自家的樓梯間，整棟樓都聽見他的慘叫聲，幾乎確定是他殺。

但那把火，依然是阿盛燒成香酥脆，可是那棟樓完全沒有起火。

「……只有阿盛嗎？他家人沒事吧？」梁宗達認眞的滑著，新聞訊息還太少。

「只有他一個。」杜書綸凝視著他，「你也檢查一下自己書包還有沒有貼紙吧！」

王志東正手忙腳亂的查找，聶泓珈也幫他看，連衣領裡頭都找了，他甚至開始脫鞋，就怕哪兒藏了代表詛咒的貼紙；梁宗達回身到樓梯邊抓過書包，四處翻找後，回首搖了搖頭。

「我襪子……」王志東急著想脫襪子，天曉得會不會在那裡？

「你身上沒貼紙。」轉過身的梁宗達，指頭上卻赫然黏著幾張駭人的圓貼紙，嚇得杜書綸即刻步步退後。

聶泓珈愣愣的看著那兩張指尖上的貼紙，爲什麼這個人也有？

「這東西是量產嗎？多少含運？等等加個好友給網址吧！」杜書綸問得太認眞，獲得聶泓珈肘擊一記。

王志東不可思議的站起身，他走近梁宗達時腦子裡一團亂，看著他手上的貼紙，難得精明了一次。

「阿盛是你害的？」

「我貼在他皮帶上。」梁宗達微微一笑，向聶泓珈他們望去，「我沒想到有人會注意到這個！」

又是一記飽拳揮下，梁宗達沒閃沒躲，他受了這一拳，然後突然把手裡保溫瓶裡的水朝王志東臉上潑去！

「哇——幹幹——啊啊！」液體進入他眼睛，刺痛難耐的大吼大叫，而且也立即聞到了刺鼻的汽油味！

梁宗達沉穩的立刻回身再取過第二瓶，但此時聶泓珈已經衝上前，意圖搶下另一瓶汽油。

「走開，我不想連累別人。」梁宗達的瓶蓋已打開，這麼潑出去，難保不會灑到聶泓珈，「退後！」

「你是在做什麼？」聶泓珈完全無法理解，「你在犯罪，同學，你——」

她猛然被杜書綸拉走，珈珈沒搞懂嗎？這不是他們的戰爭！

「人，生來就是有罪的。」梁宗達笑著，再朝看不清的王志東身上澆淋了第二瓶汽油。

「哇啊！哇啊……梁宗達！你想幹什麼！你這瘋子！」王志東摀著眼亂撞亂走的，腳絆腳的摔倒在地。

杜書綸看著梁宗達從容的把瓶子扔掉，這才注意到他雙手早已戴著手套，從容的回到樓梯邊揹起書包。

「我們沒算到你們的出現，眞的挺煩的。」梁宗達說得很無奈，「本來是想讓王志東承受我們的怒火，但貼紙被你們發現後，我換了個思路，畢竟不管我跟曹觀柏再生氣，也都是讓別人替我們動手，東哥不會知道我們有多恨他。」

「你跟曹觀柏……哇喔！」杜書綸瞇起雙眼，「你們居然是聯合陣線，喔喔！對啊！那天提議進咆哮屋的就是你！」

梁宗達笑容滿滿，「嗯，先拿到惡魔之書的可是我喔！是我決定跟曹觀柏共享，我們還一起跟惡魔簽了契約，靈魂一人出一半！」

沒料到靈魂還能 Go Dutch，可是只剩一半的靈魂活在世界，難道不會是行屍走肉嗎？

「這太亂了吧！你不是一起欺負曹觀柏嗎？」聶泓珈一時無法釐清，因爲這個梁宗達是王志東的智囊啊！所有壞事都是他幫忙策劃跟收尾的！

「我想讓東哥變得更大尾啊！只要他更暴力、更荒唐，等他犯下更嚴重的罪，就能讓司法去制裁他——但是，等我眞的跟他認識後，我才發現我太天眞了！」他看向搖搖晃晃站起身、試圖摸索著往門外逃的王志東，「有背景的人，我們永遠沒有能力對付，想想就算他殺了曹觀柏，他也不會有什麼事。」

聶泓珈痛苦的做了個深呼吸，「對，未成年保護法。」

「是。兩年前他就已經做過了，他拿刀捅了一個只是對他說借過的同學，但他什麼事都沒有，去唸了兩年矯正學校，換個戶籍，利用學區之便就上了S高。」梁宗達從容追上王志東，將他拉回來，甩摜上地，「但被捅傷的那個男孩才十五歲，脊髓神經斷裂，終身半身不遂。」

王志東聞言，冷不防地打了個寒顫，「幹！你是……那個殘廢的誰？他不是已經死了嗎？我們家給了幾百萬！幾百萬耶！他媽的那殘廢還是自殺的，我們家還出錢！」

聶泓珈看著王志東，厭惡感油然而生，她眞的覺得這種人永遠不會意識到自己有錯！

梁宗達卻比他們還鎭定，他從上衣口袋裡掏出了一包菸，熟練的敲擊兩下後，捏著滑出的菸走向王志東。

「那是你朋友嗎？你想爲他報仇……或是，他的受傷跟你有關，你才會這麼自責。」杜書綸用平穩的聲音勸說，「我能理解那種怒火與不爽，但是、但是，同學，你如果親自動手，那你就會跟他一樣了。」

梁宗達回眸，卻笑得很自然，「怎麼會？這都是鬼的詛咒啊！」

「別鬧了！不値得！」聶泓珈終於忍無可忍的吼了起來，「我不是說爲你同學不値，是爲王志東這種人不値得！你們先是跟惡魔簽約，現在又要成爲殺人者，付出的代價都太過了……明明有很多方法可以解決的！」

梁宗達深呼吸一口氣，他看著被燻黑的天花板，試圖阻止淚水滑落，但淚珠還是滑了下來。

「什麼方法？」他幽幽看向他們，「杜書綸，你這麼聰明，你告訴我究竟有什麼辦法，可以讓一個半身不遂的人重新站起來？可以修復受傷的心？可以阻止他們這種人横行霸道？」

法律？呵，大家都知道是個笑話。換間學校念念，改個名字繼續升學，甚至連前科都不會有。

而所謂的安全網更是空談，有沒有想過，像王志東這種根本不需要被「接住」的人有多少？

受害者及其家屬，連想討公道都不知道能往哪兒討，如若說出凶手的名字、貼出照片就是犯法，凶手卻不必負責，一時都不知道自己究竟是受害者？還是加害者？

梁宗達蹲下身，把香菸塞進王志東的嘴裡，看不見的惡霸如今像驚弓之鳥，一被觸碰就尖叫，但汽油真的刺得他眼睛難以睜開。

「我跟那殘廢的事已經結束了，那件事早就過去了！」王志東驚恐的嚷嚷，「他自殺關我什麼事啊！」

他沒過去啊，梁宗達冷冷看著狂吠的王志東。明明既恐懼又狼狽，但仍然堅持自己沒有錯的人，讓他怎麼相信「可教化」與「可矯正」呢？扣掉他的國中同學，他傷害過多少人？全部都是和解收場，最少十幾起了，未來可見的是更多的傷者死者，還有無數家屬的淚水。

既然如此，爲什麼不把源頭解決掉就好了？

噠嚓聲響，背對著他們的學生燃起了打火機，聶泓珈二話不說即刻衝上前環抱住他。

「不要這樣做！」聶泓珈即刻把他往後拖，「我說不出解決的方法，但我不想看你也墮落！」

他們到底知不知道，靈魂被吃掉是怎麼回事啊！

杜書綸繞到他的另一旁，伸手就抽走了打火機，還被燙得唉唉叫。

「你們……你們真的太愛管閒事了！」梁宗達使勁掙脫就掙不開，這女生的力氣也太大了，「這麼愛管閒事幫了誰？救了誰？偏偏要幫這種人渣！」

「說什麼啊，哪有這麼多冠冕堂皇的理由！珈珈想幫的是你，而我……」杜書綸倒是說得誠懇，「只是想自我滿足而已。」

梁宗達聽不懂他的意思，只看見王志東連滾帶爬的朝門口跑去，他左右扭動著身子，但是聶泓珈只是抱得更緊。

「把他抱出去好了。」杜書綸給了建議，「然後我要跟唐姐姐他們說一聲，事情告一段落了，剩下兩個應該沒事了！」

啪，劈趴。

餘音未落，樓梯間傳來了腳步聲。

咦？杜書綸驚愕的回頭，看向身後的樓梯，聲音來自二樓，同時一團火光隨著打火機的聲響亮了起來。

怎麼會？聶泓珈緊張的收了手，連同錯愕的梁宗達都傻站原地，聽著拖鞋聲劈啪聲響，長毛的粗勇小腿與天藍色的汙漬短褲出現在他們眼前——老柯！

「不可能！這不可能……」連梁宗達都喃喃自語的後退，他看著那個全身濺滿血的惡鬼，不由得發抖。

他是與惡魔交易的人之一，王志東已經去除貼紙，所以……咦！他登時頓了住。

『誰讓你們隨便闖入別人家的？』

杜書綸立刻看向已經摸到門檻的王志東，沒有遲疑的回頭，立刻抓著他的褲頭，把他往咆哮屋裡拖了進去！

冤有頭債有主，不能讓這傢伙爬出去，萬一牽連到無辜的鄰居就糟了！

「杜書綸！你怎麼把他拉回來了……」聶泓珈都快說不出話，因為那個老柯……眞的看上去令人不寒而慄。

他沒有可怕的死狀，也不是具焦屍，現在就是一個看起來很正常的中年男子，但是他身上散發的戾氣、凶狠的神情，上吊的三白眼正由上而下睨著他們，甚至比之前與吊死鬼面對面時還要令人害怕！

只是站在那裡，就能感受到他還活著時，是多令人害怕的存在！

在小小的孩子眼裡，那更令人恐懼了吧？

「人家找他，不把他拉回來行嗎？」杜書綸使勁的把王志東朝樓梯那兒推，「總比找我們好吧！」

話是說得有理啦，只是……聶泓珈看向梁宗達，他剛不是說要親手為同學報仇嗎？並沒有打算讓惡鬼找上王志東，那現在爲什麼老柯在這裡？

「說不定，眞的是找你們的……」梁宗達曾幾何時已經退到了更後方，而且他不知何時拿起了地上的蠟燭。

杜書綸一凜，腦內警鐘大作，「我們，跟你們不認識。」

「不要又是因爲我們沒幫曹觀柏解危，就又是我們的錯？」聶泓珈對這理由極其厭惡！

因爲她才剛歷經這樣的怪罪，班上那個自殺的同學，就用這種莫須有的罪名責怪她！關她屁事啊！

「不不，」梁宗達眼睛朝上看著，非常留意老柯的一舉一動，「妳剛剛……生氣了對吧？」

他是問向聶泓珈的。

是爲了他而生氣大吼，其實算不上是無理暴怒，但不知道爲什麼惡鬼還是來了！

「我？我生氣……」聶泓珈一時不解，「我沒有生氣吧而且我……天哪！我身上有貼紙？」

梁宗達做了個滿是歉意的表情，緊接著突然扔出了手上的蠟燭！

「小心！」杜書綸撲向聶泓珈，但卻沒留意蠟燭其實是對著王志東扔去的。

每次去酒吧射飛鏢時，他總是分數最低的那個，其實他準頭很夠，但每次都假裝示弱，爲了讓東哥獲得高分與掌聲！

「哇啊——」蠟燭落到王志東的瞬間，立刻就因爲他身上的汽油燒起來了！

「不是我做的！但，對不起。」梁宗達緊張的喊完，轉身奔離咆哮屋。

伴隨烈火燃起，被活活焚燒的王志東開始痛苦發狂的慘叫，在咆哮屋裡亂轉亂撞，而他因著火而扭曲跳動的身體，更讓老柯瞬間回到了二十三年前——他也是被這樣燒死的！

聶泓珈與杜書綸飛快的找到黏在書包上的貼紙！腦子一團混亂，根本不知道貼紙是什麼時候被黏上的，但現在是因爲聶泓珈剛剛的發怒，引來了老柯！

「我剛剛的生氣是合理的！我沒有無能狂怒！」聶泓珈覺得冤枉，她跟其他人的暴怒是不同的！人就是有情緒啊！

走啊！杜書綸拉著聶泓珈就往門口跑去，現在沒時間去想爲什麼了，現在老柯是衝著聶泓珈來的啊！

都還沒跑兩步，立在旁邊的鐵門竟唰地平行移動，瞬間擋住了那原本開闊的入口，兩個學生還差點因煞車不及而撞上！

「啊啊啊——」不絕於耳的慘叫聲就在耳邊，聶泓珈一回身就見王志東朝著他們撲來，他們趕緊閃躲，最終是王志東用力撞上了那扇鐵門，倒在了地上。

他在燃燒，王志東也不再動了。

黑煙、嗆鼻味與人體焚燒的味道充斥整間咆哮屋裡，嗆得令人不禁屏住呼吸，而且雙眼也開始酸澀，然後，這裡還有一個老柯啊！

『很痛的……那很痛的你們知道嗎？』老柯手裡的菸都沒有抽，卻瞬間火焚成灰，『那個畜牲……我親生的混帳，就是這樣燒死我的！』

杜書綸手忙腳亂的趕緊在書包裡翻找東西，咳咳！現在叫外援已經來不及了。

伴隨著咆哮聲，老柯的怒火衝天！

他永遠不會忘記，那天他喝完酒就在二樓小客廳睡去了，因為稍早他打了好幾個人所以挺累的，回到家幾個小孩又哭得他心煩，打到閉嘴他才安心的睡去……然後刺鼻味傳來的同時，他被什麼澆淋了一身。

迷迷糊糊睜眼時，看見他那個沒用的兒子站在他面前，冷冷的望著他。

『你看著林北做什麼？你是在不爽什麼？』他二話不說，上手就是一巴掌，『誰准你這樣看我的！』

這二十幾年來，他每天都在後悔，那時該直接把那畜牲打死就好了！打死了，那畜牲就沒有機會殺他了！

『放心好了，以後不會了。』那畜牲面無表情的看著他，然後舉起右手的打火機，噠嚓。

『誰准你玩火的？我的打火機你碰什麼？』他才準備再搧下一巴掌時，那畜牲把火苗接近了他揮下去的手。

轟！火一瞬間就燒起來了。

火燒皮膚的劇痛是錐心刺骨的，他就跟剛剛那個人一樣，發狂的轉著圈跳著，試圖把身上的火弄熄，但卻沒有用，因爲那畜牲冷不防地又再潑了他一桶汽油。

他衝出了二樓，被綁住的雙腳讓他從樓上滾下來，骨頭斷了也沒有火燒的痛，而且連吸進的高溫氣體都來自自己身上的煙，氣管食道、五臟六腑都像正被大火煮著般痛徹心扉。

他親生的畜牲還跳過他，站到了客廳那兒，就站在那兒看著他，笑了！那畜牲全身散發著詭異的味道、不只是汽油，還有一種硫磺味，正用一種欣賞的神態衝著他笑！

『很痛吧？你怎麼不生氣呢？再來揍我啊，再來把我打個半死啊！我笑你做不到！呵呵……哈哈哈……哈哈哈哈！』畜牲張狂的笑著，『總該輪我生氣了！你知道了吧！這就是我們全家的忿怒，我要你連靈魂都被火灼傷，關在這間房子裡，永遠被火燒！』

那畜牲離開了，然後他就在這間屋子裡，每天同一時間，再度感受到火焚全身的感受！

『我說過我會把你碎屍萬段的！你敢燒我！』老柯轉眼間跳下樓梯，直接就殺過來了！

那碩大的拳頭一拳疾來，聶泓珈跟杜書綸兩人分向兩邊躲開，紮實的一拳就搥在咆哮屋的牆上，惡鬼自然無所畏懼，他立刻轉向右方，朝著聶泓珈追去！而剛剛那被拳頭搥上的牆面，呈現一片焦黑。

或許是在主場，或許是壓制了二十三年的怒火都集中在一起，老柯的拳頭變得不成比例的碩大，發狂的他逐漸擺脫了人類的模樣，原本只在皮膚下滲光的火也竄出了肌膚，火燄開始燒上了他的身體！

又是一拳揮向聶泓珈，但女孩沒有閃躲，而是用張大的右手掌心，穩穩的接住了那一拳。

聶泓珈與老柯正面交鋒，老柯的臉正在焚燒中，逐漸焦炭化的模樣不比腐爛中的噁心，但是這個人卻從外到裡都令人想吐！

「你以前就是這樣打你的孩子嗎？」聶泓珈感受著駭人的暴戾之氣，毫無人性。

『那是我生的，命是我給的，我當然能揍！』老柯張大了嘴，『我連殺都可以了，為什麼不能揍！』

他收回拳頭，一秒內再度出拳，聶泓珈壓低重心靈巧閃過，然後換她一拳朝老柯的腹部重擊而去！

一道金光從惡鬼腹中迸開，伴隨著大吼，老柯從裡間一拳被打飛到門邊，撞上了牆再重重落下！

杜書綸非常乖巧的貼在牆邊，他口罩都戴起來了，這味道眞太噁心了。

聶泓珈緊緊握著拳，她的左手套了金色的手指虎，那是唐玄霖哥哥這次慷慨贈送的法器，總之是加持過的，純銀打造，保證堅固，揍人打鬼兩相宜，

杜書綸一直帶在身上，以備不時之需。

狼狽趴地的老柯沒有絲毫的遲疑，他跳起來後，幾乎是瞬移的重新來到樓梯上，再從上方躍下，打算由上而下狠狠踹聶泓珈。

以前，他也很常這樣踹那個畜牲，連酒都沒辦法幫父親買來的孩子，要來幹嘛！

聶泓珈躲得很快，她一路向後退去，老柯則瘋狂逼近，不管是揮拳出腳，再再顯示出那種瘋狂致人於死的怒氣，然後……聶泓珈一個閃躲，他卻突然消失了。

「咳咳！」焦臭味瀰漫，聶泓珈也忍不住掩鼻，「你就站在那邊？」

「我過去的話，妳還得分心保護我啊！」杜書綸非常有自知之明，「那個手指虎能傷他，妳不要……珈珈！蹲下！」

杜書綸突然往後一指，因爲剛剛視線的問題，他沒看見聶泓珈身後的白牆上，突然出現了那個傳聞中的「黑色人影」。

說時遲那時快，聶泓珈還來不及蹲下，牆上的人影眞的２Ｄ轉３Ｄ，唰地雙臂揮出，由後圈住了聶泓珈的頸子！

「呃啊……」聶泓珈的頸子瞬間被勒住，好燙啊！惡鬼現在的雙手已經是全黑的焦炭了，全身都燃著火，老柯現在只剩下肌肉燒乾的模樣。

可是——不公平啊！聶泓珈使勁想掰開惡鬼的手，如果是焦炭的話，為什麼還不脆化啊？

咬著牙，她用手肘向後撞擊，但這樣怎麼可能對惡鬼有所傷害！

在煙霧瀰漫中，人影自前方衝來，杜書綸略抄右先踩上階梯，踩到了高處，再用腹部卡著樓梯扶把，讓身體能伸展到最長的狀態，將一個迷你版錫杖扔向了老柯，叮。

『啊啊——』老柯瞬間鬆手，氣急敗壞的雙手掩耳，啪的又閃進了牆裡。

「珈珈！」杜書綸趕緊背下來，朝著裡面伸手。

聶泓珈視線模糊，手都還沒來得及伸，杜書綸正前方的牆面剎地衝出老柯，直接把他推倒在樓梯上！

然後就是一頓暴揍，第一下擊上他肋骨時，杜書綸立時就不能呼吸了！好痛！太痛了！他甚至連舉起手護住自己都沒辦法，杜書綸只覺得全身癱軟，任人宰割！

『你們這些畜牲全部都該死！一個都活不了！』老柯歇斯底里的咆哮，『沒用的廢物活著做什麼啊啊啊！』

然而他的左手邊冷不防地衝出了聶泓珈，她不只撞開他，而且在他意圖閃身入牆前，一把扯住了他，就著他的臉一拳又一拳的以短寸拳擊了上去。

每一拳擊上，都會擊碎老柯的臉骨，並且給予惡鬼重傷害，老柯瞬間毫無招架之力，他很疼，這不是火燒的痛而已，這女孩手上的東西正在傷害他的靈體！

『吼啊啊！』老柯咬牙朝聶泓珈揮下一巴掌，雙雙分開落地！

王志東正在盡情燃燒，而且正在燒掉咆哮屋裡的空氣……咳咳、咳咳……躺在階梯上的杜書綸難受的咳著。

老柯重重倒地時，他已經被法器傷得相當嚴重，整張臉扭曲變形，聶泓珈掙扎的撐起身子，但她的眼神卻滿是殺氣，正朝著他走來，沒有打算放過他！

老柯不明白，竟然有人敢打他？而且還能將他傷得這麼重……這世界上只有他能揍人，沒有人可以反抗他的！沒有……人……這些畜牲果然是他兒子的朋友，全都是殺父的畜牲垃圾……畜……

嚓！遙遠的某方，打火機點燃了一小束火光，老柯頓時凍住了。

那是他的打火機……對！那個就是他的打火機。

他感覺到了，他知道了！『畜牲！我知道你在哪裡了！我知道——』

他痛苦的仰天長嘯，同時他跪著的地上，竟突然向上發出橘色光芒，刺眼的魔法陣再度顯現，老柯瞬間被吸入魔法陣裡，然後唰啦一聲，那扇鐵門被拖開了。

大量空氣進入，讓大火燒得更旺，聶泓珈瞬間清醒似的，她緊張的往左邊看去，現在已經看不到樓梯在哪裡了！杜書綸！

水灑了進來。

「門口有人！正在滅火！」

「裡面還有活人！」

「是學生！」

有人由後抱起了聶泓珈，她手指向樓梯的方向，消防隊員跟著往裡頭看去。

「這邊還有一個！快點……快點！」

被抱出去的聶泓珈呼吸困難，她的氣喘又發作了，拼了命的睜開雙眼，地上的魔法陣已轉成紅色，像血一般的殷紅……她不懂！惡鬼去了哪裡？惡魔為什麼出手幫他？也幫了他們？

必須告訴唐姐姐……惡鬼又去殺人了！感覺好像他感應到了他的兒子在哪裡了……

來得及嗎？來得及……咳咳……

「同學！吸氧！」氧氣罩罩上，她噙著淚抓住醫護人員的衣服，杜書綸呢？

「……沒事！另一個同學也沒事！」

醫護人員手忙腳亂檢查她的各項體征，外面也傳來各種吆喝聲，此時車尾突然闖入一抹影子，醫護人員警覺，也是個學生樣的孩子。

「我是他們同學！一班的！」對方急忙的就衝上車子，被醫護人員擋下，

「我眞的是她同學！」

聶泓珈掙扎的看向來人，居然是梁宗達！他不是走了嗎？

他現在回到現場，不就爲自己攬了嫌疑？她跟醫護人員點了頭，讓梁宗達靠近了些！

「曹觀柏傳訊息給我了，我覺得很不對勁！」梁宗達激動的舉著手機湊到她面前！「這是什麼意思？」

晃動的手機讓聶泓珈難以對焦，但是好不容易看清楚時，連她也一臉錯愕。

「第六個人結束後，你那一半靈魂就由我出了吧，好好生活下去，你比我聰明很多，一定能有很棒的未來的！最後能認識你，真的太好了！」

楊家佑、許語芯、鄭芷瑜、阿盛與王志東——哪來的第六個人？

第十二章

怒火滔天

「你那是什麼眼神？哪裡不滿意嗎？不滿意你可以滾出這個家！」

母親不爽的把碗盤扔進碗槽裡，曹觀柏立即轉身離開廚房，但依然被叫了住。

他只是告訴母親，他想停掉所有補習而已。

「我當初懷你時受了多大的苦，糖尿病、毒血症全都來，還吃了全餐，這麼辛苦就希望可以有個優秀孩子，結果咧！」曹母雙手交叉胸前，「看看你的樣子、你的成績，哪一點像我們家的孩子？」

他們餐桌與客廳就以一個沙發與矮櫃相隔，整體空間是共用的，在客廳看電視的曹父默默的將電視調到靜音，漠然的在旁觀看。

曹觀柏沒吭聲，這種時候他都不會多語的。

「下午那個杜書綸，才是理想中的孩子。」曹母感嘆不已，「聰明優秀，進退得宜，你既然跟他做上朋友了，該學的要好好學！」

「他不是我朋友。」曹觀柏忍不住回了一嘴。

只是個很愛管閒事的人

「不是你朋友？那來找你做什麼？」曹父終於也起了身，隔著沙發問，「你們在裡面也談了一會兒。」

「學校有些事……就是前天那個火燒車，還有氣爆案的，都是我們班的。」

曹觀柏含糊的說著，瞧班上都死這麼多人了，爸媽完全都沒問過一句。

「那個我知道，左右不關你的事，你管好自己就好了！該在意的不在意！不如多寫些講義！」曹母不耐煩的唸著，「而且我看那些都是有問題的學生，他們出事跟你有什麼關係？」

曹觀柏做了一個深呼吸，聽見妹妹房門開啓，看熱鬧的永遠不會缺席。

「他們是一票，之前……都欺負我。」曹觀柏緩緩的說出了實情。

他是膽戰心驚的，要說出自己被霸凌，壓力竟然比被欺負還大。

他左手邊的沙發上坐著看戲的妹妹，父親站在靠餐桌這兒的沙發邊，母親則站在餐桌靠廚房的這端，三個人幾秒的沉默，但卻沒有任何驚訝或是生氣。

「欺負你是什麼意思？找你麻煩？」妹妹好奇的問了，「你才高一耶，才開學就被霸凌了？」

「那群孩子霸凌你嗎？」身爲老師的曹父非常理解，「爲什麼？你跟他們有過節？」

曹觀柏搖了搖頭，同時曹母湊了近，「他們對你做了什麼？打你？還是勒索你？」

「在班上進行冷暴力，讓全班無視我的存在，不管任何事都跳過我！其他就是像推我、不讓我吃飯這些事，那天進咆哮屋也是他們硬推我進去的。」曹觀柏口吻有點緊張，因爲他怕。

他很怕接下來的反應，會沒有他的預期。

「有這麼多事？你那班導在幹嘛？居然都沒說，這也太失職了。」曹母不悅的開始翻找手機，「啊你怎麼也沒提？」

「你都沒做過什麼事嗎？不然人家無緣無故爲什麼要找你麻煩？」妹妹提出了疑問，「哥，你是不是又不會看人臉色？或是都像這種懦弱的慫樣啊？」

「冷暴力其實也還好吧，沒動手都好說……這不能算什麼霸凌吧！這樣不是更好！你可以專心唸書，省得交那些狐群狗黨的朋友！」曹父略微放了心，沒被打就好了，「你也眞厲害，其他做什麼都不行，被霸凌倒跑第一，新入學啊！」

「我什麼事都沒做，就這樣被針對了！而且我討厭被無視。」後面的語氣加重了許多。

在家長期被忽視已經很討厭了，在學校又繼續被無視，而且在家裡如果沒有被忽略，就是言語嘲諷，從爸爸到媽媽，乃至於妹妹，沒有一個人對他說句好話。

因爲他眞的太差了！S高還是爸媽刻意搬家，靠學區制度才能進入的，第一次考試已經結束，他依然是個成績差的廢物、一看就令人反感的懦弱人，怯懦膽小，從外表到日常進退都是個失敗者。

優秀的父母，怎麼會生出這種孩子？應該要像妹妹一般，永遠吸睛。

「你想被重視很容易啊，你只要像杜書綸，大家都會看見你！」曹母氣急敗壞的說著，「你下次考全校第一，你看看還有誰會霸凌你！」

「你到現在還不會檢討自己嗎？我們每天耳提面命的，你該知道你有多差！要不是我們有先見之明先搬到這兒，你能有機會進S高？」曹父說得振振有詞，「你那種爛成績，日常沒有一點表現！人，只看得到成功者！」

妹妹咕噥了句，就是因為搬家，害她跟原本要好的朋友分開了！為這件事她始終很氣他。

「看看你現在這樣子，別說聽你說話了，光看你這種沒用的樣子，我是路人都想踢你一腳！」女孩翹起二郎腿，一副他很沒用的樣子。

曹觀柏泛起淡淡微笑，幸好，跟他想的一樣。

「在你們眼裡，只有成績最重要嗎？」他提出了疑問，「我真的就這麼一無是處嗎？」

父母一陣錯愕，接著竟怒從中來，還得靠深呼吸才能壓制差點破口大罵的情緒！

「除了成績外，你應該還要在各個方面都得名列前矛！其他地方奪獎也很重要，總要有幾個專長吧，不然你怎麼申請大學？我們花了多少錢讓你從小學才藝，你哪個成才了？」曹父回頭指向妹妹，「你妹運動跟音樂都能拿獎，這才叫應該的！」

「你還有臉問？你沒有一項拿得出手，鄰居太太問起來，我都不知道該怎麼說！」曹母嫌惡的皺起眉，「記住啊，我都對外講你是自己考上S高的，跟學區無關！你可別說漏嘴！」

此時妹妹站了起來，「欸，等等啦！哥還沒說完！那個杜書綸來找你，就是講你們班那幾個同學的事嗎？」

幸好還有人記得重點，曹觀柏這時就會覺得妹妹愛八卦眞的是太好了。

「因爲死的，都是欺負我的人。」

這瞬間，空氣彷彿凝結，曹家人終於覺察到哪裡怪怪的了。

「切……笑死！」還是妹妹打破了沉默，「所以現在是……怪你嗎？有誰認爲你燒那車，還是引起爆炸，或是燒死那個瑜伽潑婦？」

女孩這一笑卻化解了尷尬，曹父也笑著回應說得是啊，他這麼儒弱的傢伙，哪可能殺人？

但曹母終究還是母親，她不安的蹙起眉，朝兒子多走了一步，「跟你沒有關係吧？曹觀柏？」

因爲她還是有感覺到兒子最近有點怪，以前他們在罵他或損他以激勵時，他常用假笑敷衍過去，多數時候採取沉默不理，但最近他對這些嘲諷卻自然接受，還會露出那種眞正輕鬆的笑容。

那種笑容自然更令他們生氣！他們是想激將，不是要他躺平！他卻一副不當一回事的模樣，所以導致他們數落得更凶，只希望兒子可以振作起來，至少要讓他們有面子啊！

曹觀柏看著媽媽，再度笑了起來！

眼睛都笑彎了，咧出了久違的燦爛假笑，「如果我說是呢！」

這下子，換曹父跟妹妹的笑容僵住了。

「你在胡說什麼！你不是在學校就是在補習班，怎麼可能做那種事！」曹父一秒變臉的低吼。

「笑死！你這德性能殺人？就算真的給你機會，你也下不了手的！」妹妹擺擺手，「你想裝什麼威風啊？有病吧你？」

曹觀柏又是冷笑噗哧，瞧著家人的眼神突然變得銳利起來，妹妹被他的眼神嚇到，笑聲越來越小。

「這不是我選擇的，我就是唸不會，我就是笨——這麼討厭我，當初為什麼要生下我？」

「要是早知道你是這樣子，我根本就不會要！」曹父衝口而出，真的是失望透頂。

「少說兩句！」曹母卻反而低聲喝斥丈夫，好歹還是她兒子，她只是恨鐵不成鋼，但不代表不要這孩子。

「我都不回話，不代表我是接受的！你們每次貶低我、無視我時，其實我比誰都生氣！我——」曹觀柏冷不防地大吼出聲，「非常非常非常非常非常生氣！」

這是有史以來，曹觀柏第一次以歇斯底里的模式長吼。

這一吼，更是讓家人詫異，曹母認眞回想著十五年來，這孩子好像眞的沒有生氣過！不管發生什麼事，即使從小被罵到大，他永遠都是一貫的瞇眼燦笑啊！

小時候圓圓短短的還可愛，但現在還這麼胖就像痴肥、又像把他們的話當耳邊風，只是令人怒不可遏！

「凶……你凶屁啊！」妹妹被嚇到般的反擊，「爸就說了！你要先檢討自己！你要是表現好的話，誰會這樣對你啊！你明明就是又笨又蠢，而且成事不足敗事有餘！」

「好了！」曹父終於要女兒閉嘴了！因爲連他都看出來，曹觀柏是認眞的了。

「我……」妹妹委屈驚愕，她說的都是爸媽平時在講的啊，怎麼現在又不允許她說了？「不講就不講啊，明明都是你們說的……」

「觀柏，爸媽不是在貶低你，只是你的表現太差，你明明可以更好的！」曹父搬出父親威嚴，「這一切都是爲了你好！」

爲了你好。

這像是個萬能藉口，一堆孩子身上沉重的枷鎖，再加上「父母威權」的帽子，他從小遭受著冷漠、欺侮、無視與貶低，都是：爲了你好。

曹觀柏默默的從口袋裡，拿出一個相當復古的打火機，在家人錯愕之際，毫不猶豫的點燃了它。

噠嚓。

曹父見狀，氣急敗壞的上前一把搶下，「幹什麼！」

曹觀柏焦急的想把打火機搶回，無奈曹父卻緊緊握在手心，不讓他取回。

「還給我！不許拿！」曹觀柏動起了手，扯著曹父的衣服就要奪取，但曹父直接往褲子口袋一放，用力甩動身子，不讓曹觀柏靠近。

這讓他心一橫，直接用力推倒了曹父，曹父措手不及，整個人摔在沙發椅背後，趁此時機曹觀柏趕緊把打火機取了出來。

「曹觀柏！你居然動手！你怎麼可以動手打你爸！」曹母尖叫出聲，近乎歇斯底里！

但他只是緊緊握著打火機，全身開始劇烈發抖……別怕！別怕！牙一咬就過了！只要想想一個小時後，他就解脫了！

曹觀柏背後的書房裡，突然迸射出橘色光芒，書房地板出現了一個魔法陣，一抹黑影倏地自地板緩緩升起，滿身怨恨的惡鬼，即使帶著受損的靈體，依然不減絲毫的殺氣。

「那是什麼？」妹妹緊張的看向閃著光芒的門口，「曹觀柏，你房間在發亮……哇啊！有人！爸！」

渾身怒火的老柯步履蹣跚的走了出來，他被法器傷得不輕，臉部幾乎被打碎不成五官，雙手緊緊握拳，掌心幾要被砍斷，腳與腹部多有消融，但身上的火卻比之前燃燒得更旺，因爲這就是他的怒火。

這個再怎麼看，誰都知道不是人！

「什麼？哪裡？」意外的，曹父看不見！

「哇啊啊啊！」曹母嚇得躲到曹父身後，拖著他連滾帶爬的躲到客廳另一角、靠陽台處的角落去！

只有曹觀柏獨身一人，依舊站在自己書房門口，幽幽回首與老柯四目相交。

「觀柏！你在幹嘛？」曹母緊張的大喊，「過來啊！」

「哥！」

曹父眞的是不明所以，他只知道他家的燈像電壓不穩般的變暗閃爍，妻子與女兒失聲尖叫。

聽著呼喚，曹觀柏泛起笑容，這些偶爾的溫暖，最能觸動他的心；只是每次在他覺得被愛的下一秒，接踵而至的數落與羞辱，又會把他打入更深的地獄裡。

期望越高，失落更大，這種感受塞滿了他短短十五年的青春。

老柯激動的看著眼前的男孩，在他眼中，他看見是當年那個瘦小乾癟的男孩，那個根本不敢正眼瞧他、卻放火燒死他的畜牲！

『**林北終於找到你了，你這個垃圾畜牲……**』老柯看向他手裡的打火機，更是怒從中來，『**你敢燒死我，殺死你親生的父親！禽獸不如！**』

「是啊，我是畜牲，因爲我畜牲生出來的。」曹觀柏退後著，想讓自己離家人遠一點，「你這家暴男有資格說人？如果不把你殺了，死的就是我了！」

「別跟他說話啊！快點過來！」曹母激動的大喊，曹觀柏在做什麼？

那個是魔神仔啊！太嚇人了，爲什麼會出現在他們家？

『我說過，我做鬼也不會放過你的！』老柯痛苦忿怒的嘶吼，接著直接衝向了曹觀柏！

狀況外的曹父才想試著以沙發爲掩護接近兒子，卻親眼看見兒子騰空向上，背撞上了牆，接著他的頭與臉像被人重擊一般，拼命的噴著血！

因爲曹觀柏直接被老柯撲抱上牆，然後老柯瘋狂的朝他臉連續揮拳。

「不！」曹母尖叫出聲，她隨手抓起客廳桌上的杯子，就朝著老柯扔了過去，「你不許碰我孩子！」

那種攻擊根本不痛不養，老柯甚至沒有感覺，他眼裡只有這個殺死他的畜牲，他要將他的骨頭一根根折斷，這是他的兒子，這畜牲必須明白，身爲父親的他，是有資格殺掉他的！

給予生命的人，當然也能收回！

「哇啊啊——啊……噗……」好痛！天哪！曹觀柏感受到拳頭如雨點般狠狠落下，但連續的重擊讓他連慘叫都難出聲，只是不停的吐出鮮血。

曹母踉蹌的就要上前，曹父拉住她並往後甩，自己上前打算把兒子給抱下來！

但才走兩步，又一個從書房裡走出的人，嚇得曹父當場腳軟。

那是一個清瘦且俊美的男人，有著獨特的氣質，看上去像是智者，身上甚至散發著淡淡光芒——但他家不可能有這種人！

『這麼爛的孩子，都後悔生出來了，爲什麼要救？』清瘦男子困惑的看向曹父，『只會讓人生氣的孩子，成事不足敗事有餘，簡直蠢貨！』

後面那句話如此熟悉，曹父知道，那是他最常掛在口中的。

『你可不可考慮一下媽媽？每次回去跟你阿姨聊天，我連一點點炫耀的本錢都沒有。我以前可都是班上第一！怎麼會生出你這個腦滿腸肥的人！』清瘦男子繼續模仿曹母的語氣。

說時遲那時快，曹觀柏整個人被抓起，狠狠摔在了還沒收拾完全的餐桌上，他的背砸上那些杯盤產生劇痛，但他已經難以發出哀鳴聲！

曹觀柏現在的臉已經腫到眞的跟「豬」差不多了，血從鼻子與嘴巴灌進了喉嚨裡，老柯抓起他的一隻手，直接往外折了斷。

「啊啊啊——」又是淒厲的慘叫聲，他又吐出一大口血！

曹父眞的傻了，家裡眞的有鬼！否則兒子怎麼會憑空飛起，又重重摔下！

「觀柏！」

媽媽的尖叫聲隱隱約約，好像還有爸爸的？但他不怕……說好的，不會波及他們。曹母發狂的衝上前，卻撞上了無形的牆，在客廳與餐廳的交界處有一堵牆，無論哪個角度都闖不過去！

她驚恐不解的看向一旁的陌生男人，他卻用冰冷的眼神看著他們。

『你又醜又差，我都不敢跟同學介紹你是我哥耶，眞丟臉。』他繼續把曹家人的日常對話流暢背出，『你要怪就怪自己，妹妹這麼優秀就表示不是我們基因的問題，你爲什麼一本書唸了十幾次還記不下來？讓父母丟臉，就是你的錯！』

「不是這樣！不是！」曹父激動的喊著，「阿柏！你不要聽這人亂說，爸不是這個意思！」

沒關係的，沒關係。

曹觀柏毫無還手之力，他努力保存著理智，就是要正面迎向這位惡鬼，讓這家暴人渣把他當成他的兒子……這樣就能像燒死楊家佑他們一樣，懲罰他、打死他、燒死他。

因爲他這輩子最恨最氣的，就是蠢笨的自己。

他眞的太差勁了！再怎麼努力都沒有辦法達到爸媽的要求，他知道D大更是痴人說夢，他恨自己的個性、厭惡自己的腦子，天曉得他有多氣自己，他最大的怒火，是他自己。

「呸！」他盡力朝惡鬼臉上吐血，「現在不殺了我，我就會殺你一百次。」

『誰殺誰？誰殺誰！』老柯完全暴走，抓起了瘦弱的曹觀柏衣領，狠狠的往桌上一下再一下的狠砸。

沒有人，可以違逆他！沒有人！

他生的兒子，他自己解決！

「停！停下來！」曹父歇斯底里的喊著，因為在他眼中，只能見到兒子血肉模糊的臉，身子不停顫動像被鬼狂打，「你要我做什麼？我都願意！停下！」

清瘦男子當耳旁風似的，曹母此時已經慌到不行，而機靈的妹妹搬過了恰巧在客廳神桌上的神明，想著鬼……至少怕神明吧？

她扔出了神像，但神像卻在靠近老柯前直接迸裂，碎片四散還嚇得曹家人紛紛蹲低避開！

曹母發現無形的牆似乎是開了，便焦急的衝上前要救曹觀柏，然而此時此刻，老柯卻直接撕開了曹觀柏的嘴——啪磯！

他一拳打了進去。

「啊啊呀——不要碰我兒子！那是我孩子！」曹母崩潰般的尖叫，卻親眼看見一團火從曹觀柏的體內竄燒而出！「哇啊！觀柏！」

媽……好痛喔！曹觀柏痛得全身蜷曲，但最後的最後……他轉向了聲音的方向，他好像忘了說，今晚的 **PIZZA** 他好喜歡好喜歡。

對不起，這是眞心實意的道歉，一切都是他的問題，他眞的不是故意這麼笨，每樣才藝他都盡全力去做了，他也不想這麼差勁啊！

他眞的太氣自己了！所以……他才是不該存在的那個人對吧？大火眨眼間包

裹了曹觀柏的全身上下，老柯依舊壓在他身上，他要親眼看著這畜牲死！

曹觀柏的制服口袋內泛出了一圈橘光，他把貼紙貼在自己身上了。他的確討厭王志東他們，厭惡他們讓他勾勒的美好高中生活摧毀，而且他知道這將延續到畢業。但他不氣班上同學，他知道大家只是怕惹禍上身，這是自然反應。

最後這幾天他過得很高興，證實了眞正的毒瘤除去後大家都很開心，同學們也都跟他說話了，證實了他在一班是存在的。至於他好不容易新交的朋友，雖然他們是因利結合，但他還是希望梁宗達能好好活著，讓惡魔吃掉他的靈魂就好。妹妹買了他隨口說要吃的**PIZZA**，媽媽也沒有反對，雖然他們嘴巴依然很刻薄，但他卻很高興，因爲他們還是在乎他的，對吧？他不可能傷害家人的，因爲這世上讓他最火大的人，就是他自己！

爲什麼這麼蠢？爲什麼書唸不好？爲什麼五十個單字要背一星期？爲什麼讓身爲老師的爸爸丟臉？爲什麼不能讓媽媽驕傲？像他這種蠢笨之輩，眞的是個只會浪費糧食的豬而已！

他根本不配活在世上！

只要他不在了！爸媽都不必再煩惱，也不會怕丟臉了，對吧！

「啊……」惡鬼的怨火燃燒著他的五臟六腑，這就是楊家佑他們從體內被怒火焚燒的痛楚嗎？眞的好痛！好痛喔……「啊啊啊啊啊——」

曹觀柏的眼珠被大火燒爆，最後的最後，他只希望那個給他們希望與溫暖的人可以平安，所以……他一定要把這個惡鬼，拖到地獄去……

「觀柏！」曹母承受不住，在嘶吼後當場昏了過去，曹父衝到陽台拿滅火器試圖幫兒子滅火也於事無補，他看不見的惡鬼正壓在他兒子身上，放肆的狂妄大笑著。

『畜牲垃圾！你敢殺我！這就是你的下場！我是不是跟你說過？林北就是你的天！哈哈哈哈！哈哈哈哈哈！』

曹父不屈不撓的抓起毯子，衝上桌子要爲兒子蓋住火苗，但還沒靠近，就被惡鬼狠狠的打飛，直接越過沙發摔到了茶几上！

砰磅巨響，曹父的身體將茶几砸了碎，玻璃碎片四處噴飛！

妹妹嚇得不敢吭聲，全身抖到都快有殘影了，她緊緊抱著昏過去的母親，涕泗縱橫，看著燃燒中的哥哥還有那個正瞪著她的……鬼！

不要看她！好可怕的眼神，他、他也會殺了她嗎？

叮——磅磅磅磅！電鈴聲與敲門聲同時響起，逼得女孩嚇出尖叫，惡鬼倏地朝門口的方向看去，而始終站在書房門口的清瘦男子卻突然對著妹妹比畫了個手勢：去！

去？去……她驚恐的仰望著清瘦男子平靜的面容，但他的手又比畫了一次，去，去！

女孩跳了起來，直接往門口衝去，但因爲嚇到腿軟沒力，沒兩步自己就摔了個大跤，惡鬼見狀一旋身，就要跳下來揍女孩。

『那是乖孩子。』男子立刻阻止了惡鬼。

老柯猙獰的皺鼻，『路都不會走，就是欠揍！』

伴隨著大吼，老柯的身軀變得更加龐大，怒火燒得更旺。

嗚……妹妹眞的是用爬的爬向門口，她拼命壓抑發抖的手腳，抓著門把撐起自己的身體，好不容易才打開門，連外面是誰她都沒看清楚，只知道鐵門一開，有個人就衝進屋裡，而另一隻強而有力的手臂攙住了倒下的她。

「這都是惡夢，妳只要深呼吸。」唐玄霖拿出一瓶噴劑，屏住呼吸，「來！聽話……」

深呼吸……女孩用力的抽口氣，只聞到一股甜香，然後便失去了意識。

「唐玄霖！」唐恩羽在裡面喊著，「把閒人弄走！」

她已經扔出綑靈網，暫時困住了惡鬼，避免他趁機逃走……雖然，老柯也沒有要走的意思就是了。不知道是他殺好殺滿，還是被自己的怒火灌溉，他竟已經是個近三公尺的龐然大物了！

唐玄霖從玄關短廊跑到寬闊餐廳時，那清瘦男子已經消失，但屋子裡殘留的硫磺味卻相當濃郁，緊接著瞥見在餐桌上燃燒的人，火勢不小，但屋內卻沒有感受到熱度，原來那就是怒火啊！

「都殺完了，怎麼沒有消氣啊！」唐恩羽手持一條繩子，繩子末端繫著一柄特殊形狀的刀子，她抓著繩子中段使勁轉動，就等唐玄霖移開閒雜人等。

唐玄霖首先把躺在地上的曹母拖走，幾乎一拖開，唐恩羽的繩刀就甩了出去，刀子的構造從來不是爲了刺入，而是在他身上畫出一道又一道的刀痕，刀上刻滿佛語，每一刀能都給予傷害！

『又是你們！滾！』伴隨著無限髒話，老柯持續的氣急敗壞，但因爲他變大的身軀，反而受限於一般住家的狹窄空間，導致施展有限。

他每個動作都震得曹家壁櫥裡的東西掉落，桌椅掀翻，同時又必須忍受那刀子在他身上切出的劇痛與融蝕。

終於把曹家父母都拖到陽台安全處的唐玄霖起了身，沒好氣的拿出身上的長毛筆，「別玩了！老姐！」

「誰在玩啊，我在練習！」她收回繩子，再拋出去一次。

看看這惡鬼腿上已經被她劃了好幾刀，看似傷口，但其實她可是在寫字呢！即將完成一個符文了，只是這招她還練不熟……唉！這筆劃又失敗了！

老柯終是崩斷了綑靈網，一腳就朝唐恩羽踩來！她連忙朝旁飛撲而去，結果卻一頭狠狠撞上轉角櫃，得了個頭昏眼花！

唐玄霖立即從左方滑至遞補，一路到了老柯面前，直接在他靈體上畫出一個符文，黑色的毛筆書寫上去，每個字卻是金光閃閃，這些字會原地融進亡靈體內，然後——他被一把掐住了頸子，直接舉離了地。

『你們這些人，眞的以爲林北好欺負嗎！』老柯那張被手指虎擊碎的臉已經看不出樣貌，現在只滿目瘡痍的冒著火，『欺負我的人，全部都要——』

「你這有點蠢了！」這高度眞不錯啊……唐玄霖咬牙飛快的將筆朝老柯臉上寫去，才被手指虎傷過的破損處，立刻又被咒文侵蝕。

『這什麼——吼吼吼——』老柯粗暴的把唐玄霖甩扔出去，他就算努力健身、動作靈巧，也敵不過摔上曹家破碎茶几的命運！

可惡！更多的髒話在唐玄霖心中湧出，他摔上地後，玻璃碎片插入體內，痛到連唉都唉不出來……老姐應該緩過來了吧？這傢伙完全是被怒火奴役的人類！

老柯整張臉開始融蝕，還迸出光芒，身爲惡鬼的他，被佛文傷害的痛楚，一點都不比身爲人類時被火焚的痛！因爲肉體的焚燒很快會斷氣，但靈魂的受損卻是綿延不絕的，除非……靈魂消滅。

老柯的吼叫是發自靈魂深處，而依舊眼冒金星的唐恩羽已經重新站起，她剛進來時沒拿大刀，誰讓拿著大刀進不了社區警衛室！

她右手一甩直，與身體呈四十五度，一股黑氣從她體內竄出，延伸交纏到她掌心之處，緩緩勾勒形狀！

這也太慢了吧！

『讓我出來！吃了他！』她腦中傳來了貪婪且近乎命令的聲音。

「別想！」唐恩羽咬著牙！「一樣會讓你吃飯，慢慢吃，少得寸進尺！快點！我要刀！」

黑色氣絲突然加速，交織成刀柄出現在她的掌心裡，唐恩羽用力一握住，抬手向上時，那濃厚的邪氣已經成了一柄黑色的大刀了！

黑色大刀上滿滿黑氣，來源就在唐恩羽的體內。

『那個誰——幫我！你要幫我燒遍這個世界的！』老柯突然衝著唐恩羽的斜後方喊著，那是書房的方向。

碎片上的唐玄霖掙扎側了身，他也朝書房看去，果然有東西在。

「先燒你自己吧！你這被情緒奴役的人，就是大家都順著你，過太爽了吧！」唐恩羽高舉起大刀，先朝老柯腹部砍去。

黑刀劃過，老柯的肥壯的身體當場被砍出一個大口子，不得不說，用魔法打敗魔法眞的強大多了！

『誰敢不聽我的？我是誰！我可是柯——』

「柯你媽啦！」唐恩羽重新運氣，開始大甩魔刀，「唐玄霖！」

痛死了好嗎！唐玄霖半跪在地，這種瓦斯罐還需要引誘嗎？

「姓柯的，你殺錯人了！那才不是你兒子！」他衝著老柯大喊著，「他被我們保護得好好的！」

唐恩羽正運著氣，不停揮動著刀子，老柯怒目圓睜，不敢相信的看向背後在燃燒的曹觀柏，再看向唐恩羽。

「我留著他，不但要再燒你一次，下次鐵定讓你剉骨揚灰！」她挑釁般的衝著他笑，「你這個沒用的人渣！」

『啊啊……畜牲！把他交出來！柯元安！』老柯不顧一切的撲向了唐恩羽，『我要殺了——』

「輪你了！把力量全注到刀上吧！」唐恩羽對著自己低語，看著已到眼前的龐然大物，雙手握刀，「魔誅領罰——下地獄去吧！」

她上前迎敵，俐落的劈砍三刀，每一刀都充滿了力與美，唐玄霖每次都覺得這時候的老姐眞的又颯又美！第一刀砍下頭顱，第二刀切開軀幹，第三刀剁去雙腳，上劃一刀，直直剖開了這滿是忿怒的靈魂！

黑刀所經之處，削靈如泥，眨眼間惡鬼灰飛煙滅！

但唐恩羽沒有收工，她倏地旋身，直接殺進了曹觀柏的書房裡，但在她衝進去的前一秒，地上的魔法陣痕跡消失殆盡，連同抽屜裡那本惡魔之書，也成了無數粒子，消散在空氣之中。

跑了。

男人不耐煩的深呼吸，看著前方的紅燈與塞車，忍不住抖起腳來，等了三輪的綠燈又變成紅燈，他又罵了一堆髒話，看著倒數九十九秒的秒數，罵罵咧咧的氣不打一處來。

『這交通眞爛！不會騎車不會開車的人，都不該上路。』腦海裡浮出了聲音，彷彿有個人在跟他說話似的。

就是！他深表同意，此時旁邊等待的機車緩速挪動，挪到了他前面不說，車頭還朝左偏了幾度，截住了他的去向。

『馬的！現在是要插進來是嗎？我都等多久，休想！』

那聲音似乎與他的心聲重疊，男人咬著菸，刻意把龍頭再往前一點，明顯的告訴對方：你休想插隊！

對方騎士是全罩安全帽，鏡片很深，看不見他的神情，但男人已經擺出一副你敢插隊就試試看的臉，同時刻意視線下移，希望對方看看他腳踏墊上的大鎖。

氣氛僵持著，四周又是刺耳的喇叭聲，聽得令人心浮氣躁。

終於再度綠燈，男人立刻雙手握住龍頭往前騎，這一次一定要騎過這個十字路口！可說時遲那時快，右方一台轉彎汽車直接插進，雙方閃避不及，磅的就撞上了！

車速都不快，也都及時煞了車，可是兩台車還是相撞，騎機車的男人自然比較吃虧，整台機車倒下，他人都被壓在自己車下，吃力的爬出來。

『直行車應該最大，而且這台根本是闖黃燈吧，都切到隔壁車道來硬轉了！駕照根本雞腿換的！』

男人一站起就是爆罵的髒話，怒氣沖沖的指向肇事車輛，「會不會開車啊！都開到我們這個車道了，綠燈會不會看啊！」

對向黑色房車的司機也已經走下來，也是一副盛氣凌人的姿態，囂張的走向男人！

『明明還沒綠燈對方就硬闖，騎機車的都自以爲是，亂鑽亂搶快！車子都刮了！』

「你撞上我還敢說！我開得好好的，是你硬撞上來！我車都刮壞了！」司機蹲下來檢查車子，果然鈑金好幾道刮痕。

「你闖黃燈還敢講！是你撞我吧！你看我的車……而且我的腳還壓傷！」男人跟著破口大罵，「開車了不起啊！不會開不要上路！」

「你就會騎？錯了還敢大聲？這修理我還怕你賠不起咧！」

兩個人你一言我一語的開始對吼，四周喇叭聲起，而剛剛撞上時，雙方後面都有煞車不及也擦撞的騎士或司機，每個人火氣都很大，個個怒不可遏的，都指責是對方不是！

冷靜的人退到一旁打電話報警，黑色房車後座裡的人也趕緊下車，拉住司機低語著不要衝動，等警察來調解！

然後，男人不知何時回頭，撿起他掉落的大鎖，一回頭跑向司機，照著腦門就砸了下去！

才在勸說司機的西裝男煞時被鮮血濺了滿臉，整個人都傻了。

他還沒反應過來，同車另外兩個彪形大漢竟也掄起球棒，也用力的往騎士頭上敲下去，旁人一哄而上，一切在眨眼間成了大亂鬥！

怒吼聲、咒罵聲、制止聲、喇叭聲聲聲入耳，那凶惡程度讓冷靜的人都嚇得退避三舍。

『撞人還敢囂張！我看你囂不囂張！』

『打人了！不打回去會被打死的！』

『我打死你！我不打死也打到你半殘，我看你以後敢不敢囂張！』

『下次你要闖黃燈時，你就會記得這一天！馬的幹！』

所有打成一團的人腦海裡，都只剩下暴怒與要給對方好看的殺意。

空空如也的黑色房車裡，駕駛座突然閃現一個清瘦男子，此時正有兩個人扭打摔到了車前蓋上，因爲車子過燙又給滾了下去！他歪著頭注視的擋風玻璃上微微的血點，滿意的勾起笑容。

生氣吧，越生氣越好，晚上來頓宵夜吧！

第十三章

救贖

聶泓珈與杜書綸分別受到挫傷與嗆傷，但因爲還有發炎症狀，因此兩個都被留院觀察，看著堆滿病房的零食跟水果，聶泓珈就知道自己跟邊緣人的距離是越來越遠了！

但是她卻沒有之前那麼排斥，正如曹觀柏所言，眞正被邊緣是很痛苦的事，因爲沒有人承認你的存在，跟她自己不想被注視完全是兩碼子事。

眞感謝他的父母給她上了一課，用短短半小時告訴她什麼叫眞正的忽視。因爲到後來的偵辦環節，曹家父母講述下午杜書綸去他們家時，也隻字未提到她，好像那天下午去他們家的，只有杜書綸一人。

她當然是不爽的，這是種極度不受尊重的感覺，半小時的她就受不了，很難想像曹觀柏是怎麼度過這兩個月，甚至家裡十餘年的生活。

不過她沒有多說什麼，畢竟曹家人已經夠慘了……親眼目睹他的離奇死亡，全陷入恐懼與崩潰之中。

看得見的母親與妹妹不停的說有個很高壯的鬼突然從他家出現，將曹觀柏狠揍一頓，還燒死了他！看不見的曹父更是嚇得魂飛魄散，在他眼中是眞正的撞鬼，因爲他從頭到尾只見到兒子在半空中甩來甩去，或是被無形的東西暴打，最後還自體燃燒。

曹觀柏與其他人一樣，四周燻黑，唯有他被燒成焦屍，比較慘的是生前全身骨頭都骨折，而且他的下頷骨被拔掉了，死前的折磨難以想像。

「我沒想到曹觀柏會選擇這條路。」坐在兩張病床中間的梁宗達神色相當難看，「他一直強調會讓王志東他們被怒火焚燒，還說也會讓他家人明白，他的怒火滔天。」

「……但他的怒火是針對自己，竟然這麼恨著自己嗎？」聶泓珈實在難以接受，「他居然在自己身上貼了魔法陣貼紙。」

氣自己不長進、恨自己的天資不好，身爲天才的杜書綸不由得感嘆，不管是誰，天資好或壞，都有著自己的困擾啊。

「因爲他沒有被肯定過，長期在語言暴力跟貶低的環境成長，他自然就會接受自己蠢、沒用，就是讓父母丟臉的元凶！」杜書綸其實心底覺得不值，「這也算家庭教育的洗腦成功，才能讓他這麼的氣自己！」

聶泓珈轉過去給了一記白眼，「什麼洗腦成功！講得好像他爸媽是故意似的。」

「傷害都已造成，對受害者來說，是不是故意的重要嗎？我不小心撞死妳跟故意撞死妳，差別在哪兒？妳就是掛了啊！」杜書綸悠哉的半躺在病床上，「這個就是他父母長期灌輸給他的結果，是他爸媽希望的！」

「並不是！」聶泓珈不爽的反駁，「他家人傷心死了！」

曹家一家三口都留院觀察，精神狀況不容樂觀，曹母更是以淚洗面，不停的說著他不是那個意思，只是爲了他好。

曹父已經出現幻覺，總是對著房間的「兒子」說話。至於年紀小的妹妹，完全不敢入睡，一闔眼就惡夢連連，尖叫聲可以傳遍整條走廊。

「現在傷心也於事無補了吧！雖然一直強調不是那個意思，是爲了他好，但是曹觀柏早就認定自己是失敗者了！」梁宗達嘆了口氣，「是個浪費糧食的蠢豬。」

他們第一次聯繫是用匿名社群，當時曹觀柏暱稱就是這個：「浪費糧食的蠢豬」。

「不去適當的肯定或鼓勵，也不花時間協助他尋找適合的道路、或是幫他學習，現在當然就只能花時間哭了！」杜書綸又是開口即地獄。

聶泓珈不高興的又白了他一眼，雖然知道書綸講話都很賤，但幸好曹觀柏的爸媽沒在這裡，要不然聽了會有多難過啊！杜書綸知道她不滿，只是吐吐舌，反正他說的是實話。

這個結果，嚴格說起來就是「適得其所」。

符合了他父母的「希望」，化解了曹觀柏對自己的不滿，得到的結果就是他的消失。

梁宗達也同意杜書綸所言。這兩個月他跟曹觀柏私下多有聯繫，兩個寧願與惡魔簽約的人就像是天涯淪落人，說著彼此的忿怒與不甘，寧願出賣靈魂也有要做的事，所以他懂曹觀柏的心境。

或許多年後回頭，會覺得年少時這樣的衝動與決定愚蠢至極，但現在對他們而言，這就是值得的！他不讓王志東消失，連睡覺都不安穩！

「你居然沒被約談？你怎麼解釋出現在咆哮屋的事？」杜書綸覺得這點才奇怪。

「因爲沒人知道我在現場啊！」梁宗達倒是很從容，「那邊沒有監視器，一片混亂，大家焦點都在你們兩位，還沒查到我！」

事發也才過兩天而已，他還有喘息的時間。

「你……這麼恨他嗎？」聶泓珈一時不知道該怎麼面對梁宗達，說實話他們不認識，只是因爲咆哮屋的霸凌事件才間接認識！原本以爲他是王志東那票的智囊，結果居然才是一開始跟惡魔簽約的人。

「恨啊！我恨到這三年來沒有一天睡好覺。」梁宗達幽幽望向窗外，「好不容易考上S高後，慶幸跟他同班，但跟他相處越久，越想用他對他的方式一樣……一刀捅進去……」

這兩年來他沒有睡好過，只要闔眼都會不停的看見那天的情況！

他有個非常要好的同學，他們有共同的興趣，他是他暴力生活中的曙光。雖然爸爸不會揍他，但家庭氛圍是很壓抑的，不動手不代表不會揍別人、不會摔東西，他就是在這動輒得咎的環境中成長。

王志東在國中就非常愛欺負人，那天他甚至不知道怎麼惹到了他們，走在路上就冷不防被推倒了！一群人立即包圍他，叫他跟王志東道歉，然後他的摯友上前，扳過王志東的肩頭，對他說了聲「借過」。

王志東錯愕之際讓開了，摯友走來一把拉起他，兩個人就這樣離開。

原本以爲事情就這樣落幕，誰知王志東盯上了摯友，他們行爲變得非常小心，避免落單，避免與他正面衝突；某晚，摯友的家人有事無法去補習班接他，情急之下他打電話給他求救，因爲補習班就在他家附近，只要陪著他，補習班走到車站就好。

那晚他在洗澡，然後媽媽把那通電話刪了。

因爲他的家暴父親不允許他們回家後再出門，也不允許家裡有電話聲響，她看見摯友傳來的求助訊息，默默的全數刪除。

就是那晚，王志東從背後刺穿他的脊髓神經。

直到他去醫院看他時，他才知道來電與訊息的事情。

「對方是因你而癱瘓的？」杜書綸自個兒猜測，「所以你把責任攬在自己身上，認爲你必須要爲他復仇。」

梁宗達回神，看向左邊的杜書綸，點了點頭。

其實要負責的人很多，他、媽媽、爸爸，以及王志東。

「跟我脫不了關係！所以我本來就有責任，那眞的是我最好最好的兄弟……我們那時才十四歲，半身不遂代表著什麼你們知道嗎？」梁宗達失聲而笑，「王志東家扔了八十萬和解，他爸還威脅了我同學的爸媽，要讓他們也失去工作，或是家裡再多一個人癱瘓，都很容易的！因為──」

「法律會保護他們。」聶泓珈喃喃接口，未成年的法，他們都懂。

「我啊，這兩天睡得好好！太久沒有一覺到天亮了！」梁宗達給了一個輕鬆的笑容，他的確比之前看起來放鬆許多，「即使最近要忙我爸的後事，我一點都不覺得累！」

咦？病床上兩個人都愣住了，「你爸……」

「噢，就車禍鬥毆案啊，你們知道吧？王志東的爸爸、議員舅舅跟另一個騎士上演全武行，結果都重傷不治，那個機車騎士就是我爸！」梁宗達連連擺手，「不必跟我致哀，他是家暴人渣，我媽終於也自由了！」

聶泓珈頓時手一收，緊掐著被角，那個鬥毆案新聞也非常大，因為死者是議員，結果一個是梁宗達的家暴父親，另一方這麼剛好對象是王志東的爸爸跟議員舅舅，世界上會有這種巧合嗎？

「不是被燒死的，你怎麼辦到的？」杜書綸根本已經確定，那才不是巧合。

梁宗達笑而不答，此時敞開的房門被禮貌的敲了兩下，門邊斜倚著身穿紅色羊毛大衣的女人，還有身邊那位氣質出眾的俊秀帥哥……雖然他們臉上身上都有傷，但依舊吸睛！

「這我也想問！魔法之書呢？」唐恩羽大步走了進來，靴子在地板上喀喀作響，「你們兩個小子怎樣接觸到惡魔的？還簽合約？」

梁宗達緊張的站起，看著成熟冶豔的唐恩羽有點羞赧，禮貌的頷首。

「無可……無可奉告。」他退了幾步，「我差不多要回去了，等把我爸燒一燒，我就會自首了。」

「自首！你還要去自首？」聶泓珈可驚訝了，他以為梁宗達利用了惡魔與惡鬼，就是要假手他人啊！

「嗯，畢竟王志東是我親手燒的，我也不想一輩子背著這件事！觀柏既然代替我把靈魂全給了惡魔，那我也該自己負責！」梁宗達看向聶泓珈與杜書綸，「以後不會再見面了。」

他急匆匆的要離開，但唐家兩姐弟一個箭步就擋住了他的去向。

「小朋友，話沒說清楚想去哪裡？」唐恩羽俯身，墨鏡下的雙眼直勾勾盯著梁宗達，「誰給你們惡魔之書的？」

梁宗達覺得心臟都快跳出來了，「不……不知道。」

「擁有惡魔之書會不幸的，之前很多人甚至自己化身成妖怪，最後都落個剉骨揚灰的下場！你們讓惡魔替你們做事，對方也是在幫惡魔收集靈魂而已。」唐玄霖改溫和勸說，「你們都是被利用的，別覺得對方是在幫你們。」

眞有趣，說得像是沒有惡魔之書，他們就會幸福似的。

「沒關係的！利用也無所謂，因為我們眞切的得到幫助了。」梁宗達禮貌的行禮，「對我們而言，他就是天使一般的存在。」
即使是惡魔的爪牙，也還是天使。
梁宗達閃身，繞過了唐恩羽往外奔去，她當然能拉住他，只是沒那個必要，總不能拷問他吧！
「那個就是親手燒死王志東的人？」唐玄霖看著離去的背影好奇的問，「他身上沒有暴戾之氣啊！」
「唯一的怒火都給了東哥吧！」唐恩羽來到病床邊的櫃子上，雙眼發光，「我就知道這邊鐵定有一堆吃的！」
她逕自驅前，看著桌上好幾杯奶茶，毫不客氣的拿了一杯。
屠魔刀的力量來自惡魔，使用之後精力大損，必須大吃大喝補足精氣神！這兩個爲救同學遭嗆傷的高中生多受人矚目啊，她一早篤定病房裡絕對有成山的零食水果。
「他的恨與怨太強大了，但是他們完全不後悔！連要去自首都這麼泰然。」聶泓珈其實還是很難過的，不值得就是指這個，因爲梁宗達接下來就會離開S高了。
「欸，珈珈，妳忘記一件事了。」杜書綸難爲情的皺起眉，「我們都未成年。」
什麼？聶泓珈轉頭看著他，啊！對啊！梁宗達就算去自首，也只是換間學校讀讀，出來後改個名字、沒有前科，所有資料還會被保護得當，而且他自首的話說不定罰得更輕！

這不就是以其人之道還治其人之身啊！聶泓珈覺得內心受到了強烈打擊！

唐恩羽以鞋尖勾過椅腳，橋了個舒適的角度坐了下來。

「你們也受傷了耶……還好嗎？」聶泓珈看著身上都是繃帶的他們，上次沒這麼嚴重啊！「唐大哥走路怪怪的。」

「我背上都是縫線，你覺得我能好好走路嗎？」唐玄霖跟機器人般也靠近病床，杜書綸主動把飲料插好吸管，再遞過零食給他。

看著他連坐下都辛苦，杜書綸縮起腳，讓他坐在床尾好了，舒服點。

「傷得好重啊，爲什麼不住院？」聶泓珈是眞的擔心。

「妳喜歡住院嗎？」唐恩羽反問了她，隨手一指，這醫院裡到處都是好兄弟啊！

聶泓珈一顫身子，難受的搖了搖頭，他們病房就有好幾個，雖然只是站在那邊動也不動，可是看到那種臨死前的樣子就是可怕。

「你們也沒多好啊，都帶了不少傷，這次的惡鬼太難纏了！」唐玄霖說起老柯頗有怨言，「這些暴力傾向的人眞的有病，他能把人揍死，別人不能傷他一根汗毛？」

「欸，他是被燒死耶！」唐恩羽覺得這比喻不太對，「還是被親生兒子，這很難講。」

「見識過他的樣子，就可以猜到他生前多殘暴！動不動就會生氣，每件事都要如他的意，個性又陰晴不定，一秒暴怒就把人往死裡揍。」聶泓珈提到老柯是不滿的，「想小孩子從小被打到大，小柯能有多恨，才會恨到親手燒死父親。」

「我覺得是一種天理循環！他能這樣暴力對待所有人，有一天還是會反撲的，被自己的兒子反撲……也很合理。」杜書綸抓過了冷掉的紅豆餅，小小口的吃著。

「別忘了，把惡魔這個因素加進去。」唐玄霖提醒道，「二十三年前召喚出惡魔的小柯，多少應該受到薩麥爾的蠱惑。」

從小被打到大的恨，而且打他的不只是父親，還包括了姑姑跟爺爺奶奶，同時想保護弟妹又無能的無力感，外加親媽被打跑的被遺棄感，這些加起來……他是有資格忿怒的。

「對，光是能讓他召喚惡魔就知道他多生氣了。」聶泓珈記得曹觀柏說過，是惡魔之書選人的。

「寧願出賣靈魂給惡魔也要做的事，對當事者絕對非常非常重要！二十幾年前沒有家暴法，也沒有足夠的安全網，不是被打死，就是熬過去後逃離吧！」唐恩羽其實是同情小柯的，「才十幾歲，惡魔要誘惑輕而易舉，而且越年輕越單純越……好吃。」

杜書綸打了個寒顫，後面那句聽起來真可怕。

「現在的確很好多了，但是像梁宗達也沒找家暴專線，他大可以尋求幫助的。」聶泓珈不解，二十幾年後的社會已經有安全網了啊！

「他想一勞永逸吧！聽他剛剛話裡的意思，被打的只有他媽媽的樣子，我看他身上也沒傷，也沒提過家暴的事！有一種可能，就算他媽媽躲起來，萬一被他爸找到的話——」

這種案子不算少，就算有禁制令，還是被前夫找到並殺死。

都願意出賣靈魂了，有了非人的力量幹嘛不用？

「孩子無法選擇出生跟父母，人生從投胎開始就是一場賭。」唐恩羽一派輕鬆的細數著，「你們那個被霸凌的同學可不簡單，看看他針對的不是欺負他的人，而幾乎是全家！」

聶泓珈明白，這點早在火燒車時她就察覺了！

明明欺負曹觀柏的是楊家佑，但是燒死的是楊家父子；當晚的氣爆案他們就在現場，許語芯母女一起被殺。

「都是暴怒者，同時又是養成者與被養成者。」聶泓珈絞著被角，「只有阿盛的父母沒事對吧？」

「因為他們是被打的！把孩子寵壞，有求必應！長大後一旦不如願，對父母開打都是正常。」這是從武警官那邊聽到的。

「揍父母?那個瘦巴巴的阿盛?」杜書綸可驚呆了，「他平常膽小得跟什麼一樣，在王志東面前就是鞠躬哈腰，知道撞鬼時還嚇到哭了耶!」

「但會跟王志東一夥的人，都是物以類聚的吧!跋扈且易怒，阿盛這樣倒是合理!他只是沒比其他人強，就示弱了，很機靈、但本質不變。」聶泓珈邊說邊扳著指頭，「他的個性是被寵壞的，他父母如果非暴怒者，就不會被……嗯?」

瞧她兩手都不夠數了，杜書綸覺得有趣，「十三個。」

這次足足死了十三人。

兩姐弟無所謂，他們沒興趣調查祭品的生平跟個性，反正這些人都是惡魔的盤中飧了!

「這輪薩麥爾贏瘋了，有的還可以放在冰箱慢慢吃咧。」唐玄霖由衷讚嘆，「而且這只是這一次事件的人數，因為他在人界至少二十三年了，天曉得多少事件跟他有關!」

「啊!對了……嘶!」聶泓珈一激動，扯到了傷口一陣疼，「咆哮屋裡的那個魔法陣怎麼辦?找到小柯可以封住了嗎?」

她說完，第一時間是看向杜書綸的，因為杜家姐姐是駭客，書綸已經找姐姐求救了。

「別看我了!我姐開了個天價，要資訊就得給錢，我哪出得起!」杜書綸無奈的扯著嘴角，「還被飆了一頓，說想利用她侵犯別人隱私!」

唐恩羽正剝著橘子，一瓣瓣的剝好，塞到唐玄霖手裡。唐玄霖真是受寵若驚，天哪！他老姐剝橘子給他吃耶！

「你敢說一個字我就把整顆橘子塞進你嘴裡。」她剝著，涼涼警告著。

咆哮屋事隔二十三年又燒了一次，這一次依然沒有燒盡，起火點是被燒死的男孩，屋子沒被燒掉多少，鄰里一看見冒出的煙就報警了。相關單位似乎考慮拆掉這間屋子，但是他帶來的傳聞又令人畏懼，目前尚在研擬中。

「就算那天屋子燒盡了，也不影響那個召喚陣的存在！依舊解鈴還須繫鈴人！」唐玄霖也是萬般無奈，「二十三年了，甚至不知道那個孩子是生是死，所以那就是一道敞開的門，不會消失。」

「可是那天在咆哮屋裡，老柯很肯定找到他兒子的樣子，咻地消失了。」聶泓珈沒忘記那場景，然後老柯卻到了曹觀柏家。

「曹觀柏擁有當年燒死老柯的打火機。」唐玄霖直接解疑，「曹家親眼看著他點火，然後老柯就到了。」

聶泓珈跟杜書綸都愣住了，二十三年前的打火機？他是怎麼拿到的？

「那表示小柯一定在——是他給梁宗達惡魔之書、然後給曹觀柏打火機的！一定是這樣吧！兩個孩子激動的吱吱喳喳。

「事無絕對好嗎？兩位！」唐恩羽忍不住擊掌兩聲，制止他們的激動，「別忘了，上頭是薩麥爾，憤怒的惡魔，AKA死亡天使。」

惡魔擁有惡魔之書、或是當年那個打火機，很正常吧？

聶泓珈顯得有些沮喪，她其實非常好奇，當年的小柯現在怎麼了？過得好嗎？親手燒死全家是否給了他此生夢魘？或是他，有沒有走上跟他父親一樣的路——暴力？

「那梁宗逹能關上嗎？他跟曹觀柏也是召喚者。」杜書綸提出另一個解決方案。

「不行，我簡化跟你說，他們開的是門中門！」唐玄霖簡單解釋，「主要召喚陣是二十三年前咆哮屋裡那個，掌管憤怒的惡魔來到這兒，然後火燒咆哮屋；二十三年後不知道什麼管道，總之惡魔之書同時出現在兩個男孩這邊，他們也畫了召喚陣，但那只是跟薩麥爾訂契約、談條件，並不是把他從地獄召出來。」

「薩麥爾遊走人間，他利用咆哮屋的惡鬼去解決那兩個男孩想殺的人，魔法陣貼紙上有薩麥爾的氣味，因爲當年小柯放火時，身邊已經有惡魔了，所以老柯死亡前對那個味道印象深刻。」煩人的是，他們完全找不到那些貼紙，彷彿跟著惡魔之書一起消失了。

梁宗逹說那天他就把剩下的都在咆哮屋裡燒了。

「曹觀柏把貼紙貼在同學的書包上，惡鬼就會循著那個味道去……」

「是暴怒的反應，才會讓惡鬼循著味道來！」唐恩羽重申了一次，「薩麥爾是憤怒的惡魔，這種易怒的靈魂才是他最愛，一旦暴怒，他就能操控老柯過去，反正老柯本身就是個易燃物，惡魔要操控亡者也是輕而易舉的。」

別說這二十幾年來，老柯可是被惡魔困在咆哮屋裡，怨念這麼深也是有原因的。

「有沒有可能，楊家佑或許語芯他們的暴怒也是被惡魔蠱惑呢？」聶泓珈嚥了口口水，「惡魔同時激起人類跟亡者的怒火，大家一無法控制，然後……他就看戲？」

「難講，惡魔是很惡趣味的！」唐玄霖實話實說，「但是我看那幾個學生好像也不需要蠱惑啊，大家脾氣都很差，動不動都要論輸贏的！」

這也是事實，那一票都一樣，而養成他們性格的，都跟家庭有關係，所以……才一起都被怒火燒死了。

杜書綸一直在想魔法陣，這樣看來，那個憤怒的魔法陣是關不了了！想到外面還有個惡魔在亂跑，還是令人不安！不但要告誡自己不要輕易被情緒奴役，還要避免跟別人起衝突咧！

「但你們不覺得很奇怪嗎？薩麥爾爲什麼要這麼忙？他親自去處理不就好了？」杜書綸提出困惑，「爲什麼要特地利用老柯？而且梁宗達說了，那天校外義工，誘使王志東把曹觀柏帶去咆哮屋時，就已經是局了！」

他們是刻意要放老柯出來的！

「對啊！王志東爸爸那個車禍鬥毆，不是就沒有惡鬼介入啊，是惡魔讓他們每個人都怒極攻心，失控殺了對方！」聶泓珈驚覺到杜書綸的發現，「既然如此，要老柯出來做什麼？他之前被關了二十幾年啊！」

唐恩羽咬著吸管，嘴角掩不住笑的瞄向唐玄霖，他拿出了一百塊，擱在她攤開的掌心上。

「好，願賭服輸！」他無奈的看向杜書綸，「你們兩個為什麼能想到這兒，不是應該惡鬼解決了，一切平安就好了？」

聶泓珈眉頭緊蹙，「這哪會沒事？他可是放了一個不定時炸彈出來亂跑啊！社會上每個人都這樣暴怒，就會事端不斷的！」

唐恩羽眨著眼，瞟向若有所思的杜書綸，「賭輸人，你在想什麼？」

杜書綸抬首，嘶了一聲。

「小柯活著，他就是惡魔的爪牙。」他直接給了結論，「他找上梁宗達、梁宗達找上曹觀柏、給了他們這個機會，順便利用自己那個怨魂未散的父親，完事後剛好也能給惡魔當餐點。」

哎呀！唐恩羽起了身，自在的到他旁邊再順走一盒蛋糕，走到杜書綸的床尾時，伸出手好讓老弟扶著，兩個人就要走了！

「喂！唐大姐！妳還沒講我猜得對不對啊？」杜書綸焦急的喊著！

「你應該要問小柯在哪裡，請他把魔法陣封起來啊！」聶泓珈焦心的是這塊，「不對，應該先找到那本惡魔之書！」

「別說那種辦不到的事，不管是書或是小柯！他們都有保護傘的！」唐恩羽頭也沒回，只是舉高右手揮了揮，「好好養傷，控制情緒啊，走了！」

「喂！」

保護傘？

S高快要成爲被詛咒的高中了。

甫開學就有資優生自殺，接著帶出一連串性侵與性騷擾事件，前案才落幕，接著又發生同一個班級的學生，接連意外身亡，死法不僅一致還離奇，而且幾乎都與家人一同身故。

唯一一個正常被火燒死的學生，其父親與舅舅幾乎在同一時間與他人因車禍口角而發生鬥毆致死；而這位學生的死因不但一點都不離奇，還成爲了唯一有凶手的案子。

凶嫌竟是同班同學，他前往警局自首，說了他與王志東國中時的恩怨，上高中後同班被認出，長期被王志東威脅霸凌，一時失控就殺了王志東。因爲未成年，犯後悔意甚明，身分資料全數保密，未來將轉到矯正學校就讀，高中三年畢業後，只要教化成功就會毫無前科的繼續生活。

男人看著點名本上被劃掉的七個名字，心裡不禁一陣毛，一週內死掉六人，抬頭看向班級學生，那些空位都令他壓力很大。

「大家好，我姓趙，原本的鄧老師因為身體不適所以離職了！現在先由我暫時代任導師。」他轉身在黑板上，寫下自己的名字。

他也是臨危受命啊！一個班出這麼大的事，哪個導師能待下去，傳聞家長會長死後，副會長立刻將矛頭指向鄧老師，認為是他沒有處理好班級霸凌問題導致後面一連串事故，群組裡腥風血雨，在事情發酵前，校方建議鄧淳宇先請辭。

學生陸續出事他也很痛苦，對霸凌眞的無能為力，想管又不能管，多重掣肘，最後出了事卻全怪罪於他，雖然不意外，但現實還是令人灰心！在不光彩前，不如自己先找個藉口請辭了吧！

六班的張老師非常不捨，但這就是他們第一線教職人員遇到的困境，其實今天換作是她，她也沒有辦法處理，像王志東那種學生的背後才是最棘手的，他們能做的太有限了。

事發後她都沒時間安慰鄧老師，因為她班上的學生居然也被捲入咆哮屋的火災事件，她為這件事也是疲於奔命，幸好那兩個學生沒有生命危險。

看著對面的位子，鄧老師今天走，他起早收拾東西，沒跟大家好好道別，現在辦公桌上已經擺放了其他人的物品，也是欷歔。

「老師老師！」婁承穎出現在辦公室門口，「聶泓珈他們來上學了！」

「咦？」張老師喜出望外，抓過課本趕緊跟著學生回到自己班去。

而在二樓的校長室裡，鄧淳宇正式遞交了辭呈，校長知道他委屈但也沒辦法，現在學校眞的無法爲他做什麼，想保他？家長不許啊！

離開前，他站在樓下遙望三樓的一班方向，他不敢去偷看學生，雖然才帶了兩個月，但還是有感情的。

來到停車場，才發現自己的車子被人擋住了。

「抱歉！」他敲了車窗，「可以麻煩移個車嗎？我要出去。」

紫羅蘭跑車的車窗降了下來，女人將墨鏡滑下鼻梁，朝上瞅著他。

「可以麻煩你送薩麥爾回去嗎？鄧老師……噢。」唐恩羽挑了眉，「柯老師？」

鄧淳宇，本名柯亢安，是個連名字都改掉的前科……噢，不對，他沒有前科。

鄧淳宇看著美麗的長捲髮女人，往裡看向副駕的唐玄霖，輕哦了聲。

「你們就是傳聞中請來的大師嗎？」他略微頷首，突然認眞的一鞠躬，「謝謝你們了！」

「謝什麼？送走了你那個渣父嗎？」唐恩羽瞇起了眼，「你知道你那個爸爸是什麼德性，變成惡鬼也不會放過你，所以借我們的手解決他。」

「二十三年都沒能讓他放下怨氣，比活著時更暴虐了，但讓他來燃燒那些人，也是適得其所吧。」鄧淳宇完全沒否認，「我不是沒給他們機會，只要不是無理的暴怒，老柯都不會嗅到他們的。」

唐玄霖已開門下車，隔著輛車子打量著鄧淳宇，他看起來就是個普通人，而且面容還特別和氣，完全就是個好好先生的模樣。

「曹觀柏提起，某人提過學校不乏敏感者，這個某人是你吧？」唐玄霖飛快的回憶著，「聶泓珈還請你搜查他的書包咧！嘖！」

「基本上惡魔之書給他們後，我沒有過多干涉，該提醒的都事前提醒了，不過……聶同學的紙條眞的蠻讓我意外的！」鄧淳宇當時可緊張了，只好叫曹觀柏把書包拿上前，他們相互看著書包裡的惡魔之書，演了場戲。

「好照顧學生啊……」唐恩羽瞇起了眼，「那你知道觀柏最後……」

「不知道！我不知道他會自我毀滅！」提到曹觀柏時，鄧淳宇終於激動了些，「他表現出的恨意是針對王志東那幾個人、還有家裡對他的羞辱，他已經到了無法承受的地步，我才幫他的！」

「你的幫忙是把惡魔之書給學生？他才十五歲。」

「傷害他們的人也才十五歲，王志東已經有十一次的傷人歷史了你知道嗎？」鄧淳宇不急不徐，「我沒有誘惑他們，該承擔的後果我都說了，而且如果怒氣值不夠，他們根本無法見到『他』。」

要夠恨夠怒，才能見到那憤怒惡魔，薩麥爾。

但他眞的沒想到，曹觀柏的確解決掉他所有恨的人，但最後一個卻是他自己。

「如果你不知道他會自我毀滅，那如何能確定我們會解決你爸？」唐恩羽瞇起眼，充滿不信任。

「你們應該是在咆哮屋再將他燒死一次的！梁宗達的原訂計畫是引你們去咆哮屋，在老柯處理王志東時，讓你們殺了他。」鄧淳宇做了個深呼吸，逼自己平穩的說，「我強調一點，他不是我父親。」

他沒有父親，那種人不是他的父親。

原訂計畫啊，但鄧淳宇沒辦法預料到聶泓珈與杜書綸的介入、他們發現貼紙，拆掉了GPS，更低估了梁宗達的怒火，寧願親自動手也不假手惡鬼，更沒探究到曹觀柏的自卑已經深入骨髓，最恨的是自己。

「曹觀柏以自身引來老柯，然後誘使我們前去，或許他也是爲了你，幫你滅掉老柯。」唐玄霖有些感嘆，那個學生最後還沒忘記守護讓他陷入地獄的老師。

但或許世人認爲的地獄，對他而言反而是天堂。

鄧淳宇忍著快潰堤的情緒，維持平靜的神情，而站在車前的他，倒映在擋風玻璃上的影子，卻是疊影。

「你會把薩麥爾送回去嗎？」唐恩羽乾脆的問了。

「不會。」他也回得斬釘截鐵，「我也無能爲力……」

他低首，手輕輕的貼在自己身上數秒後，抬睫凝視了唐恩羽眼神不變——妳知道的。

唐玄霖一個冷顫，不可思議的看著鄧淳宇、再看向自己老姐——薩麥爾也跟鄧淳宇共生了嗎？

「噢！天哪！」他不禁扶額，「這樣咆哮屋拆不拆根本沒有關係了吧！」

惡魔已經完全附在鄧淳宇身上了，直到他死亡後，薩麥爾才會自由！

唐玄霖無力的打開車門坐回位子，一切徒勞無功，他現在只想回家睡覺。

唐恩羽倒是笑了起來，她明白！因爲她體內也有一個惡魔，但那傢伙被她封在身體裡，可不是想出來就能出來的！

「我們不一樣！我不會去誘惑人召喚惡魔，我沒有惡魔之書，我也不會讓人跟惡魔簽約！」她一雙眼睛凌厲，「我是用惡魔之力，屠魔驅鬼。」

「我努力的幫助每個跟我一樣的人，但最後我讓人們自己選擇。」鄧淳宇平靜的回應。

唐恩羽翻了個白眼，顯然不喜歡這個答案，但她眞的無能爲力，總不能殺了鄧淳宇吧！

「可以的話，我眞想把你送進精神病院，因爲你這種人只會害更多人陷入惡魔的誘惑中！」她有間認識的精神病院，裡面關的都是體內有惡魔的人。

「我知道妳說的那間，但我沒有害人，我也沒有第二人格，我就是一個努力想幫人的老師。」鄧淳宇略微退了一步，謙和有禮，「有生之年，我還希望接住更多的孩子。」

「你接了誰？曹觀柏？」

「是，我接住了他，也接住了梁宗達。」鄧淳宇雙眼熠熠有光，「曹觀柏選擇了自己覺得最幸福的路，因爲他活得非常痛苦；而梁宗達，他自責到快發狂，現在自首後償還罪刑，好好唸書，以後一樣有好的未來。」

「他媽的歪理！」唐恩羽氣得打開車門，像把自己扔進去一樣。

鄧淳宇禮貌的再一行禮，看著紫羅蘭跑車往前駛去。

「因爲你們不懂我們的經歷。」他喃喃的說著，坐進了車裡。

花了幾分鐘平復心情，繫上安全帶，得回家收拾行李，開始打包，以利搬家。

『還敢說自己沒殺人？你也眞不要臉。』後座突然傳出聲音。

鄧淳宇動手調整了後照鏡，鏡子裡突然映著一個清瘦男子的身影。

「可以去查，我是個毫無前科的好國民。」他回頭瞥了眼，果然後座空無一人。

『接下來你又要去哪裡？』

「找個偏鄉吧！能幫一個是一個。」他發動引擎，準備離開。

瞧，今天天氣很好，外頭陽光燦燦。

鏡子裡映出的清瘦男子人在車子駛出停車場時消失，而鄧淳宇依舊滿懷著希望，駛向了陽光。

尾聲

『那是我保護的人，建議你們不要多管閒事。』

紅燈，唐家姐弟錯愕的雙雙回頭，沒有在後座見到人影後，倏地看向上方的後照鏡！

鏡子裡映著清瘦男子，兩個人瞬間汗毛直豎，是惡魔薩麥爾！

「薩麥爾……大人？」唐恩羽一秒當俊傑，人還是要有禮貌走天下。

他突然往前嗅了嗅，露出嫌惡的神情。

『你吃掉了那個暴力傢伙？我不喜歡他的味道，一點都不想吃。』

唐恩羽喉頭緊窒，用眼尾朝唐玄霖瞟著。

「所以……所以把他封在咆哮屋二十三年？就因爲不想吃掉他的靈魂？」

『嗯，而且也不能放他出來，那個再狠一點就能晉升低階惡魔了，他一出來一定會殺掉他兒子的。』薩麥爾口吻裡還帶著無奈，『那是我的人，誰都不能碰。』

「眞意外，我沒想到惡魔也會保護人……」唐恩羽放軟語氣說著，「而且您能自由行動，看來並不是被他封住的。」

『封住？妳以爲我跟妳身體裡那個一樣等級？哼！你們知道我是誰嗎？』薩麥爾冷笑著，『小宇就是個挑戰，你們不知道二十三年前那晚他連死都如此平靜，是我附身後讓他離開火海的，此後至今，他從未輕易動怒過，沒有暴怒、也不會歇斯底里，理智得可怕，這種人居然是召喚出我的人！』

嗄？所以薩麥爾留下來，是爲了等待鄧淳宇失控的那天，再、再吃掉他嗎？

「說不定，他終其一生都會克制，因爲他不想成爲跟他父親一樣的人。」唐玄霖突然理解般的嘆息。

他記得杜書綸說過，那位導師一直是單身。

或許鄧淳宇非常害怕，這種暴力是刻在DNA裡的，他恐懼遺傳給下一代，與其如此，血脈到他這裡停止就好，而他自己，則要克制著不重蹈覆轍。

『是啊，所以我在等。』薩麥爾的語調裡滿滿期待，『期待著他成爲他父親的那一刻。』

長舌竄出，幻想美味般的舔著唇，這種靈魂的墮落，才有等待的價值。

「我希望你永遠等不到。」唐恩羽透過後照鏡，認眞的說著。

『哼！先顧好妳自己吧！』一秒憤怒的正首，『說不定先墮落的會是妳！』

惡魔倏地消失，但沒幾秒後前面卻傳來碰撞聲，緊接著喇叭聲大作，又有車禍了。

噢！唐恩羽無力的趴在方向盤上，「是他幹的嗎？」

唐玄霖下車往前眺望，果然又看見兩輛車主在大小聲了！唉！

「你覺得薩麥爾會搞這種小把戲嗎？」他坐回車上，「現在的人，根本不需要惡魔都能暴怒了！」

現在塞在車陣中，都能從喇叭聲中感受到充斥在空中的怒氣，前面狂吼要大打出手的車主們，更是怒火集中處！更別說現在打開新聞，每天都有一堆砍殺事件，一言不和就能大打出手、喝醉了好友都能互捅，就連在學校都不安全了。

如果他是惡魔，只怕也會很挫敗吧？

所以才會執著成爲鄧淳宇的心魔，誘惑一個克制的人類有挑戰性多了。

唐玄霖看著趴在方向盤上、卻背對著他的唐恩羽，幾分擔憂。

「老姐，他剛說的別放在心上。」

「我不會受到誘惑的。」唐恩羽直起身子，肯定且自信的看著老弟，「『他』沒有機會的。」

永遠不會。

後記

重要的事得多說幾次，第二集的主題「暴怒」是九月就訂下，十二月初我就開稿了，而暴怒勢必會牽扯到暴力，主角是高中生，所以學生校園也是必備的，囂張、霸凌、揮舞刀子都是早就寫完的橋段，與後來發生的新聞事件不相關。

國中割喉案發生後我還挺錯愕的，跟編輯討論後是否要把持刀那段刪掉？但後來想想，這些事並不罕見，所以我才會自然的書寫進去，欲蓋彌彰反而沒有必要，既是日常，那就順其自然吧！

所以也感謝層出不窮的例子，有許多暴怒行徑是我們寫故事時都想不到的奇葩！

看看暴力事件在現代社會是多司空見慣：疫情時因爲提醒惡客人戴口罩而被捅死的超商店員、還有被挖掉眼睛的店員、多按個喇叭就被揍到半死的人、奶茶自己弄倒還要叫店員去擦地板的人……這些動輒無理暴怒、又付諸行動的人越來越多，或者說，是暴怒者多，而今實行者眾。

是人都有情緒，喜怒哀樂更是正常，但是「暴怒」指的是一點點小事就極度生氣、甚至會失去理智，並且被此等情緒所奴役而做出失控行爲。這種「一時失控」往往會造成無法挽回的後果；不知道現在是大家幼年時期情緒控管沒有得到良好的教育，還是壓力太大，總覺得人人像炸彈，一點就爆，於此這種「暴怒」歸於原罪之一，眞的覺得太合理了。

暴力，會不會遺傳呢？

很遺憾的，會。但這不是指DNA的遺傳，而是原生家庭的教育。

每個人出生後都是一張白紙，接著被環境、家庭教育所培育，從小的所見所聞，塑造了性格與價值觀；所以許多從小看著家暴、或是深受暴力的孩子，長大後有暴力行爲，是因爲他只知道這種解決方式，也有人是不安全感重、或是各種心靈缺失，得用一生去治癒。

不過也有人因爲各種際遇、接觸到的人或是自我成長，而努力的走出童年陰影，或是因爲被暴力相待而排斥暴力，這些又牽扯到智力以及遇到的人事物了。

只是單就大多數而言，爲什麼會有句話說：有其父必有其子，其實都是原生家庭的餵養，這篇故事裡就挑了幾個例子，基本上什麼家庭養出什麼孩子，這是佔比高的，無論是囂張跋扈派、奧客不講理派、或是寵溺派都是。

而曹觀柏，則是長期待在「語言暴力」下的一員，其父母的怒火來自於望子不成龍，而他對自己的怒火，則是對父母貶抑概括承受，也恨著自己的不優秀。

亞洲父母喜歡用嘲諷數落來教育孩子，並嚴格要求孩子成績，嘴上說平安健康就好，但實際上一樣會把孩子送補習班，要求考好分數、進好大學；現在的學生我覺得超級辛苦，要唸的東西也太多，但這些東西眞的對未來、事業、人生都更有幫助嗎？我還挺好奇的。

高壓下的孩子，有的人反抗、有的人承受，如同暴力下長大的孩子，有的人延續暴力、有的人反對暴力，但也有的人因爲痛恨暴力而又以暴制暴，走進了另一個新的暴力循環裡。

暴力就是錯的，無論基於什麼原因，如果你覺得年初超派鐵拳的暴力是値得稱頌讚揚的，那就不該覺得國中割喉案有錯，因爲暴力的本質是一樣的，差別只在於受害者是否死亡而已。

最近的新聞還讓我有了新體會，我們眞的是犯罪天堂，如果再加上未成年的保護罩，我們的法律會給我一種錯覺，彷彿在鼓勵犯罪啊！成本太低了！

情緒控管是門學問，高ＥＱ眞的是現代人所缺乏的，遇事先冷靜，別被怒火凌駕了理智，希望大家都能好好修身養性，眞正的強者，在於能躲避危險保護自己與家人，而不是以暴制暴。

原罪爲天性，但我們還是能妥善控制的。

二〇二四年，祝大家新年快樂，願大家新的一年，眞的能平安，人人都能遠離暴力的事端吧！

最後，由衷感謝購買這本書的您們，購書才是對作者最實質且直接的支持，沒有您們的購書，作者便無法繼續書寫下去，謝謝！

苳菁

※本書純屬虛構，如有雷同，完全巧合※

國家圖書館出版品預行編目資料

SIN 原罪 II：怒・施暴者 / 笭菁著一初版一台北市：奇幻基地出版；
家庭傳媒城邦分公司發行；2024.2
面：公分. –（境外之城：.159）
ISBN 978-626-7436-05-9（平裝）

863.57　　112022936

本書中文繁體字版由作者笭菁授權奇幻基地在全球獨家出版、發行。

ISBN 978-626-7436-05-9
Printed in Taiwan.

※ 本故事內容純屬虛構，如有雷同，純屬巧合。

城邦讀書花園
www.cite.com.tw

境外之城 159

SIN原罪 II：怒・施暴者

作　　者／笭菁
企畫選書人／張世國
責任編輯／張世國

發 行 人／何飛鵬
總 編 輯／王雪莉
業務協理／范光杰
行銷主任／陳姿億
資深版權專員／許儀盈
版權行政暨數位業務專員／陳玉鈴
法律顧問／元禾法律事務所　王子文律師
出版／奇幻基地出版
城邦文化事業股份有限公司
台北市 104 民生東路二段 141 號 8 樓
電話：(02)25007008　傳眞：(02)25027676
網址：www.ffoundation.com.tw
e-mail：ffoundation@cite.com.tw
發行／英屬蓋曼群島商家庭傳媒股份有限公司城邦分公司
台北市 104 民生東路二段 141 號11 樓
書虫客服服務專線：(02)25007718・(02)25007719
24 小時傳眞服務：(02)25170999・(02)25001991
服務時間：週一至週五09:30-12:00・13:30-17:00
郵撥帳號：19863813　戶名：書虫股份有限公司
讀者服務信箱 E-mail：service@readingclub.com.tw
歡迎光臨城邦讀書花園 網址：www.cite.com.tw
香港發行所／城邦（香港）出版集團有限公司
香港九龍九龍城土瓜灣道86號順聯工業大廈6樓A室
電話：(852) 2508-6231 傳眞：(852) 2578-9337
馬新發行所／城邦（馬新）出版集團
【Cite (M) Sdn Bhd】
41, Jalan Radin Anum, Bandar Baru Sri Petaling,
57000 Kuala Lumpur, Malaysia.
電話：(603) 90563833　傳眞：(603) 90576622
E-mail：services@cite.my

封面插畫／山米Sammixyz
封面版型設計／Snow Vega
排　　版／芯澤有限公司
印　　刷／高典印刷有限公司
■2024 年2月27日初版一刷

售價／380元

書號：1H0159　書名：SIN原罪 II：怒・施暴者

奇幻基地・2024山德森之年回函活動

好禮雙重送！入手奇幻大神布蘭登・山德森新書可獲2024限量燙金藏書票！
集滿回函點數或購書證明寄回即抽山神祕密好禮、Dragonsteel龍鋼萬元官方商品！

【2024山德森之年計畫啟動！】購買2024年布蘭登・山德森新書《白沙》、《祕密計畫》系列（共七本），各單書隨書附贈限量燙金「山德森之年」藏書票一張！購買奇幻基地作品（不限年份）**五本以上，即可獲得限量隱藏版「山德森之年」燙金藏書票；購買十本以上還可抽總值萬元進口龍鋼公司官方商品！**

好禮雙重送！「山德森之年」限量燙金隱藏版藏書票＆抽萬元龍鋼官方商品

活動時間：2024年1月1日起至2024年10月30日前（以郵戳為憑）
抽獎日：2024年11月15日。
參加辦法與集點兌換說明：2024年度購買奇幻基地任一紙書作品（**不限出版年份，限2024年購入**），於活動期間將回函卡右下角點數寄回奇幻基地，或於指定連結上傳2024年購買作品之紙本發票照片／載具證明／雲端發票／網路書店購買明細（以上擇一，前述證明需顯示購買時間，連結請見奇幻基地粉專公告），寄回五點或五份證明可獲限量隱藏版「山德森之年」燙金藏書票，寄回十點或十份證明可抽總值萬元進口龍鋼公司官方商品！

活動獎項說明

■ 山神祕密耶誕好禮＋「寰宇粉絲組」（共2個名額）
布蘭登的奇幻宇宙正在如火如荼地擴張中。趕快找到離您最近的垂裂點，和我們一起躍界旅行吧！
組合內含：1. 躍界者洗漱包 2. 躍界者行李吊牌 3. 寰宇世界明信片 4. 寰宇角色克里絲別針。

■ 山神祕密耶誕好禮＋「天防者粉絲組」（共2個名額）
衝入天際，遨遊星辰，撼動宇宙！飛上天際，摘下那些星星！組合內含：1. 天防者飛船模型 2. 毀滅蛞蝓矽膠模具 3. 毀滅蛞蝓撲克牌 4. 寰宇角色史特芮絲別針。

特別說明

1. 活動限台澎金馬。本活動有不可抗力原因無法執行時，主辦單位有權決定取消、中止、修改或暫停本活動。
2. 請以正楷書寫回函卡資料，若字跡潦草無法辨識，視同棄權。
3. 活動中獎人需依集團規定簽屬領取獎項相關文件、提供個人資料以利財會申報作業，開獎後將再發信請得獎者填妥資訊。若中獎人未於時間內提供資料，主辦單位有權取消得獎資格。
4. **本活動限定購買紙書參與，懇請多多支持。**

個人資料：

姓名：＿＿＿＿＿＿＿＿ 性別：＿＿＿＿ 年齡：＿＿＿＿ 職業：＿＿＿＿＿ 電話：＿＿＿＿＿＿＿＿

地址：＿＿＿＿＿＿＿＿＿＿＿＿＿＿＿＿＿＿ Email：＿＿＿＿＿＿＿＿ □ 訂閱奇幻基地電子報

想對奇幻基地說的話或是建議：＿＿＿＿＿＿＿＿＿＿＿＿＿＿＿＿＿＿＿＿＿＿＿＿＿＿

奇幻基地

請剪下右邊點數，集滿十點寄回奇幻基地即可參加抽獎，影印無效。

1 A Year of Sanderson 2024

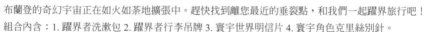